古典詩歌研究彙刊

第十二輯

龔鵬程 主編

第 1 冊

唐詩與宋詩
——《載酒園詩話》研究

張 健 著

國家圖書館出版品預行編目資料

唐詩與宋詩——《載酒園詩話》研究／張健 著—初版—新
北市：花木蘭文化出版社，2012〔民 101〕
序 2+ 目 8+180 面；17×24 公分
（古典詩歌研究彙刊 第十二輯；第 1 冊）
ISBN 978-986-254-897-4（精裝）
1. 唐詩 2. 宋詩 3. 詩評
820.91　　　　　　　　　　　　　　　　101014399

ISBN-978-986-254-897-4

9 789862 548974

古典詩歌研究彙刊
第十二輯　第 一 冊　　　　　ISBN：978-986-254-897-4

唐詩與宋詩——《載酒園詩話》研究

作　者　張　健
主　編　龔鵬程
總編輯　杜潔祥
出　版　花木蘭文化出版社
發行所　花木蘭文化出版社
發行人　高小娟
聯絡地址　新北市永和區中正路五九五號七樓
　　　　　電話：02-2923-1455／傳眞：02-2923-1452
網　址　http://www.huamulan.tw 信箱 sut81518@gmail.com
印　刷　普羅文化出版廣告事業
初　版　2012 年 9 月
定　價　第十二輯 24 冊（精裝）新台幣 33,600 元

唐詩與宋詩
——《載酒園詩話》研究

張　健　著

作者簡介

　　張健，著名詩人、散文家、評論家。

　　曾任台大中文系專任教授、外文研究所博士班教授、文化大學中文系專任教授、香港新亞研究所客座教授、馬來西亞新紀元學院中文系客座教授、武漢中南財經大學教授、中山大學、彰化師大、臺北藝術大學教授、藍星詩社主編、《現代文學》編輯委員、世界華文詩人協會創會理事、中國時報專欄作家、中央研究院中國文哲所訪問學人、文建會文藝創作班詩班主任、國家文藝獎、金鼎獎、金鐘獎、教育部文藝獎、中國時報文學獎等評審委員。現為台大中文系兼任教授。著有詩集、散文、小說、學術著作、傳記、影評等一百十餘種。

提　　要

　　《載酒園詩話》是清代批評家賀裳的論詩名著，以往從未有人徹底研究過，本書特地將此一多達十餘萬字的詩話分為三章，仔細探究。

　　第一章為全書重心。賀裳為著名的唐詩派批評家，所以對唐代詩人情有獨鍾，歷評唐代一百多家詩人。本書作者台大中文系張健教授特將這一部分去蕪存菁，分為一〇三節，其中評論之作者，包括王、楊、盧、駱、陳子昂、沈佺期、宋之問、張九齡、張若虛、王維、儲光羲、孟浩然、王昌齡、李白、杜甫、岑參、高適、李頎、常建、劉長卿、錢起、郎士元、李嘉祐、韋應物、盧綸、李端、顧況、李益、戴叔倫、柳宗元、劉禹錫、韓愈、盧仝、孟郊、李賀、張籍、王建、白居易、元稹、賈島、杜牧、李群玉、溫庭筠、李商隱、許渾、李洞、羅隱、皮日休、陸龜蒙、鄭谷、韋莊、杜荀鶴等大家名家。第二章則為宋代八十多位詩人，如王禹偁、林逋、楊億、晏殊、宋祁、歐陽修、梅堯臣、蘇舜欽、王安石、司馬光、蘇軾、蘇轍、秦觀、黃庭堅、陳師道、張耒、呂本中、陳與義、朱熹、楊萬里、范成大、陸游、文天祥、劉克莊等。一一評論賞析，作者並加補充及評騭。第三章「賀裳論詩」則包括詩的內涵、詩之技巧及批評之批評三部分，作者一一加以董理及評述。

自　序

　　我從民國五十二年起，便研究宋詩及宋代文學批評，其中當然也涉及不少唐詩的題材；近十幾年來，我又致力於唐詩研究，並於八十六年間主編五南圖書公司的套書《唐詩寶庫》，出版了十本唐代大詩人的詩選，其中我自己撰寫的就有王維、李白、杜甫、白居易四本（各二十萬字上下）。我又曾在台大等校講授「詩選與習作」、「宋詩選」、「李杜詩」、「王孟詩」、「白居易詩」、「蘇軾詩」、「比較詩歌」諸課，因此若說我是唐、宋詩的專家，也不為過。

　　《清詩話續編》是前輩學者郭紹虞教授所編纂的一部大部頭叢書，個人在過去二十多年中，曾將其中十餘家詩話一一研究，其中篇幅長達十餘萬字的《載酒園詩話》，乃是一部重要而一向未受重視的詩學著作，我自去年八月從文化大學退休後，閒暇較多，乃抽出許多時間來研究、撰寫此書的論文，前後完成〈賀裳論唐詩〉、〈賀裳論宋詩〉、〈賀裳論詩〉（此中亦多涉及唐宋詩）三論，合成一書，命名《唐詩與宋詩》，而以「《載酒園詩話》研究」為副題。

　　本書各篇，均根據《載酒園詩話》原文，略加剪裁（去冗存菁）及董理，然後以本人之「按語」加以詮釋、補充及批判。讀此一卷，不但對唐宋一百多位詩人的業績及代表作有一明晰的印象，而且對賀裳的詩學主張和清代前期的詩學潮流亦會有一定的認識。

　　感謝花木蘭文化出版社惠予出版，以及盧建榮兄的推介。

　　　　　　　張健　民國 101 年春天，於台灣大學中文系

目

次

自　序
第一章　賀裳論唐詩 ……………………………………… 1
　一、王　績 ………………………………………………… 1
　二、駱賓王 ………………………………………………… 2
　三、王　勃 ………………………………………………… 2
　四、楊　炯 ………………………………………………… 2
　五、盧照鄰 ………………………………………………… 2
　六、陳子昂 ………………………………………………… 3
　七、杜審言 ………………………………………………… 3
　八、沈佺期 ………………………………………………… 3
　九、宋之問 ………………………………………………… 4
　十、劉希夷 ………………………………………………… 5
　十一、崔　融 ……………………………………………… 5
　十二、張　說 ……………………………………………… 5
　十三、蘇　頲 ……………………………………………… 5
　十四、張九齡 ……………………………………………… 6
　十五、張若虛 ……………………………………………… 6
　十六、蕭穎士、元次山 …………………………………… 6
　十七、李　華 ……………………………………………… 7

十八、崔　顥 ⋯⋯⋯⋯⋯⋯⋯⋯⋯⋯⋯ 7

十九、崔國輔 ⋯⋯⋯⋯⋯⋯⋯⋯⋯⋯ 7

二十、王　維 ⋯⋯⋯⋯⋯⋯⋯⋯⋯⋯⋯ 8

二十一、儲光羲 ⋯⋯⋯⋯⋯⋯⋯⋯⋯ 8

二十二、丘爲等 ⋯⋯⋯⋯⋯⋯⋯⋯⋯ 9

二十三、王　縉 ⋯⋯⋯⋯⋯⋯⋯⋯⋯ 10

二十四、孟浩然 ⋯⋯⋯⋯⋯⋯⋯⋯⋯ 10

二十五、張子容 ⋯⋯⋯⋯⋯⋯⋯⋯⋯ 11

二十六、劉眘虛 ⋯⋯⋯⋯⋯⋯⋯⋯⋯ 11

二十七、王昌齡 ⋯⋯⋯⋯⋯⋯⋯⋯⋯ 12

二十八、李　白 ⋯⋯⋯⋯⋯⋯⋯⋯⋯ 13

二十九、杜　甫 ⋯⋯⋯⋯⋯⋯⋯⋯⋯ 14

三　十、高適　岑參 ⋯⋯⋯⋯⋯⋯⋯ 18

三十一、李　頎 ⋯⋯⋯⋯⋯⋯⋯⋯⋯ 19

三十二、常　建 ⋯⋯⋯⋯⋯⋯⋯⋯⋯ 20

三十三、元　結 ⋯⋯⋯⋯⋯⋯⋯⋯⋯ 20

三十四、沈千運　孟雲卿 ⋯⋯⋯⋯⋯ 21

三十五、劉長卿 ⋯⋯⋯⋯⋯⋯⋯⋯⋯ 21

三十六、錢　起 ⋯⋯⋯⋯⋯⋯⋯⋯⋯ 22

三十七、郎士元 ⋯⋯⋯⋯⋯⋯⋯⋯⋯ 23

三十八、李嘉祐 ⋯⋯⋯⋯⋯⋯⋯⋯⋯ 23

三十九、韓　翃 ⋯⋯⋯⋯⋯⋯⋯⋯⋯ 24

四　十、韋應物 ⋯⋯⋯⋯⋯⋯⋯⋯⋯ 24

四十一、盧　綸 ⋯⋯⋯⋯⋯⋯⋯⋯⋯ 25

四十二、皇甫冉　皇甫曾 ⋯⋯⋯⋯⋯ 26

四十三、李　端 ⋯⋯⋯⋯⋯⋯⋯⋯⋯ 26

四十四、嚴　維 ⋯⋯⋯⋯⋯⋯⋯⋯⋯ 27

四十五、耿　湋 ⋯⋯⋯⋯⋯⋯⋯⋯⋯ 28

四十六、司空曙 ⋯⋯⋯⋯⋯⋯⋯⋯⋯ 28

四十七、顧　況 ⋯⋯⋯⋯⋯⋯⋯⋯⋯ 28

四十八、李　益 ⋯⋯⋯⋯⋯⋯⋯⋯⋯ 29

四十九、于　鵠 ⋯⋯⋯⋯⋯⋯⋯⋯⋯ 30

五　十、戎　昱 ⋯⋯⋯⋯⋯⋯⋯⋯⋯ 31

五十一、戴叔倫 ⋯⋯⋯⋯⋯⋯⋯⋯⋯ 31

五十二、羊士諤 …………………………… 32

五十三、李　涉 …………………………… 32

五十四、柳宗元 …………………………… 33

五十五、劉禹錫 …………………………… 36

五十六、韓　愈 …………………………… 39

五十七、任華、盧全 ……………………… 42

五十八、孟　郊 …………………………… 43

五十九、李　賀 …………………………… 43

六　十、張籍　王建 ……………………… 46

六十一、白居易 …………………………… 49

六十二、元　稹 …………………………… 50

六十三、李　紳 …………………………… 53

六十四、賈　島 …………………………… 54

六十五、姚　合 …………………………… 54

六十六、朱慶餘 …………………………… 55

六十七、周　賀 …………………………… 55

六十八、張　祜 …………………………… 56

六十九、杜　牧 …………………………… 56

七　十、李群玉 …………………………… 58

七十一、溫庭筠 …………………………… 59

七十二、李商隱 …………………………… 62

七十三、劉　滄 …………………………… 65

七十四、許　渾 …………………………… 65

七十五、邵　謁 …………………………… 66

七十六、馬　戴 …………………………… 67

七十七、項　斯 …………………………… 67

七十八、劉　駕 …………………………… 68

七十九、喻　鳧 …………………………… 68

八　十、于　濆 …………………………… 69

八十一、許　棠 …………………………… 69

八十二、李　洞 …………………………… 70

八十三、無　可 …………………………… 71

八十四、羅　鄴 …………………………… 71

八十五、羅　隱 …………………………… 71

八十六、皮日休　陸龜蒙 ································ 72

八十七、薛　能 ································ 73

八十八、李　中 ································ 74

八十九、林寬　鄭鏦 ································ 74

九　十、曹　松 ································ 75

九十一、方　干 ································ 75

九十二、崔塗　張喬　張蠙 ································ 75

九十三、李昌符 ································ 77

九十四、鄭　谷 ································ 77

九十五、秦韜玉 ································ 78

九十六、劉　兼 ································ 78

九十七、韋　莊 ································ 78

九十八、吳融　李咸用 ································ 79

九十九、杜荀鶴 ································ 80

一〇〇、貫　休 ································ 80

一〇一、李建勳 ································ 81

一〇二、王　周 ································ 81

一〇三、胡　曾 ································ 82

結　語 ································ 82

第二章　賀裳論宋詩 ································ 83

一、王禹偁 ································ 83

二、寇　準 ································ 84

三、李建中　楊徽之　趙湘 ································ 84

四、王　操 ································ 84

五、潘　閬 ································ 85

六、魏　野 ································ 85

七、曹良弼　魯交 ································ 85

八、林　逋 ································ 86

九、惠　崇 ································ 87

十、宇昭 ································ 87

十一、楊億　錢惟演　劉筠 ································ 88

十二、晏　殊 ································ 88

十三、李宗諤 ································ 89

十四、二宋 ································ 89

十五、韓琦　趙汴 ………………………………… 90

十六、蔡　襄 ……………………………………… 90

十七、余　靖 ……………………………………… 91

十八、歐陽修 ……………………………………… 91

十九、蘇舜欽 ……………………………………… 92

二十、梅堯臣 ……………………………………… 93

二十一、陶　弼 …………………………………… 94

二十二、李　觀 …………………………………… 95

二十三、王安石 …………………………………… 95

二十四、王　珪 …………………………………… 98

二十五、舒　亶 …………………………………… 98

二十六、司馬光 …………………………………… 99

二十七、范純仁 …………………………………… 100

二十八、劉　敞 …………………………………… 100

二十九、邵　雍 …………………………………… 101

三　十、曾　鞏 …………………………………… 101

三十一、鮮于侁 …………………………………… 102

三十二、劉　攽 …………………………………… 102

三十三、鄭　獬 …………………………………… 103

三十四、文　仝 …………………………………… 103

三十五、蘇　軾 …………………………………… 104

三十六、蘇　轍 …………………………………… 106

三十七、秦　觀 …………………………………… 108

三十八、晁補之 …………………………………… 108

三十九、黃庭堅 …………………………………… 109

四　十、陳師道 …………………………………… 110

四十一、張　耒 …………………………………… 111

四十二、賀　鑄 …………………………………… 112

四十三、晁沖之 …………………………………… 112

四十四、孔文仲 …………………………………… 112

四十五、徐　積 …………………………………… 113

四十六、唐　庚 …………………………………… 113

四十七、韓　駒 …………………………………… 114

四十八、惠　洪 …………………………………… 114

四十九、李　綱 ……………………………………… 115

五　十、汪　藻 ……………………………………… 115

五十一、劉子翬 ……………………………………… 116

五十二、朱　松 ……………………………………… 116

五十三、沈與求 ……………………………………… 117

五十四、呂本中 ……………………………………… 117

五十五、曾　幾 ……………………………………… 118

五十六、陳與義　陳淵 ……………………………… 118

五十七、周必大 ……………………………………… 120

五十八、朱　熹 ……………………………………… 120

五十九、陳傳良 ……………………………………… 121

六　十、葉　適 ……………………………………… 121

六十一、劉　宰 ……………………………………… 122

六十二、吳龍翰　洪适 ……………………………… 122

六十三、裘萬頃 ……………………………………… 123

六十四、尤　袤 ……………………………………… 124

六十五、楊萬里 ……………………………………… 124

六十六、范成大 ……………………………………… 125

六十七、陸　游 ……………………………………… 126

六十八、四　靈 ……………………………………… 128

六十九、嚴　羽 ……………………………………… 129

七　十、趙　蕃 ……………………………………… 130

七十一、劉克莊 ……………………………………… 130

七十二、江湖詩 ……………………………………… 131

七十三、王　鎡 ……………………………………… 132

七十四、文天祥 ……………………………………… 132

七十五、林景熙 ……………………………………… 133

七十六、唐　涇 ……………………………………… 134

七十七、謝　翱 ……………………………………… 134

結　語 ……………………………………………… 134

第三章　賀裳論詩 ………………………………… 137

壹、詩的內涵 ……………………………………… 137

一、論理與不論理 ………………………………… 137

二、末流之變 ……………………………………… 138

三、三偷 ……………………………………………… 138

四、翻案 ……………………………………………… 140

五、詠史 ……………………………………………… 141

六、豔詩 ……………………………………………… 143

七、詠物 ……………………………………………… 145

八、詠事 ……………………………………………… 147

九、用意——用典 ………………………………… 147

十、佳句各有所宜 ………………………………… 149

十一、詩嫌于盡 …………………………………… 149

十二、改古人詩 …………………………………… 150

十三、集句 ………………………………………… 152

十四、和詩 ………………………………………… 153

貳、詩之技巧 …………………………………………… 154

一、一聯工力不均 ………………………………… 154

二、前後失貫 ……………………………………… 155

三、字法 …………………………………………… 155

四、屬對 …………………………………………… 157

五、音調 …………………………………………… 159

六、詩魔——吟詩限字 …………………………… 161

參、批評之批評 ………………………………………… 161

一、宋人議論拘執 ………………………………… 161

二、野客叢談 ……………………………………… 165

三、瀛奎律髓 ……………………………………… 165

四、劉辰翁 ………………………………………… 166

五、高英秀 ………………………………………… 166

六、茗溪漁隱 ……………………………………… 167

七、升菴詩話 ……………………………………… 167

八、顧華玉 ………………………………………… 170

九、藝苑厄言 ……………………………………… 171

十、詩家直說 ……………………………………… 173

十一、袁中郎 ……………………………………… 174

十二、詩歸 ………………………………………… 175

十三、譚評蘇詩 …………………………………… 180

結 語 …………………………………………………… 180

第一章　賀裳論唐詩

　　賀裳字黃公，號檗齋，江蘇丹陽人，諸生，崇禎二年加入復社。曾取明人評史諸書，義有未當者，折衷其是，著爲《史折》。其詞刻劃迷離處，松柏菖蒲，人間風月，均宛然在目。有《紅牙詞》、《皺水軒詞筌》、《詞旃》、《詞榷》、《蛻疣集》、《文駑》、《唐詩鈔》、《宋詩鈔》、《載酒園詩話》等著作。

　　本文乃擇取《載酒園詩話又編》中之菁華，論述之餘，並加評按。〔註1〕

一、王　績

　　詩之亂頭粗服而好者，千載唯一淵明；樂天效之，便傷俚淺；惟王績差得其彷彿。陶、王共稱，賀氏欲以王績代王維：王維固佳，然太秀，多以綺思掩其樸趣；王績瀟灑落拓，不履不衫，如「客貧留客久，不暇道精粗。」「相逢寧可醉，定不學丹砂。」「昔我未生時，誰者令我萌？棄置勿重陳，委化何足驚。」曠懷高致，其人自堪尙友，不徒音響似淵明也。二人皆素心之士，陶爲飢寒所驅，時有涼音，王黍秫菓菽粗足，故饒逸趣。

　　按：此乃王績之千古知音。樸趣、逸趣，互爲表裏。而曰淵明「爲飢

〔註1〕此書收入郭紹虞編《清詩話續編》（木鐸出版社，西元1983年12月），頁295～399。

寒所驅，時有涼音。」「涼音」二字，千秋定評；當然，淵明亦常不失逸趣。

二、駱賓王

駱好徵典，故多滯響。然〈在獄詠蟬〉特佳，序云：「有目斯開，不以道昏而昧其視；有翼自薄，不以俗厚而易其真。」隱然寫出狂狷之態，嘐嘐踽踽，不肯闇然媚世。中聯云「露重飛難進，風多響易沉。」尤肖才人失路之悲，讀之涕下。

按：正、反二評，均得其平。駱之情感真摯豐富，但用典多，便受隔障，義山亦時有此失。

三、王　勃

王工寫景，遂饒秀色。至如「海內存知己，天涯若比鄰。」真是理至不磨，人以習聞不覺耳。〈採蓮曲〉末敘暮歸：「正逢浩蕩江上風，又值徘徊江上月。徘徊蓮浦夜相逢，吳姬越女何豐茸？共問寒光千里外，征客關山路幾重？」不特迷離婉約，態度撩人，結處尤得性情之正。

按：「理至不磨」四字，千古不易。〈採蓮曲〉真正秀出，迷離婉約，只取「共問」一句便可當之，態度撩人，又是妙評。其實僅此六句，便可成古詩十九首之儔，唯五、七言不同耳。

四、楊　炯

楊炯詩不能高，氣殊蒼厚。「寧為百夫長，勝作一書生。」是憤語，激而成壯。

按：詩不能高，才華不茂之故也。氣蒼厚，則別有人格之蘊蓄使然。「寧為」二句似亂世英雄語，既欲為天下荷一重責，又自嘲「百無一用是書生」。「激而成壯」，是悲壯語。

五、盧照鄰

盧之音節頗類楊，〈長安古意〉一篇，則楊所無。寫豪獷之態，

如「意氣由來排灌夫」，尚不是奇；「專權判不容蕭相」（按應指蕭望之事），儼然如見霍氏凌蔑車千秋。至摹寫游冶：「北堂夜夜人如月，南陌朝朝騎如雲」，亦為酷肖。自寄託曰：「寂寂寥寥楊子居，年年歲歲一床書。獨有南山桂花發，飛來飛去襲人裾。」不惟視〈帝京篇〉結語蘊藉，即高適「有才不肯學干謁」，亦遜其溫柔敦厚。但〈行路難〉塵言滾滾，何以至是！

按：〈長安古意〉真是一大傑作。游冶、自抒，尤見優長，賀裳不愧知音。至於對〈行路難〉之評，稍嫌苛刻。

六、陳子昂

吳少微、富嘉謨力矯頹靡，張說譬之「濃雲鬱興，震雷俱發」。扶輪起靡之功，仍歸之陳子昂。朱子稱「感遇詩詞旨幽邃，音節豪宕，恨其不精於理……」此真眼中金屑之見。「雲構山林盡，瑤圖珠翠煩。鬼功尚未可，人力安能存？」正指當時天堂大像諸事，乃有諷諭也。

按：子昂〈感遇〉，有直抒者，有委婉諷諫者，朱子未能細察後者，故有「自託仙佛之間以為高」的誤會，賀裳此論，是為子昂洗白。

七、杜審言

杜審言散朗軒輊，其用筆如風發漪生，有遇方成珪、遇圓成璧之妙。即作磊砢語，亦猶蘇子瞻坐桄榔林下食芋飲水，略無攢眉蹙額之態。此僻澀寒苦之對劑。但止於明媚。

按：此條四譽一微貶，亦是必簡知音。朗豁、風發、珪璧、磊落，何等身分，何等風姿！止於明媚，謂不能如老杜之沉鬱耳。

八、沈佺期

古稱沈為靡麗，今觀之，乃見樸厚。其云：「約句準篇，如錦繡成文」，正就其迴忌聲病而言。然樸厚自是初唐風氣，不足矜貴，當取其厚中帶動，樸而特警者。如〈芳樹〉、〈和趙麟台元志春情〉、〈歡

獄中無燕〉、〈和元萬頃臨池玩月〉，最爲振拔。長律至沈而工，較杜、宋實爲嚴整。然「盧家少婦」篇，首尾溫麗，中聯警，結語多平熟，易開人淺率一路。沈以排律名，讀其應制酬贈諸篇，未免如暑月中衣冠讌會，芻豢盈盤，歌吹滿耳，令人轉思科頭箕踞，枕石漱流之樂。然如「高樹早涼歸」，「川長看鳥沒」，亦有清冽之味。沈非宋敵，不獨〈晦日昆明〉一結；〈獨從驪州廨移住山間水亭贈蘇使君〉末云：「古來堯禪舜，何必罪驩兜」，宋不能道；雖是憤語，卻超卓不凡。

按：賀裳於沈佺期，譽之不遺餘力，在他的心目中，應可超越群雄，與子昂同居初唐之冠。「厚中帶動，樸而特警」八字，著實不易。試看〈同獄中歎獄中無燕〉一首：

> 何許乘春燕，多知辨夏台。三時欲併盡，雙影未嘗來。食蕊嫌叢棘，銜泥怯死灰。不如黃雀語，能雪冶長猜。（《全唐詩》卷96，頁1040，中華書局版）

先說燕入春而不來。爲何？因爲獄中獄外皆「叢棘」、「死灰」，這是何等痛切的想像！末以黃雀爲反襯，亦是妙想。眞正合乎以上八字佳評。

反而「盧家少婦」各篇，被賀裳仔細審視，看出「平熟」之弊。應制酬贈諸篇，熱而似冷，「高樹」、「川長」何等佳妙，清冽自然。憤語亦自超卓，非識者莫辨。

九、宋之問

宋古詩多佳，眞苦收之不盡。律詩扈從、應制諸篇，實亦不能高出於沈。山水麗情，若伶倫子吹之作鳳鳴。〈明沙篇〉，極沮喪之事也，明河醜事也，詩固佳；〈龍門應制〉，流利暢達而已，意態層折大不如。〈晦日昆明應制〉，精密警麗，反覆讀之，終篇有頌無規，律以〈卷阿〉之義，固非其至。「夜絃響松月，朝楫弄苔泉」，「氣青連曙海，雪白洗春湖」，「雨色搖丹嶂，泉聲聒翠微」，造語之妙，可謂前凌謝朓，後挈王維。

按：賀裳於宋之問，誇則誇，貶則貶，毫不假借，吾無間言矣。

十、劉希夷

藻思快筆，一時俊才，但多傾懷而語，不肯留餘。如〈采桑〉一篇，尋味無盡。〈春女行〉前半亦婉約可思，「憶昔楚王宮」以下，不覺興闌人倦矣。〈代悲白頭翁〉，悲歌歷落，亦微嫌太盡。

按：希夷長處在有才識，短處在不夠含蓄，此評甚確。

十一、崔　融

崔與蘇味道、李嶠齊名，似爲秀出，又合杜審言爲文章四友，則氣力似差遜。「聞有沖天客，披雲下帝畿。」誠媚寵之詞，然事醜而詞工。如「三年上賓去，千載復來歸。中郎才貌是，柱史姓名非。天仗分旄節，朝容間彩衣。朝朝緱氏鶴，長向洛城非。」儼然若一眞王子晉。

按：後半謂此乃逼眞的遊仙詩，然比諸郭璞、李白遊仙諸作，畢竟遜
　　一籌。

十二、張　說

張說中年淹縶江潭，張九齡晚亦淪落荊楚，其詩多哀傷憔悴。然燕公惟切歸闕之思，曲江已安止足之分，恬競自別。燕公熱中躁進人，然亦有見道之言，如「息心觀有欲，棄智反無名」，是大解人語。鉅麗之詞，切核方妙。〈過寧王宅應制〉曰「帝堯敦族禮，王季友兄心」，眞爲極筆。〈王濬墓應制〉云：「有策擒吳豔，無言讓范宣」，兩語功過昭然，無忝詩史。燕公大雅之才，雖軒昂不受羈絏，終帶聲希味淡之致。

按：張說在文學史上的評價稍遜九齡。但大雅之音，鉅麗之筆，自不
　　可抹煞。切實、高昂而平淡，是其高明處。

十三、蘇　頲

燕、許並稱，燕警敏，許質厚。一有逸足之用，一任負重之能。〈餞陽將軍兼源州都督御史中丞〉：「旗合無邀正，冠危有觸邪」，不

惟得諷勵體，兼兩切其職，有陳力就列之義。

按：蘇頲固亦大手筆，略遜張說，風致不如也。此條著一「諷勵體」，亦頗新鮮，切合蘇頲作品。

十四、張九齡

初唐人專務鋪敍，讀之悶悶，惟閨闥、戎馬、山川、花鳥之辭，時有善者。求其雅人深致，實可興觀，惟陳子昂、張九齡。余尤喜其〈答綦毋學士〉曰：「知雨不愆期，由來自若時。爾無言郡政，吾豈欲天欺！」肯道此語，生平寧復作昧心事。又〈與弟遊家園〉：「善積家方慶，恩深國未酬。」豈徒媒利梯榮之念不入胸中，即托明哲以自全，亦豈其志哉！廉頑立懦，起人於百世之下。「自君之出矣，不復理殘機。思君如滿月，夜夜減清輝。」「思君如滿月」直指君說，「夜夜減清輝」，言恩情日衰，猶月之漸昏。

按：前二例譽之太過，原作畢竟直抒近於說理。解〈自君之出矣〉一首，則入木三分。「雅人深致」四字，九齡當之無愧。

十五、張若虛

〈春江花月夜〉，其為名篇不待言，細觀風度格調，則劉希夷〈擣衣〉諸篇類也。此盛唐中之初唐。若虛與賀季真齊名，吾讀詩至季真，若雲開山出，境界一新，毋寧置張于初唐，列賀於盛唐！

按：此評清新。〈春江花月夜〉，可初可盛；劉希夷〈擣衣篇〉：「秋天瑟瑟夜漫漫，月白風清玉露溥。燕山遊子衣裳薄，秦地佳人閨閣寒。欲向樓中縈楚練，還來機上裂齊紈。……莫言衣上有斑斑，只為思君淚相續。」（《全唐詩》卷82，頁885）。果與張作近似，初耶盛耶？見仁見智。詩之分期，本不必過於拘泥。

十六、蕭穎士、元次山

蕭嘗謂「屈、宋雄壯而不能經，枚、馬壞麗而不近風雅。」然其

〈江有楓〉、〈菊榮〉、〈涼雨〉、〈有竹〉諸篇，豈遂眞〈風〉、〈雅〉乎！唯具孫叔敖之衣冠耳。元次山〈二風〉、〈演興〉諸詩，塡塞奇字以擬〈騷〉，反成淺陋，文人好古嗜奇，固多蹈此轍。

按：風雅騷俱不易學，才華不高，情感不富，努力效之，所謂畫虎不成反類犬也。〈演興〉四首，或七言，或六字，同歸於拗澀。

十七、李　華

李之〈雜詩〉，不足比陳、張〈感遇〉，亦正聲雅奏。〈詠史〉詩合乎開、天間事，非無爲而作，恨用事杳拖。然如詠楊僕伐朝鮮：「島夷非敢亂，政暴地仍偏。得罪因懷璧，防身輒控弦。三軍求裂土，萬里詎聞天。」說盡邊臣邀功生釁之弊，豈有感於青海之役耶！

按：李華詩文，在盛唐堪稱中上。關心時事是其價值所在，用典多是其弊瑕。

十八、崔　顥

〈王家少婦〉詩，寫嬌憨之態，字字入微。〈贈梁州張都督〉：「風霜臣節苦，歲月主恩深。」上句惜其勤勞，下句勞其知遇，有獎有激，得諷勵邊臣之體。「聞道遼西無鬥戰，時時醉向酒家眠。」紓蕭條淪落而沉毅之概，令人迴翔不盡。

按：此則三譽崔顥：一寫女子嬌憨入微，二寫邊臣諷勵得體，三寫鬥士蕭條沉毅之概，其實均令人迴翔－回味不已。

十九、崔國輔

崔國輔詩韶秀。「歸來日尙早，更欲向芳洲。渡口水流急，回船不自由。」酷肖小女子不勝篙楫之態。「相逢畏相失，並著采蓮舟。」描寫鄰女相見，一段溫存旖旎，尤咄咄逼眞。「不能春風裏，吹卻麝蘭香」，「獨有鏡中人，由來自相許」，自矜自惜，眞爲深入個中三昧。戎旅詩亦相敵，獨至七古，即不如崔顥。

按：此條譽國輔秀雅，生動而逼眞。唯「咄咄」二字稍重。自矜自惜，
　　亦是詩中佳境，而「不能」二句，尤其若明若晦，餘音四溢。

二十、王　維

　　唐無李、杜，王維應首推，昔人謂「如秋水芙蕖，倚風自笑」，
未盡厥美，庶幾「咳唾落天，隨風生珠玉」。「暢以沙際鶴，兼之雲外
山。」右丞偶爾自佳，後人尊之爲法，便成餿餕餡矣。學李易粗豪，
學杜易生硬，學孟易輕淺，學王不失爲刻鵠類鶩，然亦有效顰成弊者。
〈鄭霍二山人詠〉：「吾賤不及議，斯人竟誰論？」〈送綦毋潛〉：「吾
謀適不用，勿謂知音稀。」〈送丘爲〉：「知禰不能薦，羞稱獻納臣。」
皆不勝扼腕躑躅之態。獨〈送孟浩然〉曰：「杜門不復出，久與世情
疎。以此爲長策，勸君歸舊廬。醉歌田舍酒，笑讀古人書。好是一生
事，無勞獻〈子虛〉。」一意勸尋遂初，蓋在禁中迕旨之後也。孟有
〈留別王侍御維〉：「寂寂竟何待？朝朝空自歸。欲尋芳草去，惜與故
人違。當路誰相假？知音世所稀。祇應守寂寞，還掩故園扉。」此詩
固微答其意，見非無知音，亦非當路之罪，卻含藏不露，惟加勸慰。
嘗思襄陽當日論詩（按指「不才明主棄，多病故人疏。」一詩）誠戇，
玄宗亦太褊急。王維兩處周旋，不欲見上有棄士之失，下無巷遇之美，
立言最難，人徒賞其措詞之工，不知用意之苦也。

按：此條先說王緊追李杜，自是公論。秋水、咳唾二喻，實可並存，
　　王維當之無愧。學王是否無弊，此處已得的解。此條未討論王維
　　之風華佳構，卻取常人不注意的數首友誼詩，拈出「扼腕躑躅」
　　四字，可謂別具慧眼。〈送孟浩然〉溫柔敦厚：久與世疎、勸君
　　歸家、醉歌田舍，笑讀古人，一生好事，毋獻〈子虛〉，眞佳友
　　嘉言也。其措詞、立意，不可以工、苦限之也。

二十一、儲光羲

　　摩詰才高於儲，擬陶則儲較王爲近。但儲詩亦惟此種佳。王兼長，

儲獨詣。〈田家雜興〉、〈同王十三維偶然作〉，最多素心之言。然如「見
人乃恭敬，曾不問賢愚。雖若不能言，中心亦難誣。」又如「忽見梁
將軍，乘車由宛洛。意氣軼道路，光輝滿墟落。」仍復侘傺矣。〈樵
父〉、〈漁夫〉、〈牧童〉皆寄托之詞，止寫恬適。〈采菱〉、〈射雉〉，便
覺颯然正骨，現于言下。〈華清宮〉數篇最高古，如「大聖不私己，
精禋爲群氓」，「三雪報大有，孰謂非我靈」，俱可喜。

按：此條爲各家詩話中討論儲詩最詳者，見解亦甚佳。儲詩可爲陶詩
　　之繼，此爲公論，與其說他擬陶，不如說他本來似陶。王、孟有
　　陶之格，而其生活畢竟不同於陶，儲則略近之。其詩之藝術成就，
　　自不如王，甚至略遜於孟，以題材及境界的寬窄論，則略遜於王，
　　稍勝於孟。本條所評論之實例，半爲孟詩中所未見。素心、悵惘、
　　恬適、耿直、高古，可定爲儲詩五種風格，兼及內涵。

二十二、丘爲等

　　讀丘爲、祖詠詩，如坐春風中，令人心曠神怡。與王維爲友，詩
亦相近，和平淡蕩，無叫號噪嘅之音。唐詩人惟丘爲幾近百歲（按西
元 703～798 年），其詩固亦不干天和也。詠與盧象，稍有悲涼之感，
然亦不激不傷。盧情深，祖骨秀。祖詠〈答王維留宿〉：「握手言未畢，
卻令傷別離。升堂還駐馬，酌醴便呼兒。」寫得交誼藹然，千載之下，
猶難爲懷。〈終南望餘雪〉：「終南陰嶺秀，積雪浮雲端。林表明霽色，
城中增暮寒。」此詩有盛名，嫌一「增」字，不應雪殘而寒始增。（黃
白山評：豈不聞「霜前暖，雪後寒」耶？）綦毋潛風氣稍別，如「石
路在峯心」，非諸公能道，大似昌齡句法。輞川倡和，裴迪尤多，但
其詩與王不近，較諸公骨格稍重。

按：此條一口氣評論了五位詩人，可董理如左：

　　（一）丘爲、祖詠：如春風，和平淡蕩。

　　（二）祖詠、盧象，稍悲涼。一骨秀，一情深。按情深則厚，骨
　　　　　秀則逸。

（三）綦毋潛俊逸，如王昌齡。

（四）裴迪與王維不同，骨格稍重，亦似祖、盧之別。

試舉丘爲一首，以見其令人心曠神怡之姿：

> 東風何時至，已綠湖上山。湖上春既早，田家日不閒。溝
> 塍流水處，耒耜平蕪間。薄暮飯牛罷，歸來還閉關。（〈題農
> 夫廬舍〉，《全唐詩》頁 1318，卷一二九）此詩眞似淵明！

二十三、王　縉

「綠樹重陰蓋四鄰，青苔日厚靜無塵。科頭箕踞長松下，白眼看他世上人。」高曠。「聲名不問十年餘，老大誰能更讀書！林中獨酌鄰家酒，門外時聞長者車。」更覺英英不群，有籠罩一世之概。「下階欲離別，相對映蘭叢。含辭未及吐，淚落蘭叢中。高堂靜秋日，羅衣飄暮風。誰能待明月，迴首見床空。」置之樂府無辨。

按：高曠一評易得，英英不群，籠罩一世，便是賀裳獨得之妙，此四句詩，自當之無愧。「下階」八句，依依約約，有情又若無情，眞得樂府神髓。賀氏表揚王縉，著墨無多，功在不刊。

二十四、孟浩然

詩忌鬧，孟詩靜；詩忌板，孟詩圓。然律詩有一篇如一句者，又有上句即有下句者，往往稍涉於輕。筆力強弱，實由性生，不復可強。如孟浩然寫景、敘事、述情，無一不妙，令讀者躁心欲平。但瑰奇磊落，實所不足，故專精五言。〈除夜詠懷〉：「漸看春逼芙蓉枕，頓覺寒消竹葉杯。守歲家家應未臥，相思那得夢魂來。」雖悽惋入情，卻是中晚態度。孟詩有極平熟之句當戒者，如「天涯一望斷人腸」，「當杯已入手，歌妓莫停聲」，淺人讀之，則爲以水濟水。孟詩佳處，只一「眞」字，初讀無奇，尋繹則齒頰有餘味。

按：靜則無聲若有聲，圓則諸法無礙，正是孟浩然。律詩一篇如一句，如〈清明即事〉：「帝里重清明，人心自愁思。車聲上路合，柳色

東城翠。花落草齊生，鶯飛蝶雙戲。空堂坐相憶，酌茗聊代醉。」（《全唐詩》卷159，頁1629）乃可以「人心自愁思」一句括之。但亦不爲過也。又〈南歸阻雪〉：「少年弄文墨，屬意在章句」，（同上，頁1628）可謂有上句即有下句，亦無礙也。寫景如畫：「水回青嶂合，雲度綠溪陰。」（〈武陵泛舟〉，頁1645，卷160）敍事如史：「欲尋華頂去，不憚惡谿名。歇馬憑雲宿，揚帆截海行。高高翠微裏，遙見石梁橫。」（〈尋天台山〉，頁1644）述情如樂：「照水空自愛，折花將遺誰？春情多豔逸，春意倍相思。愁心極楊柳，一種亂如絲。」（〈春意〉，頁1656）至於說〈除夜詠懷〉是中晚，應是就「相思那得夢魂來」，其實亦不必如此明劃界線也。眞詩餘香，世所共賞，如「客醉眠未起，主人呼解醒。已言雞黍熟，復道甕頭清。」（〈戲題〉，頁1668），自然平淡，然自是有味有情。「天涯一望」，淺人自淺；「當杯入手」，韻士自得。

二十五、張子容

　　「朝雲暮雨連天暗，神女知來第幾峯」，意艷而詞則雅，不愧浩然友；「樹色煙輕重，湖光風動搖」，「歸路煙中遠，迴舟月上行」，亦有孟氏意態。

按：「朝雲」二句，神女是峯亦是女，乃是神來之筆，比孟更俏；「樹色」、「歸路」二聯，則入襄陽集中必可亂眞，「月上行」三字尤爲佳妙。

二十六、劉眘虛

　　「美人何蕩漾，湖上風日長。玉手欲有贈，徘徊雙明璫。歌聲隨綠水，怨色起青陽。日暮還家望，雲波橫洞房。」妙在止寫態度，不甚鋪張，得顰眉不語之致；劉詩傳者十四篇，惟此最蘊藉。劉勝處在不避輕脫，率任孤清。如〈寄江滔求孟六遺文〉：「南望襄陽路，思君情轉清。偏知漢水廣，應與孟家鄰。在日貪爲善，昨來聞更貧。相如

有遺草,一為問家人。」作律至此,幾於以筆為舌。

按:美人蕩漾,玉手欲贈,雲波橫洞房,若有情焉,而不盡之,所以
　　獨得蘊藉之妙。「南望」一什,則行雲自若,妙在雙用流水對也。

二十七、王昌齡

　　昌齡詩之美,收之不盡,「姦雄乃得志」一篇,尤是集中之冠。「一
人計不用,萬里空蕭條」,每一讀之,覺皇甫鄴之論董卓,張九齡之
議祿山,李湘之策龐勛,千載恨事,歷歷在目,真天地間有數語言。

按:〈失題〉共六句:「姦雄乃得志,遂使群心搖。赤風蕩中原,烈火
　　無遺巢。一人計不用,萬里空蕭條。」(《全唐詩》卷141,頁1435)
　　賀裳不賞昌齡塞下、宮詞等人所常稱之作,反極譽此篇,佳處固
　　在末二句:「一人」、「萬里」,氣勢萬千,且盡得其致。但「赤風」
　　以下四句,亦句句不可少,有此二十字,乃能足成末二句之氣韻。
　　古今歷史中,固多此類事件,令人臨此詩而長歎不能自已。

　　「初日淨金閨,先照床前暖。斜光入羅幕,稍稍親絲管。雲髮不
勝梳,楊花更吹滿。」婉媚若此,乃不數作,多為荒涼刻直之音,固
薄綺靡不屑也。

按:「初日」六句,「淨」字好,「先照床前暖」平而奇,「稍稍親絲管」
　　亦妙。「不勝梳」曲,「楊花吹滿」蘊藉而精彩。「荒涼刻直」四
　　字固稍誇張,但黃白山評「殊非所以目少伯」,亦未必然。是乃
　　賀氏一家之言,獨創之見地,不可隨意抹殺。

　　〈東京諸公與綦毋潛李頎相送至白馬寺宿〉:「薄宦忘機栝,醉來
復淹留」,與「望塵非吾事,入賦且遲留。」,同一不羈之態,「望塵」
稍戀,「機栝」帶謔而冷,令識時務人聞之,泚顙刺骨,將欲望而甘
心。

按:「薄宦」二句,是冷幽默,亦不失其赤子之心。「望塵」二句戀而
　　有味。泚顙刺骨,自不免誇張,然亦有三五分焉。

龍標古詩，乍嘗螫口，久味津生，耐咀嚼，實在高、岑之上，徒賞其宮詞，非高識也。

按：賀裳品詩，每有卓見，黃白山不能一一同感，亦意料中事（「賀君之口，必不猶夫人之口矣。」）

古詩如〈素上人影塔〉（《全唐詩》卷142，頁1439）：「物化同枯木，希夷明月珠。本來生滅盡，何者是虛無？一坐看如故，千齡獨向隅。至人非別有，方外不應殊。」如此風味，可符賀氏觀感。

若論宮詞，如「玉顏不及寒鴉色，猶帶昭陽日影來」，嘗因其造語之秀，殊忘其著想之奇。

按：此二句可謂奇秀。玉顏對寒鴉，乃不著痕跡之當句對：鴉黑色，玉白色。昭陽宮之日光，是可以由寒鴉載負的嗎？其奇端的在此。

「錢塘江上是誰家？江上女兒全勝花。吳王在時不得出，今日公然來浣紗。」此直以西施譽江上女兒，借吳王作波勢耳。

按：江上女兒未必個個如花，特借題發揮耳。「今日公然來浣紗」，多少天然鄉村婦女的生活和情思，盡蘊於此中！

二十八、李　白

不遍讀盛唐諸家，不見李、杜之妙。太白胸懷高曠，有置身雲漢、糠粃六合意，不屑屑為體物之言，其言如風卷雲舒，無可蹤跡。子美思深力大，善於隨事體察，其言如水歸墟，靡坎不盈。兩公之才不可兼。杜謂李「飛揚跋扈」，「筆落驚風雨，詩成泣鬼神」，推許至矣。……太白曰「下士大笑，如蒼蠅聲」，又曰「仰天大笑出門去，我輩豈是蓬蒿人」，宋人謂其好言婦人飲酒（按指王安石），太白千載前已知而笑之矣。

按：此條兼論李、杜，揭出太白之高逸不可尋蹤。而太白之不易為人知，亦當然之事，連王安石也不能例外。

〈蜀道難〉一篇，真與河嶽並垂不朽。即起句「噫吁嚱，危乎高哉」七字，如纍碁架卵，誰敢併于一處？至其造句之妙：「連峯去天

不盈尺，孤松倒掛倚絕壁。飛湍瀑流爭喧豗，砅崖轉石萬壑雷。」每讀之，劍閣、陰平，如在目前。又如「一夫當關，萬夫莫開。所守或匪親，化為狼與豺。」不惟劉璋、李勢恨事如見，即孟知祥一輩亦逆揭其肺肝，此真詩之有關係者，豈特文詞之雄！紛紛為明皇，為房、杜，譏嚴武，譏章仇兼瓊，俱無煩聚訟。

按：此條專論〈蜀道難〉，首讚其與河岳同等不朽，雖誇張亦真實。「連峯」四句，生動如畫。「一夫」以下四句，賀裳獨解讀為影射蜀中史事，亦若非捕風捉影，但是否牽涉如此之廣，則有待商酌。

　　「鄭客西入關，行行未能已。白馬華山君，相逢平原里。璧遺鎬池君，明年祖龍死。秦人相謂曰：吾屬可去矣。一往桃花源，千春隔流水。」「秦人相謂曰」乃史中敍事法，誰敢入之於詩？吾不難其奇而難其妥，嘗歎李長吉費盡心力，不能不借險句見奇，孰若太白用尋常語自奇！

按：此處評讚太白之敍事詩，而以平中見奇、奇而又妥為核心，比照李賀之因險見奇；其實太白亦有因奇見奇者，〈蜀道難〉中即有不少實例。

二十九、杜　甫

　　杜詩惟七言終始多奇，五言律亦前後相稱；五古之妙，至老不衰，然求其尤精出者，如〈玉華宮〉、〈羌村〉、〈北征〉、〈畫鶻行〉、三吏、三別、〈佳人〉、〈夢李白〉、前後出塞，俱在未入蜀之前；後雖有〈寫懷〉、〈早發〉數章，奇亦不減，終不可多得。

按：此條所評，十分中肯。這些作品，後文又以「神完味足」形容之，確為千古名作。後文又引「老去詩篇渾漫興」來印證老杜晚年作稍遜以前。未引述〈自京赴奉先縣詠懷〉，恐是一時疏漏。其中〈玉華宮〉較不受人注目，茲引錄於下：「溪回松風長，蒼鼠竄古瓦。不知何王殿，遺構絕壁下。陰房鬼火青，壞道哀湍瀉。萬

籟真笙竽，秋色正蕭灑。美人為黃土，況乃粉黛假。當時侍金輿，故物獨石馬。憂來藉草坐，浩歌淚盈把。冉冉征途間，誰是長年者？」此詩首二句便不尋常，與「玉華」形成對峙之勢：蒼鼠古瓦，何等淒涼！「陰房」、「鬼火」、「壞道」、「哀湍」，一氣貫下，劇力千鈞。而七、八忽然一轉，不勝其溫柔：萬籟笙竽，秋色蕭灑！「美人」句亦奇，奇在下句。「故物獨石馬」，則不勝唏噓。末四句轉向作者（行人）身上，「憂來」、「浩歌」、「淚盈把」，全是抒情，只有「藉草坐」三字敘事記動作。末以誰能長生作結，大方中肯。玉華宮本身，只寫了一半。

七言律則失官流徙之後，日益精工，反不似拾遺時曲江諸作，有老人衰颯之氣。在蜀時猶僅風流瀟灑，夔州後更沉雄溫麗。如詠諸葛「伯仲之間見伊呂，指揮若定失蕭曹」，言簡而盡，勝讀一篇史論。明妃「一去紫台連朔漠，獨留青塚向黃昏。畫圖省識春風面，環珮空歸月夜魂。」生前寥落，死後悲涼，一一在目。言戎馬之害，則如「昨日玉宇蒙葬地，早時金盌出人間。」寫景則如「高江急峽雷霆鬥，古樹蒼藤日月昏」，「返照入江翻石壁，歸雲擁樹失山村」。詠物則如〈角鷹〉：「一生自獵知無敵，百中爭能恥下鞲」。感慨則如「織女機絲虛夜月，石鯨鱗甲動秋風」。真一代冠冕。至若「盤渦浴鷺底心性，獨樹花發自分明」，雖大家縱筆成趣，無所不可，如西子捧心，更益其妍。

按：七律果為老杜集中之最佳，不僅唐人之冠冕，亦古今之冠冕也。

賀氏舉例均佳，唯「織女」一聯，不止感慨，亦盡寫物寫境之妙。

縱筆成趣，其實不必以「西子捧心」為喻，自成一格也。

〈堂成〉詩曰：「暫止飛烏將數子，頻來語燕定新巢。」妙在下一「定」字，將「頻來」二字、「語」字，節節皆生動矣，上句不如也。

按：宋人所謂「詩眼」、「句中眼」，可謂老杜的特技，「定」乃其中一例。其實上句亦寫實而生動，「暫止」「將數子」均為細心觀察之成果。

〈題柏大兄弟山居屋壁〉曰：「書籤映夕曛」，決非由思索得者，若粗莽人偶不經意，即失之矣。上句乃「筆架霑窗雨」，必無晴雨並見之理，當是適逢新霽，斜暉射書上，筆架猶帶殘雨也。又如「遠鷗浮水靜，輕燕受風斜」、「花妥鶯梢蝶，溪喧獺趁魚」、「啅雀爭枝墜，飛蟲滿院游」、「芹泥隨燕嘴，花蕊上蜂鬚」、「風蝶動依槳，春鷗不避船」、「柱穿蜂溜蜜，棧缺燕添巢」、「步壑風吹面，看松露滴身」、「路危行木杪，身遠宿雲端」，皆目前之景，特人無此細心，亦無此秀筆耳。

按：「書籤」二句，賀說固無不妥，但一面下雨一面晴的景象，亦時有所見，未必非如彼也。「輕燕受風斜」「受」「斜」之間，非觀察細膩，不能得也。「花妥」二句，二植物配四動物，而以「妥」、「喧」二狀詞、「梢」、「趁」二動字貫串之，的是警句。「身遠宿雲端」，亦是如畫妙境。

　　老杜五律，善寫幽細之景，尤愛其正大者。如「避人焚諫草，騎馬欲雞栖」、「明朝有封事，數問夜如何」、「受諫無今日，臨危憶古人」、「不過行儉德，盜賊本王臣」、「古來存老馬，不必取長途」，真堪羽翼風雅。

按：老杜乃正宗儒者，其愛國忠君之心，時時流露在篇章中，以上數例，俱屬此種。「避人」妙，「欲雞栖」巧；「數問夜如何」，急於謀國之心，藹然若見；「臨危思古人」，感同身受，「受諫」一句則為倒裝語；「不過」二句曖昧，但引人深思；「存老馬」好在一「存」字：羽翼風雅，豈虛言哉！

　　「晚來江間失大木，猛風中夜飛白屋。天兵斬斷青海戎，殺氣南行動坤軸，不爾苦寒何太酷！巴東之峽生凌澌，彼蒼回斡人得知！」中間一轉，真如危流摺舵，似此斯為老手。若帆駛水順，雖一日千里，亦安足奇！

按：「天兵斬斷」到「生凌澌」，到「彼蒼回斡」，一轉一收，確為跌宕生姿之巧筆。

毛詩無處不佳，尤愛〈采薇〉、〈出車〉、〈杕杜〉三篇，一氣貫串，篇斷意聯，妙有次第。老杜〈前出塞〉得之。始章曰：「戚戚去故里，悠悠赴交河。公家有程期，亡命嬰禍羅。君已富土境，開邊一何多！棄絕父母恩，吞聲行負戈。」此應調之始，故但敘別離之恨，而「法重心駭，威尊命賤」之意，躍躍不禁自露。二首忙中著閒，上寫征行之苦，下寫爭先示勇之致。三首忠義激烈，勃然如生。四首與首章末句意相似，但前是出門時言，猶感慨意多，此是因附書後再一決絕言之，直前不顧矣。前止父母，此兼姻親，文情之密，非複出。補上吏與相識人，尤見周到。「附書」下三句，暗與次章「骨肉」二語相應，又微反毛詩「我戍未定，靡使歸聘」意，妙於脫胎變化。五章始至軍中述所經歷，末句不徒感慨，亦有鼓銳意。六章軍中自勵之言，下四句更有「薄伐獫狁」之旨。七章「何時築巢還」，非還家，乃還主將屯軍處。此章言築城事，敘景不僅本「載途雨雪」，兼從〈漸漸之石〉牽來，末語更有〈揚水〉之痛。八章方及戰事；八句凡數層折，蹊迴徑轉，各具奇觀。九章亦即「一勝何足論」意，但始猶一勝，此則十年之功，退讓不言，志更不隳，更圖後效，較之「欲言塞下事，天子不召見。東出咸陽門，哀哀淚如霰」，度量相越多少！此詩節節相生，真與毛詩表裏。

按：「威尊命賤」四字形容得好。但出塞詩與〈采薇〉等不盡相似。「篇斷意聯」四字，若謂前後〈出塞〉各篇之間有此現象，自可認同。所論各詩主旨，及與毛詩比照，俱有其獨特見地。〈前出塞〉九首，可視作一首長篇敘事詩，可分亦可合，與三吏、三別同具歷史意義及人生價值。

〈後出塞〉五首，亦有次第，一首較〈前出塞〉首篇更覺志氣激昂，前篇似徵調之兵，故言悲，此似應募之兵，故言雄。前篇貧態可掬，此則軍容壯盛；前篇悲涼滿眼，此則里戚相餞，殽醴錯陳，吳鉤一贈，尤助壯懷。妙在「含笑看」三字，說得少年鬚眉欲動。如此少

年，定一俠士。二篇軍前風景如畫，「平沙」二語尤妙。凡勇士所之，無不欲收爲己用者，此語直傳其神。「寂寥」二字妙甚，深見軍中紀律之肅。史載霍去病：士卒乏食，而後軍餘粱肉，此處用霍嫖姚典，殊帶怵惕意，卻妙在一「恐」字，語意甚圓，三首中「勇所聞」三字，妙得開邊倖功人一輩心髓，儼然傅介子等人在目。四首首章言應募，次章言入幕，三章言立功，至此極言邊城之富，而邊將之橫，始有失身之懼。末二句尤含蓄無限。叛志已決，非口舌可諍，君寵方隆，不可以上變（告者往往受誅）。此詩眞實錄也。五首良家子不惟不願富貴，並不顧妻子，脫身歸來，眞忠臣義士。此詩有首有尾，有照應，有變換。「我本良家子」與首篇「千金買鞍」等相應，「身貴不足論」與「及壯當封侯」似相反，然以「恐辜主恩」而念爲之轉，則意自不悖。「故里但空村」，非復送行時「擁道周」景象，此正見盛衰之感，還家者無以爲懷，意實相應。此詩後二章多與唐史合，似實有所指。五章始終一氣，不說到還家，則意不完，氣亦不住，竟一無結果人矣。

按：此條說解〈後出塞〉，爲歷來說杜詩者之冠。分辨〈前出塞〉與〈後出塞〉之異：一徵一募，一貧一富，一以「固窮」自勵終，一以還家保節收尾。至於各章意思，亦一一敍述剖析，了若指掌。其中說第三首尤佳好。

三十、高適　岑參

高適達者之詩，豁達磊落，去盡寒澀瑣媚之態。如〈送田少府貶蒼梧〉：「丈夫窮達未可知，看君不合常數奇。」〈贈別晉三處士〉：「愛君且欲君先達，今上求賢早上書。」〈九日酬顏少府〉：「縱使登高只斷腸，不如獨坐空搔首。」〈崔司錄宅燕大理李卿〉：「飲醉欲言歸剡谿，門前駟馬光照衣。路旁觀者徒唧唧，我公不以爲是非。」眉宇如此，豈久處塢壁。

按：高適之爲達者，不止其境遇佳，更見其心胸豁達，磊落大丈夫氣概，到處流露，以上所舉數例，僅就與友人詩而言，其他於世情、

於事件、於國家，尚有不少足以顯示其氣概者。

高五古勁渾樸厚，岑稍點染，遂饒濃色。高七古最有氣力，李、杜之下，即當首推。岑自膚立，然如崔季珪代曹操，雖雅望非常，眞英雄尙屬捉刀人也。惟短律相匹，長律亦岑不如高。

按：五古、七古，高適俱勁而渾，岑稍色稜，其實不如高。賀氏之言甚是。中用曹操、崔季珪見匈奴使者一喻（見《世說新語》），甚爲巧妙，意謂高方才是眞英雄。短篇五、七律各有千秋，排律則高又獨秀。試看高適〈燕歌行〉（《全唐詩》卷 213，頁 2217），「漢家烟塵在東北，漢將辭家破殘賊。男兒本自重橫行，天子非常賜顏色。君不見沙場征戰苦，至今猶憶李將軍。」眞可比美李、杜。

他如〈人日寄杜二拾遺〉、〈送渾將軍出塞〉亦然。

三十一、李　頎

李頎五言，猶以清機寒色，未見出羣，至七言實不在高適之下。〈放歌行答從弟墨卿〉：「吾家令弟才不羈，五言破的人共推。興來逸氣如濤湧，千里長江歸海時。」眞善寫文士下筆淋漓之狀。〈送劉十〉：「前年上書不得意，歸臥東窗兀然醉。諸兄相繼掌青史，第五之名齊驃騎。烹葵摘果告我行，落日夏雲縱復橫。聞道謝安掩口笑，知君不免爲蒼生。」曲折磊落，姿態橫生。至「青青蘭艾本殊香，察見泉魚固不祥，濟水固青河自濁，周公大聖接輿狂。千年魑魅逢華表，九月茱萸作佩囊。善惡死生齊一貫，祇應斗酒任蒼蒼。」每一讀之，勝呼龍泉、擊唾壺矣。

按：一般人注意李頎，多放在他的七律上，如〈送魏萬之京〉（《全唐詩》卷 134，頁 1362）：「朝聞遊子唱離歌，昨夜微霜初渡河。鴻雁不堪愁裏聽，雲山況是客中過。」〈宿瑩公禪房聞梵〉：「花宮仙梵遠微微，月隱高城鐘漏稀。夜動霜城驚落葉，曉聞天籟發清

機。……」（頁 1363）清朗隱約，能婉能豪。賀氏獨右其古詩，果亦姿態橫生，不可方物。

三十二、常　建

「高山臨大澤，正月蘆花乾。陽色薰兩厓，不改青松寒。」此東野意趣也。「井底玉冰洞地明，琥珀轆轤青絲索。仙人騎鳳採彩霞，挽上銀瓶照天閣。黃金作身雙飛龍，口銜明月噴芙蓉，一時渡海望不見，曉上青樓十二重。」置之《長吉集》，奚辨乎！二子之生，尚在數十年後，此實唐風之始變。盛唐諸家咸有昌明之象，獨常建如去大梁、吳、楚而入黔、蜀，觸目舉足，皆危崖深箐，其間幽泉怪石，良非中州所有，然亦陰森之氣逼人。

按：此評可謂常之知音，甚至謂之一枝獨秀亦可。所舉二例，果似中唐之音。危崖深箐，幽泉怪石，妙喻中的。世間詩選，獨鍾〈題破山寺後禪院〉一首：「曲徑通幽處，禪房花木深。」云云（如戴君仁《詩選》，中國文化大學出版部，西元 1993 年），不以其對仗不甚工而失色。

常詩名勝處，幾於支、許清言，即刻劃林泉，亦天然藻繢。獨如「漢上逢老翁，江口為僵屍」諸篇（按見《全唐詩》卷 144，頁 1458，〈古興〉），宇宙大矣，何地不可行，何必效大阮。「玉帛朝回望帝鄉，烏孫歸去不稱王。天涯靜處無征戰，精氣銷為日月光。」（頁 1463）唐代〈塞下曲〉，昌明博大，無如此篇，出自幽紆之筆，故為尤奇。

按：〈古興〉三四句為「白髮沾黃泥，遺骸集烏鴟。」狀寫恐怖之態。後半「徧觀今時人，舉世皆爾為。將軍死重圍，漢卒猶爭馳。百馬同一銜，萬輪同一規。」其實別具風致與意境。〈塞下曲四首之一〉妙在「天涯」二句，「精氣銷為日月光」，真是別闢境界矣。

三十三、元　結

元次山疏率自任，然亦有太輕太樸者。酬贈游宴諸詩，須分別存

之；惟憫貧窮、悲兵災之言，宜備矇瞍之誦，爲人牧者宜置之座右。

按：元結之〈亂風詩五篇〉（《全唐詩》卷240，頁2692）以四言成詩，
　　中間或插入五、七言，有近似詩之大小雅者，所謂「憫貧窮，悲
　　兵災」者指此。另如〈補樂歌十首〉（頁2693）亦然。酬贈之什，
　　有不少坦率流露眞性情者，如〈宿洄溪翁宅〉:（《全唐詩》卷241，
　　頁2715）「長松萬株遶茅舍，怪石寒泉近巖下，老翁八十猶能行，
　　將領兒孫行拾稼。吾羨老翁居處幽，吾愛老翁無所求。時俗是非
　　何足道，得似老翁吾即休。」雖未著力經營，卻是何等風致！

三十四、沈千運　孟雲卿

　　詩有一意透快，略不含蓄，不礙其爲佳者，沈千運、孟雲卿是也。
沈之「近世多夭傷，喜見鬢髮白」，孟之「爲長心易憂，早孤意常傷」，
語皆入妙。但讀其全詩，皆羽聲角調，無甚宮商之音。孟〈寒食詩〉
最佳，「貧居往往無烟火，不獨明朝爲子推」，正可與韓翃詩參看。〈行
路難〉:「海中之水愼勿枯，烏鳶啄蚌傷明珠」，大是激昂。

按：沈、孟二人之詩常爲人忽視，痛快淋漓，亦是一格，惜有佳句而
　　乏完美之佳什，整體印象不夠渾成。〈寒食〉有味，〈行路難〉是
　　表現愛物之心。

三十五、劉長卿

　　隨州絕句，不減盛唐，排律亦妙。排律初盛爲工，元和後牽湊冗
複，唯隨州例外。〈嚴維宅送包佶〉:「江湖同避地，分手自依依。盡
室今爲客，驚秋空念歸。歲儲無別墅，寒服羨鄰機。草色村橋晚，蟬
聲江樹稀。夜深宜共醉，時難忍相違。何事隨陽雁，汀洲忽背飛？」
情旨溫然，又不徒寫景述事矣。〈小鳥篇〉彷彿崔顥〈孟門行〉，崔詩
首尾皆比，中間露出正意，此則全篇是比。「銜花縱有報恩時，擇木
難容託身處」，亦從「本擬報君恩，如何反彈射」脫胎。但崔猶有望
幸之思，故不勝據鞍顧眄之態；此畏禍之意深，不暇爲逝梁敝筍之嘆。

然亦有露氣骨處，如「獨立雖輕燕雀群」，終亦不放倒地位。

按：賀氏對劉長卿的總評，吾人固無間言。所舉實例亦堪稱代表作。
〈嚴維宅〉一首，寫景出色，寫情寫事，融成一片。〈小鳥篇〉
比較崔、劉二作，細緻入微。

長律至劉隨州，妙有勝于盛唐人者，卻是盛唐人不願爲者。〈入
至德界偶逢洛陽隣家李光宰〉：「近北始知黃葉落，向南空見白雲多。」
南中多暑，草木不凋，故以葉落爲感，歎遷謫之久也。下語之妙，乃
至於此。「已是洞庭人，猶看灞陵月。昨夜夢中歸，煙波覺來闊。」
又「日暮微雨中，州城帶秋色。蕭條主人靜，落葉飛不息」，俱非盛
唐後言語。然如「只爲乏生計，爾來成遠憂」，不惟輕佻，亦鄙率矣。
〈長門怨〉：「蕙草生閒地，梨花發舊枝。芳菲自恩幸，看著被風吹。」
末句尖警動人，卻開猥諢之習。入樂府則俊，入律詩則佻。昔人將長
卿列入中唐，何故？盛唐人無不高凝整渾，隨州短律，始收斂氣力，
歸於自然，首尾一氣，宛若面語，其後開張籍一派，益事流走，景在
眼前，情在人我，無復高足闊步，包括宇宙，綜攬人物之意。

按：此條縱論長卿之長處及短處，頭頭是道，令人折服。尤其分析隨
州入中唐之理由，更是入木三分。盛唐之高凝渾成，隨州非不能
到，但有時偏愛近身情景，發乎自然，終乎人我之間，其境乃不
能潤矣。至於「盛唐人所不願爲」之長律，究竟何指，惜未明示。
「只爲」二句，說是鄙率，未免過言。

三十六、錢　起

昔人推錢詩，多奉「長樂鐘聲花外盡，龍池柳色雨中深。」予以
二語誠警策，讀其全篇，終似公廚之饌，爽口不足，去王維、李頎尚
遠。〈罷章陵令山居〉二首，甚得閒淡之致；兩起處尤佳。二詩高曠。
〈南溪春耕〉：「荷簑趨南逕，戴勝鳴條枚。溪雨有餘潤，土膏寧厭開？
溝塍落花盡，耒耜度雲迴。誰道耦耕倦，仍兼勝賞催。日長農有暇，
悔不帶經來。」如此轉筆，眞可云水窮雲起矣。〈憶山中寄舊友〉：「數

載白雲裏，與君同采薇。樹深烟不散，溪盡鷺忘飛。更憶東巖趣，殘陽破翠微。脫巾花下醉，洗藥月前歸。風景今還好，如何此興違！」誠不減王、孟。余又喜其「酒酣暫輕別，路遠始相思」，眞入情切事。

按：錢起乃中唐最典型的代表詩人。雖「爽口」不足，亦時有高逸之
　　音。〈南溪春耕〉妙在末二句之轉抒，全詩略似儲光羲。王、孟
　　或不可及，謂之小小儲光羲，似尚不勉強。

三十七、郎士元

　　士元詩不能高岸，而有談言微中之妙。淡語中饒有腴味。如「亂流江渡淺，遠色海山微」，「河來當塞曲，山遠與沙平」，「荒城皆背水，遠雁入寒雲」，「罷磬風枝動，懸燈雪屋明」，雖蕭寂而不入寒苦。（黃白山評：「寒磬」一聯，乃僧無可——按爲賈島堂弟——詩。）至若「月到上方諸品淨，心持半偈萬緣空」，讀之眞躁心欲消，妄心欲熄。「或棹輕舟或杖藜，尋常適意釣前溪。草堂竹徑在何處，落日孤烟寒渚西。」眞善寫隱淪之趣也。

按：談言微中，何等愜意，但尚不是高逸之格。賀氏以「澹語中饒有
　　腴味」說郎詩，勝過劉辰翁「濃景中別有澹意」，正與東坡說陶
　　詩「癯而實腴」同一意旨。蕭寂之境不難寫，但不落於寒苦便稱
　　難得。又「或棹」一絕，平淡自然，八個意象，一氣貫下，不徐
　　不疾，允爲隱逸生活之最佳寫照。

三十八、李嘉佑

　　高仲武稱李「綺靡婉麗，涉于齊、梁」，然《中興閒氣集》中所載，殊亦平平。余喜其「風搖近水葉，雲護欲霜天」，「無人花色慘，多雨鳥聲寒」，「能全季布諾，不道魯連功」，「爽氣遙分隔浦岫，斜光偏照渡江人」，殊有雅致。

按：高仲武見解本來平平。此條所舉李詩，最可愛者當數「無人」一
　　聯，「花色慘」，「鳥聲寒」，皆前人所未道。「能全」一聯，寫俠客

大丈夫風度，令人動容，不僅「有雅致」而已，未見齊梁風格也。
又按：李嘉佑，一作李嘉祐，今人皆作「祐」。

三十九、韓　翃

　　貞元以前人詩多樸重，韓翃始修辭呈態，有風流自賞之意。昌黎曰：「歡愉之辭難工」，獨翃反是。其佳句如「寒雨送歸千里外，東風沉醉百花前」，「露色點衣孤嶼曉，花枝妨帽小園春」，「池畔花深鬥鴨欄，橋邊雨洗藏鴉柳」，「門外碧潭春洗馬，樓前紅燭夜迎人」，「急管晝催平樂酒，春衣夜宿杜陵花」，皆豪華逸樂之概。惟〈送李少府入蜀〉詩：「孤城晚閉秋江上，匹馬寒嘶白露中」，稍覺凄然可念。然在集中，亦如九十春光，一朝風雨耳。至若「葛花滿地能消酒，梔子同心好贈人」，「下筯已憐鵝炙美，開籠無奈鴨媒嬌」，駸駸已入輕靡，晚唐風調矣。君平以〈寒食〉詩得名；如「春城無處不飛花，寒食東風御柳斜」二語，猶只淡寫，至「日暮漢宮傳蠟燭，輕烟散入五侯家」，上句言新火，下句言賜火，此詩作于天寶間，其時楊氏擅權，國忠、銛與秦、虢、韓三姨號為五家，極豪貴榮盛，故借漢王氏五侯喻之，即賜火一事，而恩澤先霑於戚族，非他人可望，其餘錫予之濫，又不待言！寓意遠，託興微，得風人之遺。〈調馬〉詩只是詠物好，無所寄託，不如〈寒食〉。

按：韓君平姿態美妙，依約可愛，此條所舉之詩，有輕俏可喜者，有
　　風骨盎然者，如「孤城」一聯，何等風致。又後半對〈寒食〉一
　　詩之剖析，絲絲入扣，「楊氏五家」一解，人所共折。〈調馬〉詩
　　後二句尤好。

四十、韋應物

　　韋蘇州冰玉之姿，蕙蘭之質，粹如藹如，警目不足，而沁心有餘。雖以淡漠為宗，然如「喬木生夏涼，流雲吐華月」，「日落群山陰，天秋百泉響」，「落葉滿空山，何處尋行跡」，「高梧一葉下，空齋歸思多」，

「一爲風水便，但見山川馳」，「何因知久要，絲白漆亦堅」，正如嵇康土木形骸，不加修飾，而龍章鳳姿，天質自然特秀。韋詩皆以平心靜氣出之，故多近于有道之言。「身多疾病思田里，邑有流亡愧俸錢」，宛然風人〈十畝〉、〈伐檀〉遺意。又如「爲政無異術，當責豈望遷」，「常怪投錢飲，事與賢達疏」，「所願酌貪泉，心不爲磷緇」，省己喻人，皆非素心人不能道。

按：「冰玉之姿，蕙蘭之質，粹如藹如，警目不足，沁心有餘。」這二十字，眞是蘇州最好的評讚。天姿秀色，人所難匹，淵明以下，一人而已。警目不足，亦陶、韋之所同，其實不足爲病。所引「喬木」等句，自然風發，不修飾而自高貴。後半「身多」諸聯，則顯示其同胞物與之心地，素心人亦即人道主義者！

　　韋詩誠佳，劉辰翁謂「韋詩潤者如石，孟詩如雪，雖淡無采色，不免有輕盈之意」；至謂二人意趣相似，則又不然。「自顧躬耕者，才非管樂儔。聞君薦草澤，從此泛滄洲」，自是隱士高尚之言。「促戚下可哀，寬政身致患。日夕思自退，出門望故山」，自是循吏倦還之語。宋人又多以韋柳並稱，亦甚相懸。韋無造作，柳極鍛鍊。韋曠達，柳帶排遣之意。

按：此條論韋、孟之異：一爲循吏求隱，一爲天生隱士。又論韋、柳之異（按東坡亦常將韋、柳相提並論），一曠達自然，一排遣鍛鍊，確實大不相同。然就貌相而論，王孟韋柳並列，世人自無間言。

四十一、盧　綸

　　其詩以眞入妙，如「少孤爲客早，多難識君遲」，「貌衰緣藥盡，起晚爲山寒」，「語少心長苦，愁深醉自遲」，「顏衰重喜歸鄉國，身賤多慚問姓名」，「高歌猶愛〈思歸引〉，醉語惟誇漉酒巾」，「故友九泉留語別，逐臣千里寄書來」，皆能使人情爲之移，甚者欷歔欲絕。寫景之工，則如「估客晝眠知浪靜，舟人夜語覺潮生」，「上方月曉聞僧語，下界林疏見客行」，「孤村樹色昏殘雨，遠寺鐘聲帶夕陽」，「折花朝露

滴，漱石野泉清」、「泉急魚依藻，花繁鳥近人」、「路濕雲初上，山明日正中」、「人隨雁迢遞，棧與雲重疊」，悉如目見。〈塞下曲〉六首，俱有盛唐之音。「平明尋白羽，沒在石稜中」一首尤佳。人稱「欲將輕騎逐，大雪滿弓刀」，雖亦矯健，然殊有逗遛之態，何如前語雄壯。

按：盧綸詩工於寫實，或工或妙，不一而足。此條所引，如「起晚爲山寒」、「語少心長苦，愁深醉自遲」、「逐臣千里寄書來」、「遠寺鐘聲帶夕陽」、「估客」一聯、「泉急」一聯等，尤稱佳妙。如在目前，如聞其聲。至於〈塞下曲〉六首，首首都好。「林暗草驚風，將軍夜引弓。平明尋白羽，沒在石稜中。」固有氣派，讀之如見大將颯颯英風；「月黑雁飛高，單于夜遁逃。欲將輕騎逐，大雪滿弓刀。」（見戴君仁《詩選》頁287，288）亦婉約中透豪放，不必解作有逗遛之態也。

四十二、皇甫冉　皇甫曾

　　兩皇甫雖取境不遠，而神幽韻潔，有涼月疏風、殘蟬新雁之致。如冉之「菓熟任霜封，雁疏從水渡」、「山晚雲如雪，汀寒月照霜」、「襄露收新稼，迎寒葺舊廬」，曾之「細泉松徑裏，返景竹林西」、「隔城寒杵急，帶月早鴻還」，皆自清絕。至若「客散高樓上，帆飛細雨中」，旅中讀之，尤不能爲懷。曾才雖稍亞，正自不墮家法。

按：「神幽韻深」四字，大大爲二皇甫添身分。所引各詩句，亦大致能稱此語，「涼月」八字之喻，令人神往。末舉曾之「客散高樓上，帆飛細雨中」，兩種境界，合而爲一，令人低迴不已。高樓、細雨，思之沉醉。

四十三、李　端

　　李端平熟，若時一作態，即新警可喜。如「月落星稀天欲明，孤燈未滅夢難成。披衣更向門前望，不忿朝來鵲喜聲。」何其多姿！〈九日贈司空曙〉：「我有惆悵辭，待君醉時說。長安逢九日，難與菊花別。

摘卻正開花，暫言花未發。」弄姿生色，但有折腰齲齒之態。正大而佳者，如〈雪夜尋太白道士〉：「出遊居鶴上，避禍入羊中」，不在王維「飲人聊割酒，送客乍分風」之下。〈瘦馬行〉頗有少陵之遺。〈雜歌〉長篇，宛似太白，中曰「酒沽千日人不醉，琴弄一絃心已悲」，最爲警策。

按：李端在大曆十才子中可列中上，好在時有警策之句。其中「我有惆悵辭，待君醉時說。」尤佳，可惜後四句不免做作。「月落」一首，生動多姿；「出遊」一聯，未必新警，亦是自鑄。〈瘦馬行〉：「城傍牧馬驪未過，一馬徘徊起還臥。眼中有淚皮有瘡，骨毛焦瘦令人傷。朝朝放在兒童手，誰覺舉頭看故鄉。往時漢地相馳逐，如雨如風過平陸，豈意今朝驅不前，蚊蚋滿身泥上腹。……」（《全唐詩》卷284，頁3239），眞可比美老杜同題材之作品。〈酒沽〉一聯，入太白集中，或可亂眞也。又〈拜新月〉：「開簾見新月，便即下階拜，細語人不聞，北風吹裙帶。」（《詩選》頁292）亦有李白〈玉階怨〉之風味。

四十四、嚴　維

中唐之初，平淡中時露一入情切景之語，大抵如空山獨行，忽聞蘭色，餘則寒柯荒阜而已。如嚴維「柳塘春水漫，花塢夕陽遲」，誠爲佳句，但上云「窗吟絕妙辭」，卻鄙。余喜其〈留別鄒紹先劉長卿〉：「中年從一尉，自慊此身非。道在甘微祿，時危恥息機。晨趨本郡府，晝掩故山扉。待得干戈畢，何妨更採薇。」頗有長厚之風。又「還家萬里夢，爲客五更愁」，深切情事。「陽雁叫霜來枕上，寒山映月在湖中」，「漁浦浪花搖素壁，西陵樹色入秋窗」，時一神游，忽忽在目。

按：賀氏形容元和以前之中唐詩，空山蘭色，寒柯荒草，極爲眞切。嚴維「柳塘」一聯，詩話中稱述者豈止二三！可爲「入情切景」之代表。「留別」一首，更是傷者入仕之風範，曲曲寫照，長厚醇郁。「還家」五字，讀者感同身受。「陽雁」二句，上句尤佳，

下句映襯有功。「漁浦」二句，內外合一，神遊恍惚。

四十五、耿　湋

耿詩喜傳荒寂之景，寫細碎之事。如「暮雪餘春冷，寒燈續晝明」，深肖山寺；「幾度曾相夢，何時定得書」，酷似懷人之緒；〈沙雁篇〉尤有寄託，中聯云「還塞知何日，驚弦亂此心。夜陰前侶遠，秋冷後湖深」，讀之令人淒然。「雖言千騎上頭居，一世生離恨有餘。葉下綺窗銀燭冷，含啼自草錦中書。」此詩直而溫，怨而不怒。

按：荒寂之景、細碎之事，皆不易工巧。耿湋能以此為主要題材，亦可謂為中唐詩人添威。所舉四例，各有所長，末例四句眞能得風人之致，婉約而有情意。

四十六、司空曙

「乍見翻疑夢，相悲各問年」，可謂情至之言，李益「問姓驚初見，稱名憶舊容」，則情尤深，言尤愴，讀之者幾於淚不能收。「池晴龜出曝，松暝鶴飛迴」，寫景亦佳。有以謔而妙者，如「無將故人酒，不及石尤風」是也。

按：司空詩亦句佳於篇，「乍見」一聯，嘗誤記為老杜之什，賀裳以為李益「問姓」二句尤佳，吾不能認同。其實二例各有其妙，不可驟分高下。寫景妙者不止「池晴」一聯，如「赤燒兼山遠，青蕪與浪連」（〈送嚴使君遊山〉，《全唐詩》卷 292，頁 3312），「綠田通竹里，白浪隔楓林」（〈送樂平苗明府〉，《全唐詩》頁 3313）皆是。

四十七、顧　況

顧詩極有氣骨，七言長篇，粗硬中時雜鄙句，有高調而非雅音。如〈李供奉彈箜篌歌〉：「指剝葱，腕削玉，饒塩饒醬五味足。弄調人間不認名，彈盡天下嶇奇曲。」後又云：「銀器胡瓶馬上馱，瑞錦輕

羅滿車送。」真為可恨。《詩歸》賞之。〈烏啼曲〉：「此是天上老鴉鳴，我聞老鴉無此聲」，亦可厭。「獨抱〈梁州〉只幾拍，風沙對面胡秦隔。聽中忘卻前溪碧，醉中猶疑邊草白。」真在「新繫青絲百尺繩」之上。顧詩自當以〈棄婦詞〉為第一，如「記得初嫁君，小姑始扶床。今日君棄妾，小姑如妾長。迴首語小姑，莫嫁如兄夫。」雖繁絃促節，實能使行雲為之不流，庭花為之翻落。其次則〈公子行〉尚可觀，如「紅光拂拂酒光凝，當街背拉金吾行。朝游鼕鼕鼓聲發，暮遊鼕鼕鼓聲絕。入門不肯自升堂，美人扶踏金階月。」如見膏粱紈袴之狀。

按：所謂鄙句，莫非指「銀器」二句？以此形箜篌之聲音或旋律，有何不可？鍾惺賞之，不無道理！〈烏啼曲〉二句確實可厭。〈棄婦詞〉曾為人增添數句，混入太白集中，足見此詩之佳好。前十二句云：「古人雖棄婦，棄婦有歸處。今日妾辭君，辭君欲何去。本家零落盡，慟哭來時路。憶昔未嫁君，聞君甚周旋。及與同結髮，值君適幽燕。孤魂託飛鳥，兩眼如流泉。」（《全唐詩》卷264，頁2931）抒寫最初情緣，歷歷如繪，使人動容。賀裳所引六句，固然精采。中間「餘生欲何寄，誰肯相留連。空牀對虛牖，不覺塵埃厚。寒水芙蓉花，秋風墮楊柳。」亦頗生色。〈公子行〉則好在真切。

四十八、李　益

中唐人雅淡則不能高渾，雄奇則不能沉靜，清新則不能深厚。李益風氣不墜，如〈竹窗聞風〉、〈野田行〉，俱中朝正始之音。〈游子吟〉「莫以衣上塵，不謂心如練。」〈雜曲〉：「愛如寒爐火，棄若秋風扇。山嶽起面前，相看不相見。」「嘗聞生別離，悲莫悲于此。同器不同榮，堂下即千里。」殊有漢魏樂府之遺。〈效古促促曲為河上思婦作〉：「促促何促促，黃河九迴曲。嫁與棹船郎，空牀將影宿。不道君心不如石，那令妾貌長如玉。」他能體貼人情至此！邊辭之作，如〈再赴渭北使府留別〉：「報恩身未死，識路馬還嘶」，信為悲壯。〈餘花落〉：

「留春春竟去，春去花如此。蝶舞遶應稀，鳥驚飛詎已。衰紅辭故萼，繁綠扶凋蕊。自萎不勝愁，庭風那更起。」有橫波回睇之妙。

按：李益詩之佳者可比盛唐，甚至上干漢魏。試看〈竹窗聞風寄苗發司空曙〉：「微風驚暮坐，臨牖思悠哉。開門復動竹，疑是故人來。時滴枝上露，稍沾階下苔。何當一入幌，爲拂綠琴埃。」由「驚暮坐」到「思悠哉」，再「疑是故人來」再滴露沾苔；然後風入幌中，拂綠琴之埃，全是家居情事，即把思友念朋之意寄寓其中，眞有魏晉風致。餘例或體貼、或悲壯、或柔情萬縷，各詩各有風情。

四十九、于 鵠

于鵠詩少，然存者俱佳。如〈途中寄楊陟〉：「前村見來久，羸馬自行遲。」〈出塞〉：「分陣瞻山勢，潛兵制馬鳴。」〈南谿書齋〉：「茅屋住來久，山深不置門。草生垂井口，花落擁籬根。」〈送李明府歸別業〉：「鹿裘長酒氣，茅屋有茶烟。」〈題柏台山〉：「枯藤離舊樹，朽石落高峯。」刻劃處無不形神俱似。〈題合溪乾洞〉：「仙人來往行無迹，石逕春風長綠苔。」飄飄乎有凌雲之氣。「秦女窺人不解羞，攀花趁蝶出牆頭。胸前空帶宜男草，嫁得蕭郎愛遠遊。」首二句即王昌齡「閨中少婦不知愁，春日凝粧上翠樓」意。但見柳色而悔，是少婦自悔，此卻出于旁觀者之矜惜，然語意含蓄，可謂好色不淫。〈江南曲〉：「偶向江邊採白蘋，還隨女伴賽江神，眾中不敢分明語，暗擲金錢卜遠人。」摹寫一段柔腸慧致，自是化工之筆。

按：于鵠詩素來不太受人重視，賀裳在此大力表揚之，自是一大功臣。就形神俱似四例而言，「草生垂井口，花落擁籬根。」俱是寫實如畫，「垂」、「擁」二字，堪稱詩眼，凡景被他寫得煞不尋常。「仙人」「無跡」，「石徑」「綠苔」，以後句烘襯前句，故讀之飄飄然。「秦女」四句，含蓄而不晦暗，「窺人」者被詩人窺去，細寫她的心情，自是妙什。〈江南曲〉柔婉可人，由「偶」字打頭，更妙。

五十、戎　昱

　　戎有〈苦哉行〉，寫暴兵之虐甚工。如「去年狂胡來，懼死翻生全。今秋官軍至，豈意遭戈鋋」，眞爲酸鼻。〈過商山作〉：「雨暗商山過客稀，路旁孤店閉柴扉。卸鞍良久茅簷下，待得主人樵採歸。」深肖山僻之景。又〈古意〉：「女伴朝來說，知君欲棄捐。懶梳明鏡下，羞到畫堂前。有淚沾脂粉，無情理管絃。不知將巧笑，更遣將誰憐？」宛如見伍舉辭楚、廉頗去趙，眞使逋臣羈客聞之泣下。〈採蓮曲〉：「雖聽採蓮曲，詎識採蓮心？漾檝愛花遠，回船愁浪深。烟生極浦色，日落半江陰。同侶憐波靜，看粧墮玉簪。」此詩殊有波明粧靚之致。

按：戎昱詩之好處亦在寫物狀事工致生動。「去年」四句，二二比照，而官軍之暴虐自然可以想見。〈過商山作〉之好處在詩分兩節，前二句以「雨暗」、「客稀」、「孤店」、閉扉，佈出僻鄉之背景；後二句則寫一簡單之事件：客來下鞍，久立待主人，主人去採樵，夜晚歸來，始得相見，以此更見地僻人稀之況。〈古意〉之妙，可直抒怨女棄婦之情，又可隱射孤臣羈客之思。〈採蓮曲〉首二句已直扣題意。後六句緩緩抒寫：三四情景相揉，五六全寫景，而情蘊含其中。七八以「憐波靜」、「墮玉簪」對擎，而男女之情宛然在焉。若曰「同侶」同屬女性，自亦無不可，然不如異性爲佳。

五十一、戴叔倫

　　〈女耕田行〉：「乳燕入巢筍成竹，誰家二女種新穀？無人無牛不及犁，持刀砍地翻作泥。自言家貧母年老，長兄從軍未娶嫂。去年災疫牛囤空，截絹買刀都市中。頭巾掩面畏人識，以刀代牛誰與同？姊妹相携心正苦，不見路人惟見土。疏通畦隴防亂苗，整頓溝塍待時雨。日正南岡下餉歸，可憐朝雉擾驚飛。東鄰西舍花發盡，共惜餘芳淚滿衣。」此詩語直氣婉，悲感中仍帶勉勵，作勞中不廢禮防，眞有女士之風，裨益教化。兼張籍、王建、白居易三人之長而先鳴。近體詩亦多可觀，如「風枝驚暗鵲，露草覆寒蛩」，「對酒惜餘景，問程愁亂山」，

「竹暗閒房雨，茶香別院風」，語皆情警。

按：戴詩寫實而清新，〈女耕田行〉可作爲代表。如「無牛無人不及犁，持刀砍地翻作泥。」非親臨其境者不能寫出。讀者讀此一篇，既同情，又佩服，又感傷，作爲張、王、白三子之先聲，戴氏有榮焉。所舉近體三例，「風枝」一聯如見其景，如聞其聲；「對酒」一聯引人深思，意味有餘；「竹暗」一聯則令人留連不已。

五十二、羊士諤

羊詩雖不甚佳，卻求一字之惡不可得。「紅衣落盡暗香殘，葉上秋光白露寒。越女含情已無限，莫教長袖倚闌干。」題是〈郡中即事〉，感秋而作，但「越女含情」與太守何涉，而「莫教倚欄」也？此正喻孤臣於思婦之意，借以寫留滯周南之感耳。唐時重內輕外，羊時謫外，然雖感慨而含蓄不露，頗得風人之遺。

按：此條分析〈郡中即事〉，頗爲切當。首二句寫花葉亦有風致。羊之絕句多好，如〈齋中詠懷〉（《全唐詩》卷332，頁3710）：「無心唯有白雲知，閒臥高齋夢蝶時。不覺東風過寒食，雨來萱草出巴籬。」先寫情，後以景襯託之，宛然清高之境。

五十三、李　涉

李涉過襄陽上于頔詩曰：「方城漢水舊城池，陵谷依然世自移。歇馬獨來尋故事，逢人惟說峴山碑。」詩主於諷，無取於激，此詩規勸于頔當以羊祜爲法，詞婉而妙。聞之者不怒，而有以感發其善心。余謂此尚勝昌黎贈許郢州、崔復州兩篇大文。李絕句多佳，此篇尤可爲法。

按：此一例雖不足看見李涉詩的全貌，窺豹一斑，已可使讀者留下較深刻之印象。另舉一例：〈過招隱寺〉（《全唐詩》卷477，頁5430）：「每憶中林訪惠持，今來今遇早春時。自從休去無心事，唯向高僧說便知。」首句之「惠持」即末句的「高僧」。中林是地，早

春是時，休去是大範圍的時間，說心事和無心事之間，又形成一股張力。三、四句似矛盾而實和諧。

五十四、柳宗元

　　大曆以還，詩多崇尚自然。柳子厚始一振厲，篇琢句錘，起頹靡而蕩穢濁，出入騷、雅，無一字輕率。其初多務豁刻，故神峻而味冽，既亦漸近溫醇。如「高樹臨清池，風驚夜來雨」，「寒月上東嶺，泠泠疏竹根。石泉遠逾響，山鳥時一喧。」，「道人庭宇靜，苔色連深竹」，不意王、孟之外，復有此奇。

按：韋柳並稱，韋有自然平淡及工麗深永兩種，柳則誠如賀裳所言，篇琢句雕之外，亦有溫醇稍近自然者，後者如〈江雪〉：「千山鳥飛盡，萬徑人踪滅。孤舟簑笠翁，獨釣寒江雪。」（《詩選》頁 310）可爲範例。其實此首之妙，乃在兼得「峻」「冽」與「溫醇」之風味。

　　余以韋、柳相同者神骨之清，相異者不獨峭淡之分，先自憂樂之別。如〈贈吳武陵〉：「希聲閟大樸，聾俗何由聰？」〈種朮〉曰：「單豹且理內，高門復如何？」韋安有此憤激？〈游南亭夜還敘志〉：「知螢懷褚中，范叔戀綈袍。」〈湘口館〉曰：「升高欲自舒，彌使遠念來。」韋又安有此愁思？柳構思精嚴，韋出手稍易，學韋者易以藏拙，學柳者不能覆短。

按：此條所評論極爲的切。淡濃之分，誠如前述，並非二人絕對的差異；喜憂之異，則是二家顯著的歧判。「聾俗何由聰」，溫柔敦厚的韋應物一生不能道，不願道；「升高」二句，亦韋所不發。但客觀而言，柳詩之藝術價值確如東坡、賀裳所云，略勝於韋；但就主觀愛好說，則見仁見智矣。

　　余以柳詩自佳，亦於東坡有同病之憐，親歷其境，故益覺其立言之妙。坡曰：「所貴於枯淡者，謂外枯而中膏，似淡而實美，淵明、

子厚之流是也。若中邊皆枯，淡亦何足道！」自是至言，如「曉耕翻露草，夜榜響溪石」，「引杖試荒泉，解帶圍新竹」，「寒花疎寂歷，幽泉微斷續」，「風窗疎竹響，露井寒松滴」，孰非目前之景，而句字高潔，何嘗不淡，何病於穠！

按：東坡之評讚，亦是他自己終生所追求者，柳子厚固能爲之。此條所舉數例，又以「寒花」、「風窗」二聯爲尤佳。詩人之高度感性，固能化平凡的神奇。

〈讀書〉曰：「上下觀古今，起伏千萬途。遇欣或自笑，感慨亦以吁。」殆爲千古書淫墨癖人寫照。又曰「臨文乍了了，徹卷兀若無。」如先爲余輩一種困學人解嘲矣。

按：此詩首二句是宏觀，三四句是微觀。「臨文」二句，則介乎自得與困窘之間，亦妙。

〈南澗〉詩從樂而說至憂，〈覺衰〉詩從憂而說至樂，其胸中鬱結則一。柳答賀者：「庸詎知吾之浩浩，非戚戚之尤者乎？」讀此可解此詩。每見評者曰近陶，或曰達，其實憂深音慼，即陶詩「今我不爲樂，知有來歲不」意也。此更云死不足畏而且樂，其衷懷何如？

按：〈覺衰〉（《全唐詩》卷三五二，頁3943）：「久知老會至，不謂便見侵。今年宜未衰，稍已來相尋。齒疏髮就種，奔走力不任。咄此可奈何，未必傷我心。彭聃安在哉，周孔亦已沈。古稱壽聖人，曾不留至今。但願得美酒，朋友常共斟。是時春向暮，桃李生繁陰。日照天正綠，杳杳歸鶴吟。出門呼新親，扶杖登西林。高歌足自快，商頌有遺音。」這首詩到底是達者之音，還是憂深音慼，實在是一個見仁見智的課題。與淵明「今我」二句，確實境界甚爲近似。吾以爲在「奈何」之下的十餘句，的確顯示一通達者的胸懷。而且飾以大自然的美景，及朋友、美酒、所親，更添快樂的情致。子厚懷憂含慼，固是他的生命常態，此詩則可視作晚年曠遠之音。吾之浩浩，乃吾之尤慼：此意固是，但不必過分解讀。

　　〈覺衰〉詩極有轉折變化之妙，起曰：「久知老會至，不謂便見侵。今年宜未衰，稍已來相尋。」一句一轉，每轉中下字俱有層折，「齒疎髮就踵，奔走力不任」二語，正見「見侵」處，若一直說去，便是俗筆。遽曰：「咄此可奈何，未必傷我心。彭聃安在哉？周孔亦已沉。古稱壽聖人，曾不留至今。但願得美酒，朋友常共斟。是時春向暮，桃李生繁陰。日照天正碧，杳杳歸鴻吟。出門呼所親，扶杖登西林。高歌足自快，商頌有遺音。」中間轉筆處，如良御回轅，長年捩舵。至文情之美，則如疾風捲雲，忽吐華月，危峯才度，便入錦城也。

按：此條評論〈覺衰〉，格外詳細，重點有二：一曰善轉折，一抑一揚，一前一後，一上一下，運轉自如；一曰行文之美，如春雲，如疾風，如船行，如馬馳。賀裳自己寫了一篇好文章來盛讚此詩。直說則俗，轉折則妙。

　　柳五言猶能強自排遣，七言則滿紙涕淚。如「桂嶺瘴來雲似墨，洞庭春盡水如天」，「鵝毛禦臘縫山罽，雞骨占年拜水神」，「山腹雨晴添象迹，潭心日暖長蛟涎」，「梅嶺含烟藏翡翠，桂江秋水露鮚鱸」，「驚風亂颭芙蓉水，密雨斜侵薜荔牆」，「蒹葭淅瀝含秋霧，橘柚玲瓏透夕陽」，「歸月並隨迴雁盡，愁腸正遇斷猿時」。只就此寫景，已不可堪，不待讀其「一身去國六千里，萬死投荒十二年」矣。

按：賀裳能看清宗元五、七言之異，自已是卓見，所舉諸例，莫不工於寫物狀景，而且能烘襯出一種凄楚不堪的情境，可謂情蘊景中，此所以難能可貴。「一身」一聯，可謂畫龍點睛矣。不過子厚七言之作甚多，自亦有一些例外的作品，不訴哀凄之情，而有灑落之致，如〈漁翁〉（《詩選》頁 308）：「漁翁夜傍西巖宿，曉汲清湘然楚竹。烟消日出不見人，欸乃一聲山水綠。迴看天際下中流，嶺上無心雲相逐。」無一點烟塵氣，超然物外，另是一番面目。又如摘櫻桃詩（《全唐詩》卷 352，頁 3940），則詼諧可人。

子厚有良史之才，即以韻語出之，亦自鬚眉欲動。如敘韋道安獒盜辭婚事，生氣凜凜。吾尤喜其「師婚古所病，合姓非用兵」，語甚典雅。

按：〈韋道安〉（《全唐詩》卷 352，頁 3945）：以「道安本儒士，頗擅弓劍名。」始，以「我歌非悼死，所悼時世情。」終，原原本本，真乃一篇擲地有聲的史詩。題下有小註：「道安嘗佐張建封于徐州，及軍亂而道安自殺。」這首詩分兩部分，前半寫獒盜酋收其女為外甥女，但婉拒納婚，後半才寫助張建封殉難事。其實此詩好處甚多，不止「師婚」二句也。如「一聞激高義，皆裂肝膽橫。挂弓問所往，趫捷超崢嶸。」「轅門立奇士，淮水秋風生。君侯既即世，麾下相敧傾。立孤抗王命，鐘鼓四野鳴。」「舉頭自引刃，顧義誰顧形。烈士不忘死，所死在忠貞。」全詩一氣呵成，幾疑李杜復生。

〈平淮雅〉二篇，誠唐音之冠，柳子亦深自負，但終不可以入周詩。今舉其尤警者，如「我旆我旟，於道於陌。訓于群帥，拳勇來格。公曰徐之，無恃爾額。式和爾容，惟義之宅。」「進次於郾，彼昏卒狂。哀兒鞠頑，鋒蝟斧螗。赤子匍匐，厥父是亢。怒其萌芽，以悖太陽。」……試較〈皇矣〉之「臨衝閑閑」〈江漢〉之「釐爾圭瓚」，便覺古人風發而漪生，此有巧人織繡之功。

按：吾亦贊同黃白山評，謂終不可入周詩，毋乃太苛刻。「巧人織繡」，亦形容稍為過度。其實子厚詩自有親切之致。

五十五、劉禹錫

夢得五言古多學南北朝。如〈觀舞柘枝〉：「曲盡迴身處，層波猶注入」，宮體中佳語也。唯近體中間雜古調，終有烏孫學漢之譏，不若唐音自佳。五古可勝處多在新聲變調，尖警不含蓄者。〈團扇歌〉曰：「明年入懷袖，別是機中練」，不惟竿頭進步，正自酸感動人。

按：二條合一，可見賀裳對禹錫五古之一貫看法：效南北朝樂府，尖
　　警直率者多，偶有稍含蓄者，則更感人，更可貴。近體中亦不免
　　雜六朝古調，則反而淳正不足。

　　狀天壇遇雨曰：「疾行穿雨過，卻立視雲背。」〈羅浮寺〉曰：「夜
宿最高峯，瞻望浩無鄰。海黑天宇曠，星辰來逼人。」景奇語奇，登
山時實有此事。〈插田歌〉敍述田夫計吏問答，如「田夫語計吏，君
家儂定計。一來長安道，眼大不相覷。計吏笑致辭，長安眞大處。省
門高軻峨，儂入無度數。昨來補衛士，惟用筒竹布。君看二三年，我
作官人去。」匪徒言動如生，言外感傷時事，使千載後人猶爲之欲哭
欲泣。又〈葡萄歌〉曰：「田野生葡萄，纏繞一枝高。移來碧墀下，
張王日高高。分歧浩繁縟，條蔓蟠詰曲。揚翹向庭柯，意思如有屬。
爲之立長架，布濩當軒綠。米液溉其根，理疏看滲漉。繁葩組綬結，
懸實珠璣纍。馬乳帶輕霜，龍鱗曜初旭。有客汾陰至，臨堂瞪雙目。
自言我晉人，種此如種玉。釀之成美酒，令人飮不足。爲君持一斗，
往取涼州牧。」形容葡萄形味，既自入神，忽思及孟佗、張讓，隱諷
當日中尉之盛，可謂寸水興波之筆。

按：首二例寫景之奇之妙，確實唐人集中少見：「卻立視雲背」，妙想
　　入神，「星辰來逼人」，氣勢浩闊。更難能可貴的是實寫而非虛擬。
　　葡萄一歌，描寫細膩，又有言外之思，暗寓諷譏。末句「往取涼
　　州牧」，妙在一「取」字，留給讀者無限想像空間。「臨堂瞪雙目」，
　　栩栩如生；「種此如種玉」，誇而不誕。古今中外葡萄詩，此詩可
　　謂數一數二矣。〈種田歌〉對述田夫與計吏，如見其人，如聞其
　　聲：「一來長安道，眼大不相覷。」與「長安眞大處。……君看
　　二三年，我作官人去。」之間的強烈對比，尤使人動容。

　　七古大致可觀。〈武昌老人說笛歌〉，娓娓不休，極肖過時人追憶
盛年，不禁技癢之態。至曰「氣力已微心尚在，時時一曲夢中吹。」
不意筆舌之妙，一至於此！

按：禹錫七古，咸無弱筆。此篇武昌老人說笛（《全唐詩》卷 356，
　頁 4000），的確別具一格：「武昌老人七十餘，手把庾令相問
　書。……往年鎮戍到蘄州，楚山蕭蕭笛竹秋。當時買材恣搜索，
　典卻身上烏貂裘。古苔蒼蒼封老節，石山孤生飽風雪。商聲五音
　隨指發，水中龍應行雲絕。曾將黃鶴樓上吹，一聲占盡秋江月。
　如今老去語猶遲，音韻高低耳不知。氣力已微心尚在，時時一曲
　夢中吹。」不但寫老人製笛吹笛之過程，且把笛音嘹亮描繪得十
　分生動：「水中龍應行雲絕」、「一聲占盡秋江月」。然後寫老人至
　老不服輸、不忘舊的神情意態，令人有人笛合一之感。

　　夢得最長於刻劃，如〈秦娘歌〉：「朱絃已絕為知音，雲鬢未秋私
自惜」，則如見狹邪人矜能炫色，搖搖靡泊之懷。〈龍陽縣歌〉「沙平
草綠見吏稀，寂寥斜陽照縣鼓」，則宛若身游荒縣。〈西山蘭若試茶
歌〉：「驟雨松聲入鼎來，白雲滿盌花徘徊」，令人渴吻生津。〈觀棋歌〉：
「初疑磊落曙天星，次見搏擊三秋兵。雁行布陣眾未曉，虎穴得子人
皆驚。」儼然兩人對奕於旁也。〈郡內書情獻裴侍中留守〉，其警句云：
「萬乘旌旗分一半，八方風雨會中央。」不徒對仗整齊，氣象雄麗，
且雒邑為天下之中，度以上相居守，字字關合，殆無虛設。顧有以「旌
旗」對「風雨」不工為言者，豈非小兒強作解人？

按：〈秦娘歌〉自是雅人深惜撫琴佳人之什，不必解作狹邪人事也。「雲
　鬢未秋私自惜」，何等婉約！吏稀沙平，縣鼓寂寥，果是荒山小
　縣之態。茶詩以「白雲滿盌花徘徊」配「驟雨松聲」，真是妙絕，
　「花徘徊」可視作實寫，亦可視作無中生有。觀棋有滿天星，更
　有三秋兵，而後二句乃寫出「觀」字及觀者之情。前後四喻，妙
　不可言。獻裴侍中二警句氣雄意真，對仗、音韻之佳，猶其次耳。
　「旌旗」、「風雨」可視作當句對，亦可視作人事對天象，何為不
　妥哉！

　　夢得佳詩，多在朗州、連州、夔州、和州時作，主客以後，始事

疏縱，其與白傅唱和，尤多老人衰颯之音。長律雖有美言，亦多語工而調熟。

按：夢得中年，貶遷流放，飽經憂患，正合詩窮而後工之律則。文宗大和元年（西元 827 年），禹錫已五十六歲，授主客郎中分司東都，次年入朝爲主客郎中，詩風乃變，疏放縱恣，故晚年有「詩豪」之稱。其與白居易之唱和之作甚多，如〈酬樂天醉後狂吟十韻〉（《全唐詩》卷 362，頁 4093）：「散誕人間樂，逍遙地上仙。詩家登逸品，釋氏悟眞筌。制誥留台閣，歌詞入管弦。處身於木雁，任世變桑田。吏隱情兼遂，儒玄道兩全。八關齋適罷，三雅興尤偏。……」雖文字雅麗，但句法缺乏變化，令人頻讀則膩，所謂語工調熟，眞是的評。劉有若干絕句，一反此習，清新可人，出乎意表。如〈視刀環歌〉：（《全唐詩》卷 364，頁 4103）「常恨言語淺，不如人意深。今朝兩相視，脈脈萬重心。」

又引佳作「宮女猶傳〈洞簫賦〉，國人先詠〈袞衣詩〉」，「戎羯歸心如內地，天狼無角比凡星。」「渤海歸人將集去，梨園子弟請詞來。」「城邊流水桃花過，簾外春風杜若香。」「猿狖窺齋林葉動，蛟龍聞咒浪花低。」「數間茅屋閒臨水，一盞秋燈夜讀書。」「沙村好處多逢寺，山葉紅時決勝春。」「雲銜日腳成山雨，風駕潮頭入渚田」，「清洛曉光鋪碧簟，上陽霜葉剪紅綃。」措辭命意，不切其地，即切其人，或切其事與景，眞八面皆鋒。

按：所引諸例，皆工於描寫，其意象之剪裁，入盛唐集中，亦無吹竽之譏。或親切，或工巧，或奇妙，或悠閒，不一而足。

五十六、韓　愈

七古最見筆力，中唐名家多緩弱，惟退之有項羽救鉅鹿呼聲動天、諸侯莫敢仰視之概，稍一沉深，項可劉、韓可杜矣。張籍祭韓詩：「獨得雄直氣，發爲古文章」，評其詩尤當。

按：以雄豪之筆力論，韓愈果可比肩老杜。若更加深沉，則李、杜不
　　能獨霸詩苑。此與性情、修養俱有關係。韓之性情不及老杜沉厚。

　　〈秋懷〉詩曰：「清曉卷書坐，南山見高稜。其下澄湫水，有蛟
寒可罾。惜哉不得往，豈謂吾無能。」〈題炭谷湫祠堂〉曰：「列峯若
攢指，石盂仰環環。巨靈高其捧，保此一掬慳。吁無吹毛刃，血此牛
蹄殷。至今乘水旱，鼓舞寡與鰥。」凜然有驅鱷魚、焚佛骨之氣。

按：退之雖自戒宜謙退，其實乃是積極任事之人，故以文驅潮州之鱷，
　　非匹夫之勇；以表諫進佛骨之非，乃忠臣之直。此二事可以代表
　　退之在文學才具外的另一面。上引二詩，一欲擒蛟，一欲鼓舞鰥
　　寡，一能一不能，但其氣概則同。

　　又曰：「低心逐時趨，苦勉只能暫。有如乘風船，一縱不可攬。」
〈紀夢詩〉曰：「乃知仙人未賢聖，護短憑愚邀我敬。我能屈曲自世
間，安能從汝巢神山？」磊落骯髒，如見其人。〈十操〉為韓詩之最，
然尤妙於〈拘幽〉：「有知無知兮，為死為生。嗚呼！臣罪當誅兮，天
王聖明。」此真聖賢語。至〈履霜操〉：「父兮兒寒，母兮兒饑。兒罪
當笞，逐兒何為？」亦復不減，末云：「母生眾兒，有母憐之。獨無
母憐，兒寧不悲！」未免淺露矣。此外即〈殘形操〉為佳，如思如疑，
妙得恍惚之景，當在〈猗蘭〉、〈別鵠〉之上。琴詩曰：「昵昵兒女語，
恩怨相爾汝。劃然變軒昂，勇士赴敵場。浮雲柳絮無根蒂，天地闊遠
隨飛揚。」何等灑落！「大絃春溫和且平，小絃廉折亮以清。平生未
識宮與角，但聞牛鳴盎中雉登木。」無論黏皮帶骨，且不三四句便罵，
豈溫柔之教？

按：〈紀夢〉之「我能屈曲自世間，安能從汝巢神山？」借一夢境而
　　抒發一己之懷抱，光明磊落，真入世之音。而「乘風船」之喻，
　　則寫盡人生某種境遇。〈十操〉在文公集中緊接首篇〈元和聖德
　　詩〉後，足見其重要。以詩藝而言，當然以四言為主，畢竟受囿，
　　以內涵而論，則十分要緊。〈拘幽〉「有知」四句固好，前六句「目

窈窈兮，其凝其盲，耳肅肅兮，聽不聞聲。朝不見日出兮，夜不見月與星。」（《全唐詩》卷336，頁3762）亦有不可沒之鋪敘之功。〈履霜操〉（同上）未引之「兒在中野，以宿以處。四無人聲，誰與兒語？兒寒何衣？兒飢何食？兒行於野，履霜以足。」亦甚真切。若至此戛然而止，則可免「淺露」之譏矣。琴詩多喻，差可比擬白居易〈琵琶行〉，唯少敘事部分。黃白山以為「宮如牛鳴窖中」為《管子》中語，然則原詩用典，乃覺溫婉多矣。

東坡評子厚詩，謂「退之豪放奇險則過之，溫麗精深不及」，此言猶當；後山貶退之不解詩，以才高而妙，則非。〈醉贈張秘書〉曰：「險語破鬼膽，高詞媲皇墳。至寶不雕琢，神功謝鋤耘。」高處在此，不及處亦在此。

按：東坡之評固是，後山語亦可理解：既承認退之才高而妙，又說他不解詩，大概後山把詩的標準限定在「情（或作「精」）深溫麗」上吧。險語高詞，不免雕琢，若能捨雕琢而成高險，自是天才。

韓詩亦善使事，如〈送鄭尚書赴南海〉：「風靜鶏鵃去，官廉蚌蛤回」，上句用海大風，下句用合浦還珠事，何工妙也！

按：韓才高學博，其用典有不期然而然者，後之蘇、辛，與此彷彿相似。

韓詩至〈石鼓歌〉而才情縱恣已極，至〈嗟哉董生行〉則駑駑淫于盧仝矣。

按：〈石鼓歌〉之奇恣，更勝〈南山詩〉一籌，但又似句句落實，的確難能可貴。〈嗟哉董生行〉（《全唐詩》卷337，頁3783）用了一個十八字句：「唐貞元時縣人董生召南隱居行義於其中」，不僅句長破紀錄，而且完全是散文句。又四字句「或山而樵，或水而漁」，又五字句「入廚具甘旨，上堂問起居，父母不戚戚，妻子不咨咨」，又三五句：「人不識，唯有天翁知。」又七五七七句：「家有狗乳出求食，雞來哺其兒，啄啄庭中食蟲蟻，哺之不食鳴

聲悲。」又用三四四四五四句:「時之人,夫妻相虐,兄弟爲讐,食君之祿,而令父母愁,亦獨何心!」最後再以七言句「嗟哉董生無與儔!」作結,全詩波瀾起伏,變化多端,非盧全所能望其項背也。

五十七、任華、盧全

　　王弇州曰:「玉川〈月蝕〉詩,是病熱人囈語。前則任華,後則盧全,皆乞兒唱長短歌博酒食者。」余甚快之。然此詩以指元和之黨,猶可說也。至贈馬異篇,不曰一之爲甚乎?其他可笑者,更不勝指。但讀至「相思一夜梅花發,忽到窗前疑是君」,不得不以勝流目之。

按:王世貞評語未免太苛刻,盧全雖怪,亦有佳什。其〈月蝕詩〉(《全唐詩》卷388,頁4383)奇而正,「清明照毫髮」,寫實,「金兔正奇絕」,合理之想像,「頗奈蝦蟆兒,吞我芳桂枝」亦然。「我愛明鏡潔,爾乃痕翳之」,擬人而有情;「方寸有白刃」,奇喻。「日月尚如此,人情良可知。」微露言外之意。乃是一首好詩。餘如〈寄蕭二十三慶中〉(同上,頁4382),句法三、四、五、七參用,亦不足奇,「就中南瘴欺北客,憑君數磨犀角喫。」奇而不怪;「我憶君心千百間,千百間君何時還。」合情合理。小品如〈送好約法師歸江南〉(卷368,頁4390):「杯度度一身,法度度萬民。爲教江南三二日,這回應見雪中人。」以「雪中人」喻法師,亦頗堪回味。至於任華,《全唐詩》只收錄三首(卷261,頁2902～2904),均爲長篇古體,由三言到十二言,自由馳騁,可謂韓、盧之先聲。〈寄李白〉開首「奔逸氣,聳高格,清人心神,驚人魂魄。」眞能寫出李詩神髓。「身騎天馬多意氣,目送飛鴻對豪貴。」云云,隨手揮灑,而莫不中的,自是快人佳詩。寫杜甫:「勢攫虎豹,氣騰蛟螭,滄海無風似鼓蕩,華嶽平地欲奔馳。」云云,亦甚得體要。寫懷素草書:「裏裏枯藤萬丈懸,萬丈懸,拂秋水,映秋天,或如絲,或如髮,風吹欲絕又不絕,鋒芒利如

歐冶劍，勁直渾是并州鐵。」云云，請問古今中外描寫懷素書法者，有能勝過此篇者乎？弇州苦貶之，差矣！

五十八、孟 郊

　　貞元、元和間，詩道始雜，孟郊最爲高深。如「慈母手中線，遊子身上衣。臨行密密縫，意恐遲遲歸。誰言寸草心，報得三春暉？」眞是六經鼓吹，當與退之〈居幽操〉同爲全唐第一。吾更喜其〈送韓愈從軍篇〉：「王粲有所依，元瑜初應命。一章喻檄明，百萬心氣定。」此即李抱眞所云「山東有赦書，士卒皆感泣」，可謂能見其大，而概謂之「蚤吟草間」耶！〈嬋娟篇〉人多稱之，然始曰：「花嬋娟，泛春泉。竹嬋娟，籠曉烟。雪嬋娟，不常妍。月嬋娟，眞可憐。」以四物並稱，下曰：「夜半姮娥朝太乙，人間本自無靈匹。漢宮承寵不多時，飛燕婕好相妒嫉。」似三語皆是興意，獨歸重於月，而原本羿妻竊藥之故，伸明上云「可憐」之意，然正是東野寄託之辭。

按：此條又見賀裳論詩重儒教精神，以忠孝節義之內涵爲先，故以〈拘幽操〉與〈遊子吟〉爲全唐冠冕。〈遊子吟〉用喻精確，眞情流露，的爲第一流好詩，但全唐佳詩林立，稱之爲第一，未免誇張。送韓愈一首，尤其「一章」二句，更見大家格局，東坡虫吟之喻，固不能包籠東野也！試再看〈泛黃河〉一首：(《全唐詩》卷377，頁4225)「誰開崑崙源，流出混沌河。積雨（一作羽）飛作風，驚龍噴爲波。湘瑟颼颻弦，越賓嗚咽歌。有恨不可洗，虛此來經過。」固非侷促簷下之人所能得。〈嬋娟篇〉賀氏分析頗細膩，前八句婉約多姿，足以成全一篇宗旨。

五十九、李 賀

　　李賀骨勁而神秀，在中唐最高渾有氣格，奇不入誕，麗不入纖，雖與溫、李並稱西崑，兩家纖麗，其長自在近體，七古勉強效之，全竊形似。賀贈朔客曰：「俊健如生猱，肯拾蓬中螢？」〈贈陳商〉曰：

「太華五千仞,拔地抽森秀。」此即可以評賀詩。

按:前人多以「牛鬼蛇神」(杜牧語)說李賀詩,賀裳獨闡滄浪「長吉之瑰詭」之評,為長吉一大知音。「高渾」一詞,已自難得;奇而不誕,麗而不纖,更是高格之具體寫照。奇麗之作,以俊健、峭拔輔之,則真溫、李不能及也。但李義山詩亦有高華不可輕忽者。

賀氏又力駁杜牧「理雖不及,辭或過之」的說法。謂賀詩雖不能悉合於理,此詞人皆然,如〈黃家洞〉:「雀步蹙沙聲促促,四尺角弓青石鏃。黑幡三點銅鼓鳴,高作猿啼搖箭箙。綵巾纏踍幅半斜,溪頭簇隊映葛花。山潭晚霧吟白鼉,竹蛇飛蠹射金沙。閒驅竹馬緩歸家,官軍自殺容州槎。」此篇前五句寫蠻人悍勇之狀,雀步蹙沙,狀其行也;角弓石鏃,黑幡銅鼓,言其弧矢及軍中號令;猿啼狀其聲;踍脛骨斜纏綵巾,言其服飾。葛花當是野葛,葛,毒草,白鼉、竹蛇,皆毒物,總言蠻地風物之惡,官軍不能深入久也。末言軍中殺戮無罪以冒功。讀一過,萬里之外,如在目前。誰言不能感發人意乎?

按:〈黃泉洞〉一詩肖物微妙,寫事清晰,真讓人想像不出:長吉是一位少更世事的苦吟少年!

〈採玉歌〉:「採玉採玉須水碧,琢作步遙徒好色。老夫饑寒龍為愁,藍溪水氣無清白。夜雨岡頭食蓁子,杜鵑口血老夫淚。藍溪之水厭生人,身死千年恨溪水。斜山柏風雨如嘯,泉脚掛繩青裊裊。村寒白屋念嬰嬌,古台石磴懸腸草。」此詩極言採玉之苦,以繩懸身下溪而採,人多溺而不起,至水亦厭之。採時又饑寒無食,惟摘蓁子為糧。及得玉,僅供步搖之用,充玩好而已。傷心慘目之悲,及勞民以求無用之意,隱隱形于言外。此真樂天所云「下以洩導人情,上可以補察時政。」者,豈曰無理!

按:此首〈採玉歌〉,確為同類作品中之佼佼者,全名為〈老夫採玉歌〉(《全唐詩》卷 391,頁 4406),賀裳把全詩完整引錄,足見其愛

賞之忱。此詩清楚寫照老人採玉的過程、辛苦和無奈，足以上匹老杜、白傅之同類題材作品，若置入《白氏長慶集》中，眞可亂眞。可見李賀不止有理，而且有悲天憫人的胸懷，實不可以少年樂吟概括之。賀裳自此一角度表揚長吉，亦可謂長吉之知音也。

〈神絃曲〉：「西山日沒東山昏，旋風吹馬馬踏雲。畫絃素管聲淺繁，花裙綷縩步秋塵。桂葉刷風桂墜子，青狸哭血寒狐死。古壁彩虬金帖尾，雨工騎入秋潭水。百年老鴞成木魅，笑聲碧火巢中起。」〈神絃別曲〉曰：「巫山小女隔雲別，春風松花山上發。綠蓋獨穿香逕歸，白馬花竿前孑孑。蜀江風澹水如羅，墜蘭誰泛相經過。南山桂樹爲君死，雲衫淺污紅脂花。」二詩其有〈湘君〉、〈山鬼〉之遺。但中篇語太淺直，如「呼星召鬼歆杯盤，山魅食時人森寒。」形容殊劣。

按：〈神絃曲〉、〈神絃別曲〉（《全唐詩》卷 393，頁 4433、4429）可謂正宗的長吉詩，可與〈金銅仙人辭漢歌〉、〈銅駝悲〉、〈神仙曲〉、〈神絃曲〉、〈仙人〉等並肩而列。賀裳稱許之餘，摘出「呼星」二句，以爲太淺、太劣，吾以爲不然，牛鬼蛇神之語，或誇張或虛擬，不必以此爲淺劣也。

長吉集中，亦有清新俊逸者。如〈崇義里滯雨〉：「憂眠枕劍匣，客帳夢封侯。」〈傷心行〉：「燈青蘭膏歇，落照飛蛾舞。古壁生凝塵，羈魂夢中語。」〈始爲奉禮憶昌谷山居〉曰：「不知船上月，誰棹滿溪雲？」〈秋涼寄兄〉：「夢中相聚笑，覺見半床月。」〈江南弄〉：「江中綠霧起涼波，天上疊巘紅嵯峨。水風浦雲生老竹，渚溟蒲帆如一幅。鱸魚千頭酒百斛，酒中倒掛南山綠。吳歈越吟未終曲，江上團團帖寒玉。」寫景如畫，何嘗鬼語？「團團」應指玉，與「吳歈」句相應。

按：賀詩清新俊逸者不止以上數例，如〈三月過行宮〉（《全唐詩》卷 391，頁 4411）：「渠水紅繁擁御牆，風嬌小葉學蛾妝。垂簾幾度青春老，堪鎖千年白日長。」前二句似對非對，二句尤佳妙；後二句對仗工巧，而題意盡出。

　　長吉豔詩，尤情深語秀。如〈江樓曲〉：「曉釵催鬢語南風，抽帆歸來一日功。」〈有所思〉：「白日蕭條夢不成，橋南更問仙人卜。」〈銅雀妓〉：「石馬臥新烟，憂來何所似？長裾壓高台，淚眼看花機。」〈江潭苑〉：「十騎簇芙蓉，宮衣小隊紅。練香熏宋鵲，尋箭踏盧龍。旗濕金鈴重，霜乾玉鐙空。今朝畫眉早，不待景陽鐘。」雖崔汴州曷能過乎？

按：李賀豔詩，可比義山，如〈銅雀妓〉一首，四句可抵一長篇。「長裾壓高台」尤婉妙。〈追賦江潭苑〉四首之四（《全唐詩》卷 392，頁 4415）之末二句「今朝畫眉早，不待景陽鐘。」直寫出宮女急切待召之心情。「之一」的末二句亦好：「行雲霑翠輦，今日似襄王。」設想亦佳。按崔顥豔詩不見稱於後世，皆少年之作，如〈川上女〉、〈代閨人答輕薄少年〉（《全唐詩》卷 130，頁 1326）、〈王家少婦〉、〈岐王席觀妓〉（頁 1327）等。

六十、張籍　王建

　　高棅七古以張、王並列，極為有識。文昌善為哀婉之音，有嬌絃玉指之致；仲初妙於不含蓄，亦自有曉鏡殘角之韻。人稱其〈宮詞百首〉，此如食熊啖股，何嘗得其美處？

按：賀氏用「嬌絃玉指」、「曉鐘殘角」形容二人之七古，甚妙。試看張籍〈送友人盧處士遊吳越〉（《全唐詩》卷 385，頁 4345）：「羨君東去見殘梅，惟有王孫獨未回。吳苑夕陽明古堞，越宮春草上高台。波生野水雁初下，風滿驛樓潮欲來。試問漁舟看雪浪，幾多江燕荇花開。」可以下比許渾，上探禹錫。王建宮詞，自有佳致，如開篇：「蓬萊正殿壓金鼇，紅日初生碧海濤。閒著五門遙北望，柘黃新帕御牀高。」（卷 302，頁 3439）第二句全好，第四句妙在後三字。但「曉鐘殘角」之音，似不指此。

　　姚合謂張籍：「妙絕〈江南曲〉，淒涼怨女詞。」此言甚當。王之〈當窗織〉、〈簇蠶詞〉、〈去婦〉、〈老婦歎鏡〉、〈促刺詞〉，若令出司

業手，必當倍爲可觀。形容獰惡之態，則王勝於張。王〈射虎行〉：「自去射虎得虎歸，官差射虎得虎遲。獨行以死當虎命，兩人相疑終不定。朝朝暮暮空手回，山下綠苗成道徑。遠立不敢污箭鏃，聞死還來分虎肉。惜留猛虎著深山，射殺恐畏終身閒。」張〈猛虎行〉：「南山北山樹冥冥，猛虎白日遶林行。向晚一身當道食，山中麋鹿盡無聲。年年養子在空谷，雌雄上山不相逐。谷中近窟有山村，長向村家取黃犢，五陵年少不敢射，空來林下看行跡。」張咏猛虎，故摹寫怯弱以見負嵎之威，王咏射虎，故曲盡狡獪之態，用意不同，俱爲酷肖。《詩歸》評王詩：「有激之言，字字痛切，似爲千古朝事邊事寫一供狀。」此論妙甚。張詩雖工，僅詞人之言，王詩意深遠矣。

按：〈江南行〉一作〈江南曲〉（卷 382，頁 4288）：「江南人家多橘樹，吳姬舟上織白紵。土地卑溼饒蟲蛇，連木爲牌入江住。江村亥日長爲市，落帆度橋來浦裏。清莎覆城竹爲屋，無井家家飲潮水。長干午日沽春酒，高高酒旗懸江口。娼樓兩岸臨水柵，夜唱竹枝留北客。江南風土歡樂多，悠悠處處盡經過。」全詩寫實如繪，詞婉韻餘，非觀察細膩、感受敏銳者不克爲此。又〈楚妃怨〉：（卷 382，頁 4284）：「湘雲初起江沉沉，君王遙在雲夢林。江南雨多旌旗暗，台下朝朝春水深。章華殿前朝萬國，君心獨自無終極。楚兵滿地能逐禽，誰用一身騁筋力？西江若翻雲夢中，麋鹿死盡應還宮。」眞見嬌絃玉指之韻。末二句尤匪夷所思，然又切合情理。王建〈老婦歎鏡〉（卷 298，頁 3377）：「嫁時明鏡老猶在，黃金鏤畫雙鳳背。憶昔咸陽初買來，燈前自繡芙蓉帶。十年不開一片鐵，長向暗中梳白髮。今日後牀重照看，生死終當此常別。」亦自有其風致。但因爲比較不含蓄，便略遜於張籍同類作品。此詩好處在第五、六句：「十年」、「長問」云云。末句便比較平弱。而形容獰惡，賀氏所舉二例，固各有千秋，王詩勝處在細寫事實，而諷諭之旨自見，張詩婉約中有諷意，但以「社會寫實」的觀點論，王詩更有力道。所謂「曉鐘殘角」之音，或當於此求之。

　　張〈古釵歎〉:「古釵墮井無顏色,百尺泥中今復得。鳳凰宛轉有古儀,欲爲首飾不稱時。女伴傳看不知主,羅袖拂拭生光輝。蘭膏已盡股半折,雕文刻樣無年月。雖離井底入匣中,不用還與墜時同。」王〈開池得古釵〉:「美人開池北堂下,拾得寶釵金未化。鳳凰半在雙股齊,鈿花落處生黃泥。當時墮地覓不得,暗想窗中還夜啼。可知將來對夫婿,鏡前學梳古時髻。莫言至死亦不移,還似前人初得時。」王詩作驚喜之意,亦佳。尤妙在暗想墮地時啼,思路周折。至學梳古髻,尤肖嬌憨之態。然意盡于得釵。張所寄託便在絃指之外,令人想見淮陰典連敖、鳳雛治耒陽時也。

按:兩詩皆善肖物狀態,各有千秋,若以有言外之意、絃外之音論,
　　張詩自略勝一籌。

　　張〈羇旅行〉:「荒城無人霜滿路,野火燒橋不得度。寒蟲入窟鳥歸巢,僮僕問我誰家去。行尋田頭暝未息,雙轂長轅礙荊棘。綠岡入澗投田家,主人舂米爲夜食。晨雞喔喔茅屋旁,行人起掃車上霜。」數語深肖旅途之景。仲初〈田家留客〉:「遠行僮僕應苦飢,新婦廚中炊欲熟。不嫌田家破門戶,蠶房新泥無風土。」又曰:「丁寧回語屋中妻,有客勿令兒夜啼。雙塚直西有縣路,我教丁男送君去。」寫主人情事,亦復如見。

按:張籍、王建之善於描摹人情物態,在中唐自是一絕,白、元不能
　　勝也。盛唐之老杜,如〈北征〉諸什,多寫自己家人之事,不似
　　張、王寫遍各種人各種事。

　　張〈將軍行〉紋戰勝後:「擾擾唯有牛羊聲。」〈關山月〉:「軍中探騎暮出城,伏兵暗處低旌戟。」〈永嘉行〉:「紫陌旌旛暗相觸,家家雞犬飛上屋。」……王〈遠將歸〉:「去願車輪遲,回思馬蹄速。」〈涼州行〉:「驅羊亦著錦爲衣,爲惜氊裘防鬥時。」〈溫泉宮行〉:「禁兵去盡無射獵,日西麋鹿登城頭。梨園子弟偷曲譜,頭白人間教歌舞。」張之傳寫入微,王亦透快而妙。

按：二人寫事情平中透奇，各見風韻。如王之〈溫泉宮行〉，三句「偷曲譜」令人一訝，四句「教歌舞」接之，則令人為之一爽，如放下心中一塊石頭。

司業律詩淺淡而妙，余惟喜其〈寄劉和州〉：「曉來江氣連城白，雨後山光滿郭青。」光景可思。又〈憶陷蕃故人〉：「無人收廢帳，歸馬識殘旗。欲祭疑君在，天涯哭此時。」誠堪嗚咽。

按：〈憶陷蕃故人〉（《全唐詩》卷 364，頁 4325）作〈沒蕃故人〉：前四句為「前年伐月支，城下沒全師。蕃漢斷消息，死生長別離。」交代得很實在。後四句寫其實際光景，七句尤令人感傷難已。全詩淡若無藻飾，自然而工妙。

六十一、白居易

元、白詩不能高，論詩卻高。白傅實一清綺之才，歌行曲引，樂府雜律詩，極多可觀者。其病有二：一在務多，一在強學少陵，率爾下筆。〈秦中吟〉、〈喜雨詩〉、〈哭孔戡〉、〈宿紫閣村〉，皆其得意作。〈紫閣村〉尚有〈石壕吏〉遺意，〈秦中吟〉末篇「一叢深色花，十戶中人賦」，差可諷詠；餘皆骨弱體卑，語直意淺。雖欲以廣宸聽，副憂勤，而「言之無文，行之不遠。」去〈祈招〉之義遠矣。〈七德舞〉輕率，何以奉之郊廟！退之〈元和聖德詩〉體裁高渾，猶以形容稍過，子由且譏其陋，何況斯篇！白諷論詩，每有美意而無佳詞。選白詩者喜恬淡者兼收鄙俚，尚氣格者並削風藻。《詩歸》選〈雜興〉，用意落筆，無限曲折蘊藉，可謂珊瑚出海底矣。

按：白詩風致，在〈長恨歌〉、〈琵琶行〉、〈霓裳羽衣曲〉諸什，諷論詩過於急切，故少文藻，感人力量自減。但小詩亦時有佳勝者。如〈晚歸府〉（卷 450，頁 5085）：「晚從履道來歸府，街路雖長尹不嫌。馬上涼於牀上坐，綠槐風透紫蕉衫。」自然生動。又如〈招客〉：（卷 451，頁 5103）：「日午微風且暮寒，春風冷峭雪乾殘。碧氈帳下紅爐畔，試為來嘗一醆看。」惜重複一「風」字。

〈雜興〉詩在「君王顧之笑，弓箭生光輝」下展開對話：「迴眸語君曰：昔聞莊王時，有一愚夫人，其名曰樊姬。不有此娛樂，三載斷鮮肥。」別開生面，曲折含蓄。

樂府有佳者，如〈司天台〉、〈縛戎人〉、〈杜陵叟〉、〈賣炭翁〉、〈陵園妾〉等，不惟悉一時蠹弊，兼可作後世之前車。

按：所引諸詩，如「一車炭重千餘斤，官使驅將惜不得。」或不免誇飾，但令人髮指心寒，效果頗佳。「昨日里胥方到門，手持尺牒榜鄉村。十家租稅九家畢，虛受吾君蠲免恩。」直寫出當時官吏弊病，亦可視之爲詩史。

六十二、元　稹

元、白並稱，各有不同：選語之工，白不如元；波瀾之闊，元不如白。白蒼莽中存有古調，元精工處亦雜新聲。既由風氣轉移，亦自材質所限。

按：此評甚爲工允。但選語之工，白亦有獨勝者，元不得一人領先。

〈連昌宮辭〉輕雋，〈長恨歌〉婉麗，〈津陽門詩〉豐贍，要當首白而尾鄭。

按：〈連昌宮詞〉乃元之代表作，（卷419，頁4612）：「連昌宮中滿宮竹，歲久無人森似束。又有牆頭千葉桃，風動落花紅簌簌。宮邊老翁爲余泣，小年選進曾因入。上皇正在望仙樓，太眞同憑闌干立。樓上樓前盡珠翠，炫轉熒煌照天地。歸來如夢復如癡，何暇備言宮裏事。……依稀憶得楊與李，廟謨顛倒四海搖，五十年來作瘡痏。……老翁此意深望幸，努力廟謀休用兵。」此詩長達五百多字，由老翁之口歷述天寶遺事，並希望當上以之爲殷鑑，其辭輕雋、沉重者兼具，但整體而言，比起〈長恨歌〉的婉麗來，藝術效果實稍遜一籌，但涉及事件則多於〈長恨歌〉。

《文粹》收微之詩至多，〈連昌宮〉、〈夆白紵〉、〈苦樂相倚曲〉、

〈築城詞〉外，有〈陽城驛〉一詩尙可觀。如「公亦不遺布，人自不
盜牛。有鳥哭楊震，無兒悲鄧攸」，皆佳句也。餘皆淺直。尤可笑者
爲〈說劍〉，至云「寧斬泓下蛟，莫試街中狗」，較長吉「提出西方白
帝驚，嗷嗷鬼母秋郊哭」相去遠矣。

按：《唐文粹》之選錄標準，較重主題及內涵，故〈說劍〉雖直率不
　　文，亦予收錄。試看〈冬白紵〉（卷 418，頁 4605）：「吳宮夜長
　　宮漏款，簾幕四垂燈燄煖。西施自舞王自管，雪紵翻翻鶴翎散。
　　促節牽繁舞腰懶，舞腰懶，王罷飮，蓋覆西施風花錦。身作匡牀
　　臂爲枕，朝珮樅玉王晏寢。寢醒閤報門無事，子胥死後言爲諱。
　　近王之臣諭王意，共笑越王寵惴惴，夜夜抱冰寒不睡。」此詩句
　　句寫實，卻又處處隱伏反諷之意，後五句尤其鮮明。歷來抒寫夫
　　差、西施故事者，以此爲最。

　　微之自是輕豔之才，所以排律動數十韻，正是誇多鬥靡，雖有秀
句，補綴牽湊者亦多，宜爲大雅所薄。集中惟樂府詩多佳，如〈憶遠
曲〉：「水中書字無字痕，君心暗畫誰會君？」〈小胡笳引〉：「流宮變
徵漸幽咽，〈別鶴〉欲飛絃欲絕。秋霜滿樹葉辭風，寒雛墜地烏啼血」，
皆工於刻劃。又〈將進酒〉，古多言飮酒之事，雖太白之豪宕，長吉
之悲涼，亦循此旨，微之忽用蘇秦對燕王事：「將進酒，將進酒，酒
中有毒酖主父，言之主父傷主母。母爲妾地夫妾天，仰天俯地不忍言。
陽爲僵仆主父前，主父不知加妾鞭。旁人知妾爲主說，主將淚洗鞭頭
血。推椎主母牽下堂，扶妾遣升堂上牀。將進酒，酒中每毒令主壽。
願主迴恩歸主母，遣妾如此由主父。妾爲此事人偶知，自慙不密方自
悲。主今顚倒安置妾，貪天僭地誰不爲？」不惟竿頭進步，亦且所言
近義。

按：以「輕豔」許元，非全面之評語。排律之推砌拼湊，大家難免，
　　元稹多作，自有此失。樂府侍自由馳騁，靈思佳想時見，故多上
　　品作。〈將進酒〉之典故，出自《戰國策・燕策》：「（蘇秦日）臣

鄰家有遠為吏者，其妻私人，其夫且歸，其私之者憂之。其妻曰：『公勿憂也，吾已為藥酒以待之矣。』後二日，夫至，妻使妾奉卮酒進之。妾知其藥酒也，進之則殺主父，言之則逐主母，乃陽僵棄酒，主父大怒而笞之。故妾一僵而棄酒，上以活主父，下以存主母也，忠至如此，然不免於笞，此以忠信得罪者也。」元積把這一百四十字的史傳文，改寫成為一首二十句的樂府詩（字數大致與原典相埒），可說煞費苦心，但教忠教義之效亦昭然若鏡。故曰不止升進，抑且近義。就此一首，即知「輕艷」不能盡元。

積又有〈野田狐兔行〉，寄託妙甚。「種荳耘鋤，種瓜溝畎。禾苗荳田，狐揖兔騫。割鵠餧鷹，烹麟啖犬。鷹怕兔豪，犬被狐引。狐兔相須，鷹犬相盡。日暗天寒，禾稀荳損。鷹犬就烹，狐兔俱哂。」從來姑息驕將，黜戮直臣，致寇盜蔓延，敗亡由之，誦此詩殊為惕然。

按：〈野田狐兔行〉的確是一首奇怪的詩，以致從未有人注視，賀裳能以慧眼抉出，自是一功。四言之詩，有時亦能發揮其特殊效果，此其一例。此詩以鷹犬喻直臣良將，以狐兔喻驕將小人，亦令人一新耳目。

未讀微之〈冬白紵〉，覺王建首篇亦佳：「天河漫漫北斗燦，宮中烏啼知夜半。新縫白紵舞衣成，來遲邀得吳王迎。低鬟轉面掩雙袖，玉釵浮動秋風生。酒多夜長夜未曉，月明燈光兩照相，後庭歌聲更窈窕。」摹寫驕淫，疑為窮盡。至元詩曰：「吳宮夜長宮漏款」云云，不徒敍述驕奢縱恣，其寫王狎昵處，真有樊通德所云：「淫于色，非慧男子不至。」慧則通，通則流，流而不得其防，意殆非經為浪子者不知。至寫群臣諧媚，儼然江、孔口角，覺王詩儈父矣。

按：元積〈冬白紵〉固好，已如上述。但王建同題作亦有力道，惟稍直率，不可貶為儈父之詞。

〈苦樂相倚曲〉尤妙，如「君心半夜猜恨生，荊棘滿懷天未明。漢成眼瞥飛燕時，可憐班女恩已衰。未有因由相決絕，猶得半年伴暖熱。

轉將深意論旁人，緝綴瑕疵遣潛說。」將閨房袵席之間，說得一團機械，凜凜可畏，然正是唐玄宗、漢武帝一輩，若陳叔寶之此處不留人，衞莊公之莫往莫來，正不須此。然陷阱愈深，冤酷愈烈矣。譚元春評得妙甚：「深于涉世，乃能寫得如此刻骨，君臣朋友之間，誦之暢然。」

按：〈苦樂相倚行〉描寫君主喜新厭舊、伴君如伴狐之態，十分逼切。「荊棘滿懷天未明」，何等傷痛！「緝綴瑕疵遣潛說」，令人不寒而慄。賀裳謂此乃唐玄宗、漢武（或爲「成」誤？）帝一流之作爲，而更「勝」於陳叔寶、衞莊公，令人莞爾，亦復爲之心酸。

六十三、李　紳

　　短李以歌行自負，樂天亦稱之。又少以〈憫農〉詩見賞於呂溫，今二絕盛傳，歌行遂不可復見，惟有〈追昔游集〉耳，頗有體格。如〈石泉〉詩：「微度竹風涵淅瀝，細浮松月透輕明」，〈翡翠〉詩「蓮莖觸散蓮葉欹，露滴珠光似還浦」，皆秀句也。又「花寺聽鶯入，春湖看雁留」，「橋轉攢虹飲，波通鬥鷁浮」，深肖吳中風景。又〈水寺〉詩，「坐看魚鳥沉浮遠，靜見樓台上下同」，〈宿瓜洲〉「衝浦迴風翻宿浪，照沙低月斂殘潮」，寫景處亦有靜觀之妙。

按：李紳〈憫農〉一作〈古風〉（《全唐詩》卷483，頁5494）：「春種一粒粟，秋成萬顆子。四海無閒田，農夫猶餓死。」末句雖率直，但前三句飽滿，故不嫌也。二首更佳：「鋤禾日當午，汗滴禾下土。誰知盤中餐，粒粒皆辛苦。」千古傳誦，一字不可易。其歌行除賀裳所述外，尚有多首佳作，如〈姑蘇台雜句〉（卷482，頁5483）中有「靈巖看徑掩禪扉，秋草荒涼徧落暉。江浦迴看鷗飛沒，碧峯斜見鷺鷥飛。」云云，或可追踪元白。又有〈鶯鶯歌〉：「伯勞飛遲燕飛疾，垂楊綻金花笑日。綠窗嬌女字鶯鶯，金雀婭鬟年十七。黃姑上天阿母在，寂寞霜姿素蓮質。門掩重關蕭寺中，芳草花時不曾出。」按此詩只寫鶯鶯敘事之前半，卻令讀者心癢難熬，末句尤餘音繞樑。

六十四、賈　島

　　賈詩最佳者，終以〈古意〉為尤：「志士終夜心，良馬白日足」，不勝撫髀顧影之悲，可與魏武〈龜雖壽〉篇並驅。〈遊仙詩〉「借得孤鶴騎，高近金烏飛。天中鶴路直，天盡鶴一息。」亦是奇語，尚不如東野「日下鶴時過，人間落空影。」似乎若或見之。其五字詩清絕，「空巢霜葉落，疎牖水螢穿」，即孟襄陽「鳥過烟樹宿，螢傍水軒飛」，不能遠過。又如「雁驚起衰草，猿渴下寒條」，「夕陽飄白露，樹影掃青苔」，「柴門掩寒雨，蟲響出秋蔬」，「地侵山影掃，葉帶露痕書」，「移居見山燒，買樹帶巢烏」，皆于深思靜會中得之。賈有精思而無快筆，往往意工于詞。又生平好用倒句，如「細響吟乾葦，枝重集猿楓」，雖紆曲而猶能達其意。至「舟繫岸邊蘆」，蘆豈堪繫舟，必是繫舟蘆岸。

按：〈古意〉（《全唐詩》卷 571，頁 6617）：「磊磊復磊磊，百年雙轉轂。志士終夜心，良馬白日足。俱為不等閒，誰是知音目？眼中兩行淚，曾弔三獻玉。」先有「磊磊」二句，志士、良馬之不等閒而乏知音，始有充足之力道。另有〈哭柏巖和尚〉（卷 572，頁 6630）差可比擬：「苔覆百床新，吾師去幾春？寫留行道影，焚卻坐禪身。塔院關松雪，經房鎖隙塵。自嫌雙淚下，不是解空人。」「不是解空人」猶〈古意〉之「誰是知音目」。「焚卻」一句，宋人或譏之為燒殺活和尚，真乃佛頭著糞！〈遊仙〉自佳，但孟作更瀟灑耳。賈之寫景詩觀察細膩，感隨物生，可以入畫，亦可諷誦，如「蟲響出秋蔬」，出人意表，「買樹帶巢烏」，引人微笑。倒裝句大有老杜風，「舟繫」一句，賀釋甚是。

六十五、姚　合

　　姚合〈曉望華清宮〉：「曉看樓殿更分明，遙隔朱欄見鹿行。武帝自知身不死，教修玉殿號長生。」譏刺不露，而言外似嘲似謔，覺顧況「豈知今夜長生殿，獨閉空山月影寒」，調平語直，味索然矣。凡作熟題，須得新意乃佳，〈楊柳枝〉：「江亭楊柳折還垂，月照深黃幾

樹絲。見說隋堤枯已盡，年年行客怪春遲。」此詩頗脫窠臼。姚與
賈善，兼效其體，古詩不惟氣格近之，尚無其酸言。至近體如「酒熟
聽琴酌，詩成削樹題」，「過門無馬跡，滿宅是蟬聲」，「看月嫌松密，
垂綸愛水深」，「弄日鶯狂語，迎風蝶倒飛」，俱爲宋人所尊，果亦警
策。

按：姚合與賈島並稱，爲江湖詩人所尊，二人誼密詩似，但賈寒瘦之
　　態，姚合幾乎一洗而空。蓋與其出身與仕宦有關也。其華清宮詩
　　優游不迫，顧況同題作亦頗精警，不可偏執也。〈楊柳枝〉之新
　　意，乃是注入歷史感而無痕也。其他如「酒熟」一聯尚有斧鑿痕，
　　「過門」、「看月」二聯，則行雲流水，令人愛不忍釋。另外他的
　　七絕亦有不少佳什，如〈送賈島及鍾渾〉（《全唐詩》卷 496，頁
　　5631）：「日日攻詩亦自彊，年年供應在名場。春風驛路歸何處？
　　紫閣山邊是草堂。」二十八字寫寄二友，恰到好處，又有餘味。

六十六、朱慶餘

　　朱慶餘不能爲古詩，即近體亦惟工于絕句。如〈閨意〉：「妝罷低
聲問夫婿：畫眉深淺入時無？」〈宮詞〉：「含情欲說宮中事，鸚鵡前
頭不敢言。」眞妙於比擬。〈宮詞〉深妙，更在〈閨意〉之上。又〈公
子行〉雖無比興，亦酷肖遊冶兒之態：「閒從結客冶遊時，忘卻紅樓
薄暮期。醉上黃金堤上去，馬鞭捎斷綠楊絲。」末句正與次句相應，
寫匆匆急歸之景，何止頰上三毛！

按：朱之肖情描態，中晚唐之間堪稱第一。寫新嫁娘之羞態，或宮女
　　滿腔辛酸委屈之情懷，以及公子哥兒酒食徵逐、狐群狗黨之狀，
　　均令人擊掌稱妙。末句解作匆匆歸去固可，說成冶遊恣意亦可。

六十七、周　賀

　　周賀詩頗多清刻之句，然終嫌未脫僧氣。人多稱其「澄江月上見
魚擲，晚徑葉飛聞犬行」。余尤喜其〈寄新頭陀〉：「遠洞省穿湖底過，

斷崖曾向壁中禪」，眞巉險而工。

按：「澄江」一聯眞是美妙，不帶絲毫僧氣，「清刻」二字，居之無愧。
「遠洞」一聯固工巧，不免一「隔」。另舉〈城中秋作〉一首（《全
唐詩》卷五○三，頁5724）：「已落關東葉，空懸浙右心。寒燈隨
故病，伏雨接秋霖。客話曾誰和，蟲聲少我吟。蒹葭半波水，夜
夜宿邊禽。」「寒燈」、「蟲聲」二句尤妙。置之賈、姚集中，可
以亂眞。

六十八、張　祜

宮體諸詩，實皆淺淡，即「故國三千里，深宮二十年」，亦甚平
常。惟〈金山寺〉眞佳，可與王灣〈北固山下〉並駕。結語稍湊，不
能損價也。

按：〈華清宮〉之四：「水遶宮牆處處聲，殘紅長綠露華清。武皇一夕
夢不覺，十二玉樓空月明。」（《全唐詩》卷511，頁5840）亦自
有風致。〈讀老莊〉（同上，頁5842）：「等閒緝綴閒言語，誇向時
人喚作詩。昨日偶拈莊老讀，萬尋山上一毫釐。」不但有自嘲之
意，亦替老莊建立身價。〈題潤州金山寺〉（卷510，頁5818）：「一
宿金山寺，超然離世群。僧歸夜船月，龍出曉堂雲。樹色中流見，
鐘聲兩岸聞。翻思在朝市，終日醉醺醺。」自有佳致，末二句亦
未必是湊合。〈宮詞〉「故國」二句配以三、四之「一聲河滿子，
雙淚落君前。」便是渾成之好詩。

六十九、杜　牧

「銀燭秋光冷畫屏，輕羅小扇撲流螢。天階夜色涼如水，臥看牽
牛織女星。」亦即「參昂衾裯」之義。但古人興意在前，此例用於後；
昔人感歎中猶帶慶幸，故情辭悉露，此詩全寫淒涼，反多含蓄。

按：黃白山以為此古詩「盈盈一水間，脈脈不得語」之意，殊是，比
賀裳所解高明。

　　小杜詩惟絕句最多風調，味永趣長，有明月孤映、高霞獨舉之象，餘詩則不能爾。昔人多稱其〈杜秋（娘）詩〉，今觀之，眞如暴漲奔川，略少淳泓澄澈。如叙秋入宮，漳王自少及壯，以至得罪廢削，如「一尺桐偶人，江充知自欺」，語亦可觀。但至「我昨金陵過，聞之爲歔欷」，詩意已足，後卻引夏姬、西子、薄后、唐兒、呂、管、孔、孟，滔滔不絕，如此作詩，十紙難竟。至後「指何爲而捉，足何爲而馳，耳何爲而聽，目何爲而窺」，所爲雅人深致安在？終不能不病其衍。

按：杜牧絕句，有盛唐餘音，而風致自別。如〈赤壁〉（《詩選》未選
　　此首，似是疏漏）：「折戟沈沙鐵未銷，細將磨洗認前朝。東風不
　　與周郎便，銅雀春深鎖二喬。」由近而遠，由今而古，依依約約，
　　卻感慨萬千。二十八字，抵得一篇史論。五律亦有佳者，如〈題
　　揚州禪智寺〉：（《詩選》頁 326）「雨過一蟬噪，飄蕭松桂秋。青
　　苔滿階砌，白鳥故遲留。暮靄生深樹，斜陽下小樓。誰知竹西路，
　　歌吹是揚州？」多少風情！七律如〈九日齊山登高〉（同上頁 327）
　　末以「古往今來只如此，牛山何必獨霑衣。」又把歷史感注入詩
　　情畫意中。〈杜秋娘詩〉或有心作史詩，故篇幅忒長（《全唐詩》
　　卷 520，頁 5938，5939），以「京江水清滑，生女白如脂。其間
　　杜秋娘，不勞朱粉施。」始，便有氣勢有風韻，歷述秋娘一生坎
　　坷經歷，令人動容。因其生平曲折，頗能論人生無常之理，故多
　　舉古人事跡爲旁證，一瀉千里，欲罷不能，譽之貶之，見仁見智。
　　吾意末四句可省略焉。

　　紫微嘗有句：「杜詩韓集愁來讀，似倩麻姑癢處搔。」此正一生得力處，故其詩文俱帶豪健。「天外鳳凰誰得髓？無人解合續絃膠」，雖隱然自負，未之敢許也。

按：此條先稱許小杜得老杜、退之豪健之風骨，後半又不肯許他能續
　　杜、韓之傳承。吾意以爲：小杜稍遜老杜，亦有足以比肩退之處。
　　信手拈舉〈大雨行〉（卷 520，頁 5947－5948），即知其氣勢豪健，

可以比踪杜、韓了。

〈早雁〉詩:「仙掌月明孤影過,長門燈暗數聲來」,光景真是可思。但全篇惟「金河秋半」四字稍切「早」字,餘皆言矰繳之慘,勸無歸還,似是寄託之作。

按:〈早雁〉(卷 522,頁 5972):「金河秋半虜弦開,雲外驚飛四散哀。仙掌月明孤影過,長門燈暗數聲來。須知胡騎紛紛在,豈逐春風一一回?莫厭瀟湘少人處,水多菰米暗莓苔。」此詩直以早雁為受迫害者,「胡騎」只是假託語,其主旨在末二句:「莫厭少人處」,在亂世可以藉水與菰米安身立命。

杜長律亦極有佳句,如「深秋簾幕千家雨,落日樓台一笛風」、「蒲根水暖雁初浴,梅徑香寒蜂未知」、「千里暮山重叠翠,一溪寒水淺深清」,又「江碧柳青人盡醉,一瓢顏巷日空高」,俱灑落可誦。至〈西江懷古〉「千秋釣艇歌明月,萬里沙鷗弄夕陽」,尤有江天浩蕩之景。〈山寺〉詩:「峭壁引行徑,截溪開石門。泉飛濺虛檻,雲起漲河軒。隔水看來路,疏籬見定猿。未閒難久住,歸去復何言?」詩亦清傲。

按:長律有佳句,甚為難得。所引各聯,俱有佳境。其中如以「一笛風」對「千家雨」,一奇一平,平者亦奇。「一溪寒水淺深清」,一句連用五水,而不失自然;「江碧」一句開朗,「一瓢」一句清高,不止灑落而已。千秋釣艇,人歌明月,萬里沙鷗,閒弄夕陽,俱是開濶自如的美景浩情。〈山寺〉(《全唐詩》卷 525,頁 6016,「疎」作「疏」)則以六句佳景托烘出主題:未閒之人難久住此僻地山寺,乃惟有無言歸去。賀裳說它「清傲」,不如說是「清冷」或「清凜」。畢竟泉飛雲起、疏籬定猿,亦不可多得如此閒人也。

七十、李群玉

李群玉〈梅花〉詩:「玉鱗寂寂飛斜月,素豔亭亭對夕陽。」升庵

謂「暗香浮動」恐未可比。語亦不誣，惜全篇體弱。「豔」字韻雖不高，意猶較「手」（另本作「素手」）爲穩。文山生晚唐，不染輕靡僻澀之習，五古頗有素風，但驚拔處亦少。其于溫、李不爲，亦不能也。

按：〈梅花〉原名〈人日梅花病中作〉（《全唐詩》卷 569，頁 6604）：「去年今日湘南寺，獨把寒梅愁斷腸。今年此日江邊宅，臥見瓊枝低壓牆。半落半開臨野岸，團情團思醉韶光。玉鱗寂寂飛斜月，素豔亭亭對夕陽。已被兒童苦攀折，更遭風雨損馨香。洛陽桃李漸撩亂，回首行宮春景長。」此詩雖非句句佳好，亦未必如賀裳所言：全篇體弱。如「臥見」一句，便自然寫實。「半開半落」一句，別具風姿。惜結尾二句稍嫌平直。黃白山以爲「素影」比「素豔」更穩，亦是。不爲輕靡，自是一長，清麗之作，文山集中固不少觀。又文山五絕，亦不乏佳構，如〈蓮葉〉：「根是泥中玉，心承露下珠。在君塘下種，埋沒任春蒲。」頗有創意。「泥中玉」奇，「埋沒春蒲」引人深思。〈放魚〉（同上）亦有言外之意：「早覓爲龍去，江湖莫漫遊。須知香餌下，觸口是銛鉤。」爲龍爲魚，一念之間耳，莫漫遊則爲箴規之語，妙在擬人而別有情意。

七十一、溫庭筠

〈奉天西佛寺〉：「憶昔狂童犯順年，玉虬閑暇出甘泉。宗臣欲舞千鈞劍，追騎猶觀七寶鞭。星背紫垣終掃地，日歸黃道卻當天。至今南頓終耆舊，猶指榛蕪作弄田。」按韓旻西追，段太尉盜用司農印召之而還，故用七寶鞭事。此聯上寫忠義之激昂，下寫乘輿之惶迫，眞一篇之警策。

按：此詩詠史，介乎顯與隱之間，依依約約，優游不迫。賀裳之解讀亦妥切。

顧璘曰：「溫生作詩，全無興象，又乏清溫，句法刻俗，無一可法，不知後人何故尊信？大抵清高難及，粗濁易流，蓋便於流俗淺學

爾。」愚意誠然，然亦少過。大抵溫生之才，能瑰麗而不能淡遠，能尖新而不能雅正，能矜飾而不能自然，然警慧處，亦非流俗淺學所易及。至如苧蘿女，昵之雖欲傾城，然使其終生負薪，則亦不平。

按：明人論詩，或不中的，或失之苛，此一例也。但賀裳稍修正其說，拈示「能瑰麗」「能尖新」「能矜飾」三評語，便較客觀細緻。如與義山相比，後者便既能瑰麗，又能淡遠（七絕尤然），矜飾之餘，要求自然，本甚不易，雖義山亦不能，許渾差可焉。至「尖新不能雅正」別有若干例外，如前引〈奉天西佛寺〉其一也。西施之喻，給盡溫生身分，毋寧稍誇張。

七言古詩，字雕句琢，當其沾沾自喜之作，雖竭其伎倆，止於音響卓越，鋪叙藻豔，態度生新，未免其美悉浮於外，有腴而實枯、紆而實近、中乾外強之病。如〈懊惱曲〉後云：「悠悠楚水流如馬，恨紫愁紅滿平野。野土千年恨不平，至今燒作鴛鴦瓦。」語誠警麗，細思之有深意否？又〈塞寒行〉後曰：「心許凌烟名不滅，年年錦字傷離別。彩毫一畫竟何榮，空使青樓淚成血。」〈照影曲〉結云：「桃花百媚如欲語，曾為無雙今兩身。」〈蓮蒲謠〉末曰：「荷心有霞似驪珠，不是真圓亦搖蕩。」〈織錦詞〉末云：「象尺熏爐未覺秋，碧池已長新蓮子。」皆意淺體輕，然實秀色可餐。

按：賀裳論詩，稍稍偏重內涵境界，藻繪之工，乃其餘事，故論溫生，必持此說。「中乾外強」之評，固嫌太過；「意淺體輕，秀色可餐」八字，畢竟近乎事實。所舉數例，〈懊惱曲〉一結較有深意：世間繁華本易消散，不平之餘，聊作補償。另如〈錦城曲〉（《全唐詩》卷 575，頁 6696）：「蜀山攢黛留晴雪，簝筍蕨芽縈九折。江風吹巧剪霞綃，花上千枝杜鵑血。杜鵑飛入巖下叢，夜叫思歸山月中。巴水漾情情不盡，文君織得春機紅。怨魄未歸芳草死，江頭學種相思子。樹成寄與望鄉人，白帝荒城五千里。」細寫相思之情，以物（晴雪、簝筍蕨芽、霞綃、杜鵑血、山月、巴水、春

機紅、芳草、相思子）等喻情、襯情，情韻盎然，不可謂之「外強中乾」也。

　短律尤多警句，如〈題盧處士居〉：「千峯隨雨暗，一徑入雲斜。」〈贈越僧岳雲〉：「一室故山月，滿瓶秋澗泉。」〈題採藥翁草堂〉：「衣濕木綿雨，語成松嶺烟。」〈題造微禪師院〉：「照竹燈和雪，看松月到衣。」〈盧氏池上遇雨贈同遊者〉：「萍皺風來後，荷喧雨到時。」清不減賈，潤更過之。又〈巫山神女廟〉：「曉峯眉上色，春水臉前波。」尤纖刻可喜。

按：賀氏所引諸例，皆清潤、纖麗之作。「千峯」一聯，妙不可言，「一室」一聯上句奇，下句穩。「語成」奇警，「照竹」一聯溫潤，「曉峯」一聯，使人神醒。另舉二例：〈碧澗驛曉思〉（卷581，頁6740）：「香燈伴殘夢，楚國在天涯。月落子規歇，滿庭山杏花。」朦朦朧朧，有餘不盡。又〈詠山雞〉（同上）：「……繡翎翻草去，紅觜啄花歸。巢暖碧雲色，影孤清鏡輝。不知春樹畔，何處又分飛？」詠物至此，亦云妙矣。

　七言近體之佳者，如「暫對山松如結社，偶同麋鹿自結群」，「醉後獨知殷甲子，病來猶作晉春秋」，「不見水雲應有夢，偶隨鷗鷺便成家」，不問而知為高僧、隱士、漁父。寫景如「一院落花無客醉，五里殘月有鶯啼」，「綠昏晴氣春風岸，紅漾輕輪野水天」，〈咏檜〉：「長廊夜靜聲疑雨，古殿秋深影類雲」，真令人謖謖在耳，忽忽在目。

按：溫之近體，尤勝古體，狀物描聲，如見如聞，且色彩絢麗，或濃淡相間，更見風致。如〈簡同志〉（卷583，頁6762）：「開濟由來變盛衰，五車才得號鎡基。留侯功業何容易，一卷兵書作帝師。」則是另外一種風格，可以比肩義山矣。此詩一、三相應，二、四互補，匯而為一，自成境界。

　溫不如李，亦時有彼此互勝者。如義山〈隋宮〉詩：「玉璽不緣歸

日角，錦帆應是到天涯。」飛卿〈春江花月夜〉：「十幅錦帆風力滿，連天展盡金芙蓉」，雖竭力描寫豪奢，不及李語更能狀其無涯之慾。至結句「地下若逢陳後主，豈宜重問〈後庭花〉」，較溫「後主荒宮有曉鶯，飛來只隔西江水」，則溫語含蓄多矣。溫不見古文，李則無小詞。

按：以「錦帆應是到天涯」寫隋煬帝之荒淫和開鑿運河，眞是妙入雲霄，飛卿自不可及；而溫之「飛來只隔西江水」亦有不著一字之巧。二人長短，不盡在有文有詞、無文無詞之間，仍在義山題材寬闊、意境較深厚上。

七十二、李商隱

義山綺才豔骨，作古詩乃學少陵，如〈井泥〉、〈驕兒〉、〈行次西郊〉、〈戲題樞言草閣〉、〈李肱所遺畫松〉，頗能質樸。然已有「鏡好鸞空舞，簾疎燕誤飛」，「十五泣春風，背面鞦韆下」諸篇，正如木蘭雖兜牟褌襠，馳逐金戈鐵馬間，神魂固猶鉛黛也，一離沙場，即視尚書郎不顧，重復理鬢貼花矣。

按：此謂義山學老杜，雖時能質樸，照終不失其綺艷本色也。此言雖是，然亦有不少例外，如〈武侯廟古柏〉（《全唐詩》卷539，頁6162）：「蜀相階前柏，龍蛇捧閟宮。陰成外江畔，老向惠陵東。大樹思馮異，甘棠憶召公。葉凋湘燕雨，枝拆海鵬風。玉壘經綸遠，金刀曆數終。誰將出師表，一爲問昭融。」便雅正而不綺。至七絕之〈杜司勳〉（卷539，頁6157）：「高樓風雨感斯文，短翼差池不及群。刻意傷春復傷別，人間惟有杜司勳。」及〈賈生〉、五律〈蟬〉等，亦自有風骨。

義山之詩，妙於纖細。如〈全溪作〉：「戰蒲知雁唼，皺月覺魚來」，〈晚晴〉：「並添高閣迥，微注小窗明」，〈細雨〉：「氣涼先動竹，點細未開萍。」然亦有極正大者，如〈肅皇帝挽辭〉：「小臣觀吉從，猶誤欲東封」，〈過故崔兗海宅與崔明秀才話舊因寄趙杜李三掾〉：「莫憑無鬼論，終負托孤心」，惻然有攀髯號泣及良士不免死友之志，非溫所

及。至若「試墨書新竹，張琴和古松」、「石梁高瀉月，樵路細侵雲」，尚是尋常好語，唐律中不難得。

按：義山詩纖細固其所長，雅正深沉者亦不在少，此所以冠冕晚唐（只有杜牧、許渾差可比擬）、雄視三唐者也。其實「石梁」一聯，亦甚難得，尤其「瀉」、「侵」二詩眼，度得沁人心肺。

義山好作豔詞，多入狎昵之態。如〈可歎〉一詩：「幸會東城宴未回，年華憂共水相催。梁家宅裏秦宮入，趙后樓中赤鳳來。冰簟且眠金鏤枕，瓊筵不醉玉交盃。宓妃愁坐芝田館，用盡陳王八斗才。」通篇皆鶉奔鵲強之旨，此則刺淫，非導欲也。

按：鶉奔乃〈鄭風·鶉之奔奔〉之簡稱，鶉無定居而有常匹，此詩刺宣姜之淫，猶不如鶉。鵲強義同。〈可歎〉用許多意象典故（包括文典、事典）來比擬淫褻之事，由題目到文本，皆展示刺淫之旨，但刺淫、導欲，往往一間之隔，好在詩畢竟比較含蓄，不至如小說《金瓶梅》之比也。

取青媲白，大家所笑。然如〈贈契苾使君〉作：「何年部落到陰陵，奕世勤王國史稱。夜掩牙旗千帳雪，朝飛羽騎一河冰。蕃兒襁負來青塚，狄女壺漿出白登。日晚鸝鶄泉上望，路人遙識郅都鷹。」此詩殆可辟癳，雖以「青塚」、「白登」組織，但見其工，寧病其纖！

按：所謂「取青媲白」乃狹義之堆砌文辭藻飾，未可通用於一切青白詞語。義山此詩，用典多是一病，意思純正是其優點，「辟癳」之說，聊且誇張耳。

溫、李俱有〈七夕〉詩，李曰「清漏漸移相望久，微雲未接過來遲」，溫曰「蘇小橫塘通桂楫，未應清淺隔牽牛」，皆妙于以荒唐事說得十分真實。溫又有作：「雲燭有光妨宿燕，畫屏無睡待牽牛」，此則非天上牽牛，上句尤尖警可喜。

按：李詩「清漏」二句人味十足，「微雲未接」四字，依依約約，朦朦朧朧，尤耐尋味。相對而言，「未應清淺隔牽牛」便有說破一

半之巧。「銀燭」一句尖新可喜,「畫屏」一句似略有湊合之嫌。

　　義山有〈富平少侯〉詩,蓋咏西京張氏也。其詩止形容侈汰,而不入實事。如「不收金彈拋林外」,乃韓嫣事,不妨借用。然如「綵樹轉燈珠錯落,繡檀迴枕玉雕鎪」,不過驕奢盡之。至「直登宣室螭頭上,橫過甘泉豹尾中」,儼然畫出東京梁、竇家兒矣。

按:此詩固如黃白山所云:刺時人之奢而寓言富平侯,不必解之為專
　　詠西京張安平也。賀裳末言畫出東京梁冀、竇憲家兒情貌,正足
　　為此說作張本。

　　長吉、義山皆善作鬼神詩,〈神絃曲〉有幽陰之氣,〈聖女祠〉多縹緲之思,如「無質易迷三里霧,不寒長著五銖衣」,真令人可望而不可親,有「是耶非耶」之致。至「一春夢雨常飄瓦,盡日靈風不滿旗」,又似可親而不可望,如曹植所云「神光離合,乍陰乍陽」。〈代魏宮私贈〉:「來時西館阻佳期,去後漳河隔夢思。知有宓妃無限意,春松秋菊可同時?」余以末二語意已見於序中,不必復見於篇中。

按:吾邦鬼神之詩,往往似可分辨實不可分辨。五言排律〈聖女祠〉
　　(卷 540,頁 6197)可稱其代表:「杳靄逢仙跡,蒼茫滯客途。
　　何年歸碧落,此路向皇都。消息期青雀,逢迎異紫姑。腸回楚國
　　夢,心斷漢宮巫。從騎栽寒竹,行車蔭白榆。星娥一去後,月姐
　　更來無。寡鵠迷蒼壑,羈鳳怨翠梧。惟應碧桃下,方朔是狂夫。」
　　全詩靉靉霴霴,可惜用典太多,乃稍嫌隔。至於所引〈神絃曲〉
　　及七律〈聖女祠〉諸語,自是出色,然謂「一春」二句可親而不
　　可望,殊不可解。〈代魏宮私贈〉寫洛神,如此四句,未嘗不可,
　　序與文末,本不連屬,無重複之忌也。

　　魏晉以降,多工賦體,義山猶存比興。〈槿花〉:「風露淒涼秋景繁,可憐榮落在朝昏。未央宮裏三千女,但保紅顏莫保恩。」因槿花之易落,而感女色之易衰,此興而兼比也。

按:魏晉以降工賦者不少,能比興者亦不鮮,陳子昂以下,李杜韓柳,

皆不例外。此詩果為興而兼比，極精警，「但保紅顏莫保恩」極
痛切，而不落於直率。

七十三、劉　滄

　　劉龍門極有高調，且終卷無敗群者，但精出者亦少。〈咸陽懷古〉
最劉詩之勝處：「天空絕塞無邊雁，葉盡孤村見夜燈」，堪與許渾「高
樹有風聞夜磬，遠山無月見秋燈。」並驅。

按：劉滄詩多清麗，亦有高雅之思，如〈經煬帝行宮〉：（《全唐詩》
　　卷 586，頁 6787）「此地曾經翠輦過，浮雲流水意如何，香銷南
　　國美人盡，怨入東風芳草多。殘柳宮前空露葉，夕陽川上浩烟波。
　　行人遙起廣陵思，古渡月明聞棹歌。」真可比肩許渾。按劉似許，
　　《唐才子傳》已言之在先，賀裳再為之作印證而已。

七十四、許　渾

　　文人落筆，常有意態偶同者。許渾〈鄭秀才東歸憑達家書〉：「兩
巖花落夜風急，一徑草荒春雨多。」來鵬〈山館書情〉：「侵階草色連
朝雨，滿地梨花昨夜風」，二意相似，許稍調高，來則態勝。許結曰：
「貧居不問應知處，溪上閑船繫綠蘿」，來結曰「分明記得還家夢，
徐孺宅前湖水東」，則來為振響，許殊弄姿也。

按：此條比較許、來二詩，調高、態勝，實難有明確界限。而結句則
　　各有千秋：許閑靜自若，來虛託入神。

　　許郢州詩，前後多互見，故人譏才短。如〈寄題華陽韋秀才院〉：
「晴攀翠竹題詩滑，秋摘黃花釀酒濃。山殿日斜喧鳥雀，石潭波動戲
魚龍。」與〈常慶寺遇常州阮秀才〉中聯無異，但改「晚收紅葉題詩
遍，秋待黃花釀酒濃」，又改「殿」為「館」耳。又〈寄殷堯藩〉：「帶
月獨歸蕭寺遠，看花頻醉庾樓深」，亦與〈寄盧郎中〉：「醉別庾樓山色
滿，夜歸蕭寺月光斜」，語略相同。然詩家犯此甚多，太白已先不免。

按：賀裳仔細摘出許渾重複自我二例，可謂不為賢者諱。但此病不止

太白，後之陸游，亦因詩多（九千多首，原有一兩萬首）而難免。許丁卯詩篇近千，偶有此失，亦非大疵也。

〈金陵懷古〉詩：「玉樹歌殘王氣終，景陽兵合戍樓空」，咏金陵而獨舉陳事者，自此南北不分也。「松楸遠近千官塚，禾黍高低六代宮」，即太白「吳宮花草埋幽徑，晉代衣冠成古丘」意。「石燕拂雲晴亦雨，江豚吹浪夜還風」，金陵有燕子磯俯臨江岸，此專咏其景。「英雄一去豪華盡，惟有青山似洛中」，語稍未練，亦自結得住。此詩在晚唐亦爲振拔。

按：〈金陵懷古〉乃許渾代表作之一，振拔而不失古雅，以中聯與太白相比，亦不誇張。「晴亦雨」、「夜還風」亦對仗得巧。「英雄一去豪華盡」堪稱許丁卯之招牌名句。余一向主張：晚唐三傑爲杜、李、許，而溫生殿後可也。

七十五、邵　謁

邵謁詩眞爲粗硬，集中惟〈漢宮井〉一篇可存：「轆轤聲絕離宮靜，班姬幾度照金井。梧桐老去殘花開，猶似當時美人影。」

按：賀氏貶邵，似亦一偏之見，胡震亨《唐音癸籤》稱其詩「多有愜心句堪擊節」，又說「其源似並出孟東野，洗剝到極淨極眞」。如〈放歌行〉（《全唐詩》卷605，頁6992）：「龜爲秉靈亡，魚爲弄珠死。心中自有賊，莫怨任公子。屈原若不賢，焉得沈湘水。」自有新意，不嫌太直。又〈貞女墓〉：「生持節操心，死作堅貞鬼。至今墳上春，草木無花卉。」（同上）〈自歎〉：「春蠶未成繭，已賀箱籠實。蟢子徒有絲，終年不成匹。……白日九衢中，幽獨暗如漆。流泉有枯時，窮賤無盡日。惆悵復惆悵，幾迴新月出。」（同上）前半雖較直率，仍有比興之用，末句則令人低徊不已。〈下第有感〉（頁6993）後半：「身如石上草，根蒂淺難活。人人皆愛春，我獨愁花發。如何歸故山，相携採薇蕨。」亦佳。

七十六、馬　戴

戴與賈島、姚合同時，其稱晚唐，猶錢、劉之稱中唐也。其詩惟寫景為工，如「返照開嵐翠」，「殘日半帆紅」，「宿鳥排花動」，皆佳句也。至如「虹蜺侵棧道，風雨雜江聲」，「猿啼洞庭樹，人在木蘭舟」，讀之真若身游楚、蜀。〈宿無可上人房〉：「風傳林磬久，月掩草堂遲」，此聯上句一意貫串，下句「月」字下又有一轉折。大率體澀而思苦，致極清幽，亦近于島。〈征婦歎〉一詩，最有諷諭，「稚子在我抱，送君登遠道。稚子今已行，念君上邊城。蓬根既無定，蓬子焉用生？但見請防胡，不聞言罷兵。及老能得歸，少者還長征。」此詩哀傷慘惻，殊勝平日溪山雲月之作。

按：馬戴詩寫景、抒情均宜，惟寫景詩稍多耳。按〈宿無可上人房〉（《全唐詩》卷555，頁6435）在第五句「月掩草堂遲」下更有「坐臥禪心在，浮生皆不知。」即賀氏所謂「又有一轉折」。其實不必以「體澀思苦」涵蓋之。〈征婦歎〉固佳，亦頗質直，方之邵謁，何厚此而薄彼耶？又如〈送人遊蜀〉（同上）：「別離楊柳陌，迢遞蜀門行。若聽清猿後，應多白髮生。虹霓侵棧道，風雨雜江聲。過盡愁人處，烟花是錦城。」此詩好處，在配合場景，寫人心之變化：愁與烟花錦城，一抑一揚，最得旅人妙境。

七十七、項　斯

項子遷俊句亦甚可喜。如「溪中雲隔寺，夜半雪添泉。」「鶴睡松枝定，雲歸葛葉垂」，「霞光侵曙發，嵐翠近秋濃」。〈小古鏡〉詩尤工緻，如「見來深似水，携去重于錢。鸞翅巢空月，菱花遍小天」，刻劃真為工妙。余恨其「上高樓閣看星坐，著白衣裳抱劍行」，宋人遵之，號折句法，轉轉相效，惡聲盈耳。

按：項斯佳句，並非戔戔。如〈蒼梧雲氣〉（《全唐詩》卷554，頁6409）：「何年化作愁，漠漠便難收。數點山能遠，平鋪水不流。溼連湘

竹暮，濃蓋舜墳秋。亦有思歸客，看來盡白頭。」寫雲氣本不容易，三、四二句盡得其妙。末二句更意出言表之外。至於「上高樓」一聯，可視作另一類拗句，不可常作，莫避偶出，何必斥之爲「惡聲」！

七十八、劉　駕

劉駕詩多直，然不乏佳篇。世傳其「馬上續殘夢」一詩，誠爲傑構。又〈寄遠〉亦工，如「去年君點行，賤妾是新歸。別早見未熟，入夢無定姿。悄悄空閨中，蛩聲繞羅幃。得書喜猶甚，況復見君時。」殊有情致。又〈桑婦〉亦可觀。「牆下桑葉盡，春蠶半未老。城南路迢迢，今日起更早。四鄰無去伴，醉臥青樓曉。妾顏不如誰，所貴守婦道。一春常在樹，自覺身如鳥。歸來見小姑，新粧弄百草。」不惟妙于描摹，更得性情之正。

按：劉駕詩不見賞於世人，蓋其名不彰。賀氏所引，皆不群佳作。「別早見未熟，入夢無定姿」，何等貼切！「一春常在樹，自覺身如鳥」，不但別致，且盡比興之用。〈皎皎詞〉（《全唐詩》卷585，頁6774）：「皎皎復皎皎，逢時即爲好。高秋亦有花，不及當春草。班姬入後宮，飛燕舞東風。青娥中夜起，長歎月明裏。」此詩介乎樂府與古詩之間，有情致，有意理。〈早行〉（卷585，頁6780）：「馬上續殘夢，馬嘶時復驚。心孤多所虞，僮僕近我行。棲禽未分散，落月照古城。莫羨居者閒，家邊人已耕。」前半寫旅人心情，末二句更一轉折，頗有「比上不足，比下有餘」之旨。

七十九、喻　鳧

喻鳧效賈島爲詩，人稱之賈喻。宋人所推「木落山城出，潮生海棹歸」，「硯和青靄凍，簾對白雲垂」，唐人推其「滄洲違釣隱，紫閣負僧期」，今集皆不載，固知散失者多矣。余喜其「鼉鳴積雨窟，鶴步夕陽沙」，景最語潔。至若「雁天霞脚雨，漁夜葦條風」，鏤刻雖深，

斧鑿痕亦嫌太重。

按：所舉數例，皆寫景出色，「滄洲」一聯稍遜，因略有合掌之嫌。「雁天」二句，刻鑿有痕，「霞脚」尤不佳。喻有全篇佳好者，如〈游雲際寺〉：(《全唐詩》卷 543，頁 6270)：「澗壑吼風雷，香門絕頂開。閣寒僧不下，鐘定虎常來。鳥啄林梢菓，鼯跳竹裏苔。心源無一事，塵界擬休回。」

八十、于　濆

晚唐人余最喜于濆、曹鄴。于之〈擬古意〉：「國色久在室，良媒亦生疑。」不惟說盡尋聲逐影之士，即端木氏之不容少貶，亦已刻劃鬚眉矣。〈塞下曲〉：「戰鼓聲未齊，烏鳶已相賀。」〈長城曲〉：「死者倍堪傷，僵屍猶抱杵。」〈戍客南歸〉：「莫渡汨羅水，迴君忠孝腸。」〈古宴曲〉：「燕娥奉卮酒，低鬟若無力。十戶手胼胝，鳳凰釵一隻。高樓齊下視，日照羅衣色。笑指負薪人，不信生中國。」如此數篇，真當備矇瞍之誦。至其無關風化而工者，更不勝舉。

按：〈擬古意〉中首二句「白玉若無玷，花顏須及時。」五、六「鴉髻未成髻，鸞鏡徒相知。」即端木氏亦已刻劃鬚眉之謂。〈古宴曲〉重現「朱門酒肉臭，路有凍死骨。」之詩意，惟稍溫和耳。五絕亦有佳者，如〈對花〉：「花開蝶滿枝，花落蝶還稀。惟有舊巢燕，主人貧亦歸。」（卷 599，頁 6933），人情物理，盡收二十字內。

八十一、許　棠

寫景詩雖不嫌雕刻，亦須以雅致為佳。如鄭巢「茶烟開瓦雪，鶴迹上潭冰」，劉得仁「勁風吹雪聚，渴鳥啄冰開」，可謂精工。若許棠「曉嶂猿窺戶，寒湫鹿舐冰」，「舐」字俗矣。即李才江「藥杵聲中搗殘夢，茶鐺影裏煮孤燈」，亦嫌意工語俗。許以〈洞庭〉詩得名，唯讀其全集，除數篇外，皆枯寂無味，不及李、劉、鄭。

按：以上所舉，各有可觀，「舐」字何必曰俗！李洞二句，亦是可觀，
惟「羹」字在此稍險耳。〈過洞庭湖〉：「驚波常不定，半日鬢堪斑。
四顧宜無地，中流忽有山。鳥高恆畏墜，帆遠卻如閒。漁父時相引，
行歌浩渺間。」（《全唐詩》卷 603，頁 6962）除「四顧」一句稍弱
外，確有風致。又如〈陪郢州張員外宴白雪樓〉（卷 604，頁 6982）：
「高情日日閒，多宴雪樓間。灑檻江干雨，當筵天際山。帶帆分浪
色，駐樂話朝班。豈料覊浮者，樽前得解顏。」亦不枯寂。

八十二、李　洞

才江造語之精，殆有過於賈島者。如〈喜鸞公自蜀歸〉：「禁院對
生台，尋師到綠槐。寺高猿看講，鐘動鳥知齋。掃石月盈帚，濾泉花
滿篩。歸來逢聖節，吟步上堯階。」〈古柏〉：「手植知何代，年齊偃
蓋松。結根生別樹，吹子落隣峯。古幹經龍嗅，高烟過雁衝。可佳繁
葉盡，聲不礙秋鐘。」又如〈秋日曲江書事〉：「片雲穿塔過，孤葉入
城飛。」〈同僧宿道者院〉：「墜菓敲樓瓦，高螢映鶴身。」〈送行脚僧〉：
「毳衣沾雨重，樱笠看山敧。」〈寄淮海惠澤上人〉：「竹裏橋鳴知馬
過，塔中燈露見鴻飛。」〈廢寺閒居寄懷知己〉：「稅房兼得調猿石，
租地仍分浴鶴泉。」〈送都先輩歸覲華陰〉：「僧向瀑泉聲裏賀，鳥穿
仙掌指間飛。」取境雖近，運思則遠，真「穿天心，出月脇」而成，
雖曰雕蟲，亦豈易及！〈終南〉亦多警句，如「殘陽高照蜀，敗葉遠
浮涇」，縮數千里于目前。又若「斷竹烟嵐凍，偷湫雨雹腥。閒房僧
灌頂，浴澗鶴遺翎」，「放泉驚鹿睡，聞磬得人醒」，語俱警拔。獨「敲
開洞府局」，「行處月輪馨」，「研膠潑上屛」，未免以凑韻而嫩。

按：李洞崇愛賈島，至以塑像懷身。其作品亦酷似島。本條所引一一
可證。其中如「稅房兼得調猿石」稍生硬外，「偷湫雨雹腥」亦
乏感染力。至「敲開洞府局」，生澀，「行處月輪馨」，勉強，「研
膠潑上屛」，乏味。

八十三、無　可

　　無可詩如秋澗流泉，雖波濤不興，亦自清泠可悅。如「磬寒徹幾里？雲白已經宵。」「霧交高頂草，雲隱下方燈。」「夜雨吟殘竹，秋城憶遠山」，亦不在「聽雨寒更徹，開門落葉深」之下。

按：無可爲晚唐詩僧之佼佼者，與賈島、李洞詩風稍近。以上所引諸
　　條，全無僧氣，若出一高士之手。

八十四、羅　鄴

　　唐人言「隱才雄而疏，鄴才精而緻」，二語頗當。然鄴長律亦卑淺不足觀，惟絕句工妙。如〈長安春雨〉云：「半夜五侯池館裏，美人驚起爲花愁」，便是開得一寶山。「別離不獨恨蹄輪，渡口風帆發更頻。何處青樓方憑檻，半江斜日認歸人？」讀此忽忽如行江上。

按：羅鄴詩確實工緻。「半夜」二句，聳人聽聞，而依歸情理。「別離」
　　四句，造境入妙。羅之絕句，佳者殊不少，茲再引一首：〈溫泉〉
　　（《全唐詩》卷 654，頁 7523）：「一條春水漱莓苔，幾繞玄宗浴
　　殿回。此水貴妃曾照影，不堪流入舊宮來。」一泉之思，乃至於
　　此！

八十五、羅　隱

　　溫、李俱善作駢語，故詩亦綺麗。隱之表啓不減兩生，詩獨帶粗豪氣，絕句尤無韻度，酷類宋人。隱亦時有警句，但不能首尾溫麗。如〈文宣王廟〉：「雨淋狀似悲麟泣」，此言聖像爲雨所淋，有似于泣，其語佳；對曰「露滴還同歎鳳悲」，便是泛常牽湊。隱不得志于舉場，故善作侘傺之言。如「一船明月一竿竹，家在五湖歸去來」，「灞陵老將無功業，猶憶當時夜獵歸。」皆激昂悲壯。隱又善於使事，投錢鏐詩「塩車顧後聲方重，火井窺來焰始浮」，上句方之伯樂，下句尊之助功鏐匡扶唐室意，不止感恩而已。

按：「粗豪」未必不佳，如〈寄竇澤處士二首之二〉：（《全唐詩》卷

658，頁 7562）：「鼇背樓台拂白榆，此中槎客亦踟蹰。牢山道士無仙骨，卻向人間作酒徒。」仙骨、酒徒，似遠而近。「一船」二句，瀟灑自若，豈其悲壯！於投錢鏐詩則解說透闢。

八十六、皮日休　陸龜蒙

《松陵集》詩不為佳，筆墨之外，自覺高韻可欽，其神明襟度勝耳。吾尤喜其詩序，或數十百言，或數百言，皆疎落有古意。皮、陸並稱，吾之景皮，更甚于陸。一從事祿入幾何，既以給當地之高流，餘波猶沾他境之賢者！讀其〈五貺〉諸篇，令人忽忽與之神游。

按：皮日休高士典範，卻不知何故成為黃巢部屬，後又投錢鏐，其下落眾說紛紜，賀裳為之一嘆，良有以也！但他長年義行捐輸，仍不失高風亮節。試舉七律一首－〈寄毘陵魏處士朴〉（《全唐詩》卷 614，頁 7085）：「文籍先生不肯官，絮巾衝雪把魚竿。一堆方冊為侯印，三級幽巖是將壇。醉少最因吟月冷，瘦多偏為臥雲寒。兔皮裘暖篷舟穩，欲共誰遊七里灘。」自有風致。又如〈新秋即事〉（頁 7084）：「乞求待得西風起，盡挽烟帆入太湖。」亦好。

皮、陸倡和詩，惟樵詩陸為勝。如〈樵子〉云：「才穿遠林去，已在孤峯上。」〈樵徑〉云：「方愁山繚繞，更值雲遮截。」〈樵斧〉：「丁丁在前澗，杳杳無尋處。巢傾鳥猶在，樹盡猿方去。」〈樵家〉：「門當清澗盡，屋在寒雲裏。」〈樵担〉：「風高勢還卻，雲厚疑中折。」〈樵歌〉：「出林方自轉，隔水猶相應。」〈樵火〉：「深爐與遠燒，此夜仍交光。或似坐奇獸，或如焚異香。」真若目擊。餘詩襲美殊多俊句，如「野歌遇松蓋，醉書逢石屏」，「壓酒移溪石，煎茶拾野巢」，「白石淨敲蒸尪火，清泉閒洗種花泥」，「靜探石腦衣裾濕，閒鍊松脂院落香」，「石床臥苦渾無蘚，藤匣開稀恐有雲」，「白石煮多熏屋黑，丹砂埋久染泉紅」，「靜裏改詩空憑几，寒中著《易》不開簾」，「涼後每謀清月社，晚來專赴白蓮期」，「迎潮預遣收魚笱，防雪先教蓋鶴籠」，又〈送日本僧歸國〉：「取經海底收龍藏，誦咒

空中散蠶樓」，〈以紗巾寄魯望〉：「今朝定見看花側，明日應聞漉酒香」，較陸詩醒目。

按：此條比較二人詩作，各有千秋。其中大部分可以四字概括之：「寫景而妙」，景中有人，人中有情。惟〈送日本僧歸國〉例外，半虛半實，卻十分切題。

集中詩亦多近宋調，吳體尤爲可憎。四聲、疊韻、離合、迴文，俱無意味。吾重其文其人。

按：此條仍合論二人，宋體之說，可說是賀裳偏見，吳體之作，不免俚俗。雙聲等作，雖大詩人不能工妙，何獨皮陸！

魯望〈自遣〉：「數尺游絲墜碧空，年年長是惹春風。爭知天上無人住，亦有春愁鶴髮翁。」似駭似戲，語荒唐而意纖巧，其味尤長。陸〈嫦娥〉：「古往天高事渺茫，爭知靈媛不淒涼。月娥如有相思淚，只待方諸寄兩行。」可謂爲義山同題詩吹波助瀾。

按：〈自遣〉春愁鶴髮，「天上無人住」，眞如黃白山所云：「無理而有趣」。嫦娥詩雖好，似不如義山之風致萬千。

八十七、薛　能

薛能詩雖不惡，原無當於高流。如五律「庭樹人書匣，欄花鳥坐低」，「薙草因逢藥，移花便得鶯」，「爲山低鑿牖，容月廣開筵」，僅小有風致。至若「青春背我堂堂去，白髮欺人故故生」，「朝廷有道青春好，門館無私白日閒」，已入宋調。

按：「庭草」一聯，寫盡雅人生涯，「薙草」一聯，稍近故意。「青春」一聯，亦稍矯飾，「門館」七字，甚有風骨。其〈長安道〉別有境界：「汲汲復營營，東西連兩京。關繡古若在，山岳累應成。各自有身事，不相知姓名。交馳喧眾類，分散入重城。此去應無盡，萬方人旋生。空餘片言苦，來往覓劉楨。」「各自」一聯，以及末二句，均有新意。

八十八、李　中

李中《碧雲集》平平。余更喜其「竹風醒晚醉，窗月伴秋吟」、「虛閣靜眠聽遠浪，扁舟閒上泛斜陽」、「步月怕傷三徑蘚，取琴因拂一床塵」、「江近好聽菱芡聲，徑香偏愛蕙蘭風」、「公署靜眠思水石，古屏閒展看瀟湘」，雖輕淺，尚有閒澹之致。

按：李中之閒淡信然，亦有稍濃至者。如〈春日作〉（《全唐詩》卷747，頁8495）：「乾坤一夕雨，草木萬方春。染水烟光媚，催花鳥語頻。」又絕句亦有佳者：〈贈別〉（頁8496）：「行杯酌罷歌聲歇，不覺前汀月又生。自是離人魂易斷，落花芳草本無情。」一、三句呼應，二、四句反襯，須細品方知其妙。〈燕〉（卷748，頁8520）：「豪家五色泥香，銜得營巢太忙。喧覺佳人晝夢，雙雙猶在雕梁。」亦別開生面。

八十九、林寬　鄭鏦

林寬大抵賈氏派也。〈少年行〉「報讐衝雪去，乘醉臂鷹迴。」語亦佳。鄭鏦〈邯鄲俠少年〉：「夜渡濁河津，衣中劍滿身。兵符劫晉鄙，匕首刺秦人。報士非無膽，高堂念有親。昨緣秦苦趙，來往大梁頻。」末二語妙甚，道得此語，亦非泛泛者。

按：林寬詩亦有不少佳者，如〈下第寄歐陽瓚〉（《全唐詩》卷606，頁7000）：「詩人道僻命多奇，更值干戈亂起時。莫作江寧王少府，一生吟苦竟誰知。」數語說盡天下詩人辛酸。又〈終南山〉（頁7001）：「標奇聳峻壯長安，影入千門萬戶寒。徒自倚天生氣色，塵中誰為舉頭看。」此詩全篇皆妙，不止「壯」、「寒」、「生氣色」而已。結句尤引人深思。鄭鏦〈邯鄲俠少年〉固佳，「衣中劍滿身」便不甚愜人意。其〈入塞曲〉（卷769，頁8731）似更出色：「留滯邊庭久，歸思歲月賒。黃雲同入塞，白首獨還家。宛馬隨春草，胡人問漢花。還傷李都尉，獨自沒黃沙。」「胡人」句新鮮，末二句結得突兀而又婉轉。

九十、曹　松

　　曹松亦學賈，頗爲苦寒之句。如「野火風吹闊，春冰鶴啄穿」，甚肖野步；「雲濕煎茶火，冰封汲井繩」，甚肖山中。又有〈送方干〉：「汲水疑山動，揚帆覺岸行」，俱爲宋人所稱。「天垂無際海，雲白久晴峯」，「衰條難定鳥，缺月易依山」，刻劃尤精。集中以〈己亥歲〉首篇爲冠。

按：曹松苦寒，有青出於藍之姿。此條所引，句句精彩，好在寫實而
　　不誇，用字巧妙，造境出色，沁人心脾。他如〈哭胡處士〉（《全
　　唐詩》卷716，頁8226）：「故人江閣在，重到事悠悠。無爾向潭
　　上，爲吾傾甕頭。空餘赤楓葉，墮落釣魚舟。疑是冲虛去，不爲
　　天地囚。」不但抒情婉約而眞摯，中二聯全用流水句，尤使全篇
　　爲之流動而不板滯。末句更令人神往。

九十一、方　干

　　干有〈寒食〉詩最佳：「百花香氣傍行人，花底垂鞭日易醺。野父不知寒食節，穿林轉壑自燒雲。」寫出山林景色。

按：此詩尤妙在末句，說「自燒雲」，其實雲不受燒。餘如〈早發洞
　　庭〉（《全唐詩》卷648，頁7444）：「長天接廣澤，二氣共含秋。
　　舉目無平地，何心戀直鉤。孤鐘鳴大岸，片月落中流。卻憶鴟夷
　　子，當時此泛舟。」自有風致。五、六二句尤能烘出洞庭氣象。

九十二、崔塗　張喬　張蠙

　　崔、張皆有入情之句。如喬〈遊邊感懷〉：「兄弟江南身塞北，雁飛猶自半年餘。夜來因得思鄉夢，重讀前秋轉海書。」蠙〈寄友人〉：「戀道欲何如，東西遠索居。長疑即見面，翻致久無書。旬麥深藏雉，淮苔淺露魚。相思不我會，明月屢盈虛。」崔〈除夜有感〉：「迢遞三巴路，羈危萬里身。亂山殘雪夜，孤燭異鄉人。漸與骨肉遠，轉于僮僕親。那堪正飄泊，明日歲華新。」讀之如涼風凄雨颯然而至。崔詩

尚勝戴叔倫「一年將盡夜，萬里未歸人。寥落悲前事，支離笑此身」，刻肌砭骨。

按：三人的確有近似處，尤善寫淒涼之境。如「雁飛」句，「長短」二句，皆佳境也；〈除夜有感〉更是全首婉轉動人。戴「寥落」二句固好，比諸崔之「那堪」二結句，卻又稍遜一籌。

崔長短律皆以一氣斡旋，有若口談，真得張籍之深者。如「併聞風雨多因夜，不得鄉書又到秋」，「正逢搖落仍須別，不待登臨已合悲」，皆本色語之佳者，至〈春夕〉一篇，又不待言。

按：崔塗律詩之一氣斡旋有二因，一多用口語，一用流水對，但「已合悲」似仍宜用「已覺悲」為宜。〈春夕〉（《全唐詩》卷679，頁7783）：「水流花謝兩無情，送盡東風過楚城。胡蝶夢中家萬里，子規枝上月三更。故園書動經年絕，華髮春移滿鏡生。自是不歸歸便得，五湖煙景有誰爭？」全篇俱好，首二句、結二句尤妙。

喬亦有一氣貫串之妙，尤能作景語。如〈華山〉：「樹黏青靄合，崖夾白雲濃。」〈贈敬亭僧〉：「砌木欹臨水，窗峯直倚天。」〈沿漢東歸〉：「絕壁雲銜寺，空江雪灑船。」〈題鄭侍御藍田別業〉：「雲霞朝入鏡，猿鳥夜窺燈。」〈送許棠〉：「夜火山頭市，春江樹杪船。」〈思宜春寄友人〉：「斷虹全嶺雨，斜月半溪煙。」至若「有景終年住，無機是處閒」，則又真率而妙，此殆兼兩派之長。蟾詩亦多佳，但其最警處，輒不能出前人範圍。如〈叢葦〉是集中之冠：「花明無月夜，聲急正秋天」，又一詩之冠，已犯義山〈李花〉「自明無月夜」矣。

按：張喬佳什，兼得苦吟、婉約之妙。「砌木」一聯，引人神往，「絕壁」一聯，亦多想像空間。言情寫景，各擅其妙。蟾詩以「花明無月夜」為最妙，可視作義山詩之換骨。另舉一首：〈邊庭送別〉（卷702，頁8071）：「一生雖達理，送別亦相悲。白髮無修處，青松有老時。暮煙傳戍起，寒日隔沙垂。若是長安去，何難定後期。」前四句寫情入妙，末二句看似平淡，若回轉來看，亦是切題之至。

九十三、李昌符

李昌符寫景最爲刻劃，而無寒澀之態，勝諸苦吟者多矣。如「樹盡禽棲草，冰堅路在河」，恍見塞外蕭條之狀。「忽驚鄉樹出，漸識路人多」，儼然自遠還家也。又〈曉行〉：「破月銜高岳，流星拂曉空」，〈題友人屋〉：「數家分小徑，一水截平蕪」，皆若目擊。至〈秋夜〉：「芙蓉葉上三更雨，蟋蟀聲中一點燈」，讀之淒然，惜頭聯強弩，結更入俗。此則晚唐通病。

按：李之寫景，固然出色，如「樹盡」一聯，既寫實景，又能詫奇；「忽驚」一聯，眞實逼切；〈曉行〉深刻自然，「數家」一聯自在而不俗。〈秋夜作〉（《全唐詩》卷 601，頁 6952）：「數畝池塘近杜陵，秋天寂寞夜雲凝。……跡避險巇翻失路，心歸閒澹不因僧。既逢上國陳詩日，長守林泉亦未能。」其實五、六句亦有新意，唯末二句眞入俗矣。謂之晚唐通病，彷彿亦有理。

九十四、鄭 谷

鄭谷詩以淺切而妙，如〈寄孫處士〉：「酒醒蘚砌花陰轉，病起漁舟鷺迹多。」〈題少華甘露寺〉：「飲澗鹿喧雙派水，上樓僧踏一梯雲。」〈贈敷溪高士〉：「眠窗日暖添幽夢，酒到醒時覺夜寒。」〈羅村路見海棠〉：「一枝低帶流鶯睡，數片狂和舞蝶飛。」〈中年〉：「情多最恨花無語，愁破方知酒有權。」〈寄楊處士〉：「春臥甕邊聽酒熟，露吟庭際待花開。」皆入情切景。然終傷婉弱，漸近宋、元格調。絕句是一名家，不在浣花、丁卯之下。

按：鄭谷乃晚唐名家，淺切而妙，是一允評。但「淺」字並無一定標準。所引諸什，盡皆婉妙，唯「愁破方知酒有權」，未免牽強。絕句佳者果多，如〈菊〉：（《全唐詩》卷 675，頁 7730）：「王孫莫把比荊蒿，九日枝枝近鬢毛。露濕秋香滿池岸，由來不羨五松高。」末句尤好。又〈十日菊〉（同上）：「節去蜂愁蝶不知，曉庭還繞折殘枝。自緣今日人心別，未必秋香一夜衰。」「蜂愁蝶

不知」到「今日人心別」，再結以「未必秋香一夜衰」，多少風致，
多少言外之思！

九十五、秦韜玉

　　秦韜玉詩無足言，獨〈貧女〉篇遂為古今口舌。「苦恨年年壓金
綫，為他人作嫁衣裳」，讀之輒為短氣。〈春雪〉「惹砌任教香粉妒，
縈叢自學小梅嬌」，弄姿處亦有小鬭試風之態。

按：上引二例，各有其好，一寫情入木三分，一狀景擬人而妙。其絕
　　句亦有佳者：如〈燕子〉（《全唐詩》卷 670，頁 7661）：「不知大
　　廈許棲無，頻已銜泥到座隅。曾與佳人並頭語，幾回拋卻繡功夫。」
　　此詩可謂「無理而妙」，一貫擬人之外，更以燕之築巢比擬佳人
　　刺繡。

九十六、劉　兼

　　詩雖不高，頗有逸致。如「蓮塘小飲香隨艇，月榭高吟水壓天」，
「白鷺獨飄山面雪，紅蕖全謝鏡心香」，語俱可觀。〈春怨〉尤佳：「繡
林紅岸落花鈿，故去新來感自然。絕塞杪春悲漢月，長林深夜泣湘絃。
錦書雁斷應難寄，菱鏡鸞孤貌可憐。獨倚畫屏人不會，夢魂才別戍樓
邊。」風調翩翩，可為韓致堯之驂乘。

按：「蓮塘」一聯全好，「水壓天」尤新妙。〈春怨〉字字珠璣，不止
　　比肩韓偓，甚且可以上窺義山。七絕〈中夏晝臥〉（《全唐詩》卷
　　766，頁 8694）：「寂寂無聊九夏中，傍簷依壁待清風。壯圖奇策
　　無人問，不及南陽一臥龍。」口氣忒大，但妙在「清風」與「臥
　　龍」之對擎。

九十七、韋　莊

　　韋莊詩飄逸，有輕燕受風之致，尤善寫豪華之景。如「流水帶花
穿巷陌，夕陽和樹入簾櫳」，「銀燭樹前長似畫，露桃華裏不知秋」，「繡

戶夜攢紅燭市，舞衣晴曳碧天霞」，穠麗殆不減于韓翊。至若〈聞再幸梁洋〉：「興慶玉龍寒自躍，昭陵石馬夜空嘶」，〈贈邊將〉：「手招都護新降虜，身著文皇舊賜衣」，尤為警策。集中淺淡者亦多未免。

按：以飄逸之詩風寫豪華之景，尤為難得，古今人幾個能夠？「舞衣晴曳碧天霞」，多少風致，令人神往！淺淡者如〈觀獵〉（《全唐詩》卷 695，頁 8000）全無新意，方之王維五律〈觀獵〉（《詩選》頁 194），五十六字可愧多矣。

　端己〈長年〉詩：「長年方悟少年非，人道新詩勝舊詩。十畝野塘留客釣，一軒春雨對僧棋。花間醉任黃鶯語，亭上吟從白鷺窺。大盜不將爐冶去，有心重築太平基。」或謂此詩包括生成，果為台輔。余謂末二句雖識佳，詩實不佳。

按：〈長年〉詩中四句全佳，釣、棋、醉、吟，多少雅事，配以野塘、春雨、黃鶯、白鷺，何等風致！末二句不僅不佳，且大煞風景。

九十八、吳融　李咸用

　作詩最不宜強所不能，吳融近體品格不高，思路頗細，兼有情致。如「簷外暖絲兼絮墮，檻前輕浪帶鷗來」，「半巖雲粉千竿竹，滿寺風雷百尺泉」，「圍棋已訪生雲石，把釣先尋急雨灘」，皆佳句也。至作長歌，大多可笑。〈贈廣利〉末曰：「乃知生是天，習是人。莫輕河邊殺犛，作天上麒麟。但日新，又日新。李太白，非通神。」何異優伶語言！李咸用樂府尚能膚立，亦有羊質虎皮之恨。〈雪〉詩：「雲漢風多銀浪濺，崑山火爇玉灰飛」，較宋人「凍合玉樓」、「光搖銀海」差雅。又：「橫空絡繹雲遺屑，撲浪連翩蝶寄槎」，雖鏤刻，殊覺捏扭，不及前語自然。

按：吳融近體，亦是晚唐一家，所舉佳作，尚不盡意。但古體如〈贈廣利〉，真乃走火入魔。李咸用〈雪〉詩鏤刻新奇，另一篇「雲遺屑」則巧而不妙。另如〈牡丹〉（《全唐詩》卷 645，頁 7397）：

「少見南人識，識來嗟復驚。始知春有色，不信爾無情。恐是天地媚，暫隨雲雨生。緣何絕尤物，更可比妍明。」前六句好，末二句便弱。「意銳才弱」之評，或可適用。

九十九、杜荀鶴

杜于晚唐為至陋，如「廉頗解武文無說，謝朓能文武不通」，「典盡客衣三尺雪，鍊精詩句一頭霜」……豈成人語！咏〈廢宅〉：「人生當貴盛，修德可延之。不慮有今日，爭教無破時。」〈送人宰吳縣〉：「海漲兵荒後，為官合動情。字人無異術，至論不如清。」即曲江、少陵不能過。〈春宮怨〉：「風暖鳥聲碎。」鍾惺評：「三字開詩餘思路。」此真精識。

按：賀氏所譏，良有道理。但「典盡」二句，仍有特別思致。餘如「舉世盡從愁裏老」，亦佳句也。後三例各有思路，但亦不必誇之過甚。

〈春宮怨〉不惟杜集首冠，即在全唐亦屬佳篇，「承恩不在貌，教妾若為容」，此千古透論。杜集中間有佳句：「一溪寒色漁收網，半樹斜陽鳥傍巢」，「雁驚風浦漁燈動，猿叫霜林橡實疏」，「秋登岳寺雲隨步，夜宴江樓月滿身」，「寒雨旋疏叢菊豔，晚風時動小松陰」，殊不滅許渾。但不能前茅後勁，又鄙俚者太不堪。〈戲贈漁家〉：「見君生計羨君閒，求食求衣有底難？養一箔蠶供釣線，種千莖竹作魚竿。葫蘆杓酌春釀酒，舴艋船流夜漲灘。卻笑儂家最辛苦，聽蟬鞭馬入長安。」竟然一宋詩，但淺而不俗。

按：「承恩」二句，是荀鶴高著。餘如「一溪」諸聯，亦各有風采，〈戲贈漁家〉何必強分唐宋，自是佳構，「聽蟬鞭馬入長安」，何等風情！杜之長處，在晚唐已足成一家。

一○○、貫休

貫休詩村野處殊不可耐，如〈懷素草書歌〉：「忽如鄂公喝住單雄

信，秦王肩上搭著棗木棚」，此何異儈父所唱鼓兒詞！〈山居〉之八末句：「從他人說從他笑，地覆天翻也只寧」，豈不可醜。然猶在周存、盧延讓上，以尚有「葉和秋蟻落，僧帶野雲來」，「青雲名士如相訪，茶渚西峯瀑布冰」數語，殊涵清氣。

按：賀說頗是。但貫休絕句有可誦者，如〈上馮使君五首之五〉：（《全唐詩》卷827，頁9320）「仁政無不及，乳獺將子行。誰家苦竹林，中有讀書聲。」由物及人，二十字留佳思。

一○一、李建勳

建勳詩格最弱，然情致迷離，故亦能動人。〈殘牡丹〉：「腸斷題詩如執別，芳茵愁更繞欄鋪。風飄金蕊看全落，露滴檀英又暫蘇。失意婕妤妝漸薄，背身妃子病難扶。迴看池館春歸也，又是迢迢看畫圖。」氣骨安在？卻有倚門人流目送盼之致。又〈閒出書懷〉：「斷酒又携僧共去，看山從聽馬行遲」，〈春雪〉：「全移暖律何方去，似誤新鶯昨日來」，〈梅花寄所親〉：「雲鬢自沾飄處粉，玉鞭誰推出牆枝。」〈春水〉：「青岸漸平濡柳帶，舊溪應暖負蓴絲」，語皆纖冶，能眩人目。〈迎神〉一篇，不愧名家。

按：建勳詩迷離有情，寫牡丹如此風韻，何必苛求所謂「風骨」？餘亦可誦可思。另有〈晚春送牡丹〉：（《全唐詩》卷739，頁8434）：「風雨數來留不得，離披將謝忍重看？」亦自高調。〈迎神〉（同上）反覺泛泛。

一○二、王　周

〈巴江〉：「嘉陵江水色，一帶柔藍碧。天女瑟瑟衣，風梭晚來織。」升庵稱之。余深喜〈船具〉小序古質有高致，詩則如銘如贊，終是以文爲詩。

按：〈巴江〉（《全唐詩》卷765，頁8679）：首句作「巴江江水色」，不知何者爲是。或是楊慎誤記。此詩柔緩可誦。〈船具〉一詩，

果是以文爲詩，序佳於文本。〈使風〉（頁 8677）別有意致：「風起即千里，風回翻問津。沈思宦遊者，何啻使風人？」

一○三、胡　曾

其〈詠史〉淺直可厭。〈塞下曲〉「曉侵雉堞烏先覺，春入關山雁獨知」，〈贈漁者〉：「往來南越諳鮫室，生長東吳識蜃樓」，〈獨不見〉：「窗殘月圓人何處？簾捲東風燕復來」，俱佳句也。

按：「曉侵」、「窗殘」二聯皆好，〈贈漁者〉一聯用典而巧。詠史詩亦有佳者，如〈成都〉：（《全唐詩》卷 647，頁 7423）「杜宇曾爲蜀帝王，化禽飛去舊城荒。年年來叫桃花月，似向春風訴國亡。」便能切合題意，安排意象亦不俗。

結　語

總之，賀裳評論唐詩有以下九個特色：

一、大家、名家之外，兼及二流小詩人。

二、舉例大致恰當，析論亦精闢。

三、論詩較重視內涵及宗旨。

四、亦重格調。

五、尤喜寫景的句什，引錄頗多。

六、對唐、宋、盛、晚之分，甚爲嚴格，有時不免流於偏執。

七、對同一詩人的優長及短處，往往分頭並列。

八、解析詩意時有卓見，亦偶有舛錯。

九、就唐詩評論而言，允爲有見解的一位批評家。

第二章　賀裳論宋詩

　　這是賀裳在寫完《載酒園詩話又編》唐詩評論後的又一貢獻，專評宋詩，仍題《載酒園詩話》，今亦收入《清詩話續編》（頁 400～465），共評九十二家，茲依序董理、評述之。

一、王禹偁

　　王元之秀韻天成，常有臨清流、披惠風之趣。如「掃苔留嫩綠，寫葉惜殘紅」，「鶯花愁不覺，風雨病先知」。〈題張處士溪居〉：「病來芳草生漁艇，睡起殘花落酒瓢。」〈贈潘閬〉：「江城賣藥嘗看鶴，古寺看碑不下驢。」〈寄金鄉張贊善〉：「北堂視膳侵星起，南畝催耕冒雨歸。」〈贈湖州張錄事〉：「上直未歸紅藥院，供吟先得白蘋洲。」皆雋永可味。雖學樂天，然得其清，不墮其俗，此善于取材者也。

按：王禹偁為初宋名家，白派大師。所謂「秀韻天成」，乃對王的最高評價。其實王仍有不少晚唐風姿，兼括中唐之長，漸展宋詩風貌。所引數例，皆似晚唐而不膩。學白居易，真得其清。如〈春居雜興〉：（戴君仁《宋詩選》，中華學術委員會，43 年 8 月，頁 4）「兩株桃杏映籬斜，粧點商山副使家。何事春風容不得？和鶯吹折數枝花。」

-83-

二、寇　準

寇萊公人多稱其「孤村芳草遠，斜日杏花飛」。余更喜其「數峯橫夕照，孤笛起江船」，善寫迷離之況。

按：二例皆佳，再舉一例：「杳杳烟波隔千里，白蘋香散東風起。日落汀洲一望時，柔情不斷如春水。」（〈江南春，厲鶚《宋詩紀事》，台灣中華書局，60 年 4 月，卷四，頁 85b）果見迷離朦朧之態。《湘山野錄》云：「萊公富貴之時所作詩，皆悽楚愁怨。」此亦異數。

三、李建中　楊徽之　趙湘

宋初全學晚唐，故氣格不高，中聯特多秀色。如李建中〈懷湘南舊游〉：「靜尋綠徑煎茶寺，偏上紅牆賣酒樓。」楊徽之〈漢陽晚泊〉：「疎鐘未徹聞寒雨，斜月初沉見遠燈。」趙湘〈春夕〉：「醉醒風傍池邊起，坐久月從花上來。」儼然劉滄、鄭谷、李建勳之筆。楊〈僧舍〉詩：「偶題巖石雲生筆，閒遶松庭露濕衣。」語尤清麗。

按：此條所舉三家之作，有一共同的特色，即景中有人，乃至情景交融。由「尋」「上」知主體為人，「煎茶寺」、「賣酒樓」中，人亦呼之欲出；「聞」、「見」、「醉」、「坐」亦然，「雲生筆」、「露濕衣」，皆是人用之物，正映襯主體之身影。且在在風姿綽約。

四、王　操

王操〈上李昉〉詩，昔人譏其「諫草朝天」，余不謂然，嫌其太袍笏氣耳，然至「倚檻白雲供醉望，捲箔黃葉落吟身」，固有清韻。

按：《宋詩紀事》卷四錄〈上李相公〉（頁 88）：五、六句：「卓筆玉堂寒漏迴，卷簾池館水禽飛。」亦自有風致。另首「倚檻」二句，更為清麗。再錄五律一首〈塞上〉（同上）：「無定河邊路，風高雪灑春。沙平寬似海，鵰遠立如人。絕域居中土，多年息虜塵。邊城吹暮角，久客自悲辛。」三、四句寫景如畫。

五、潘　閬

　　潘逍遙詩不多見，大都本於無可，間有詼氣。惟〈夏日宿西禪院〉一詩最佳，子瞻嘗酷愛其「晚涼知有雨，院靜若無聲」，然此詩前茅後勁亦無可言，惟頷聯清妙。又〈渭上秋夕閒望〉：「殘陽初過雨，何樹不鳴蟬？」〈落葉〉：「幾番經夜雨，一半是秋風。」時皆推之。余觀此種句法，體輕意淺，亦猶蕉衫葛屨，可以禦暑，而非履霜具也。

　　按：潘閬之詼氣，可舉一例證之：〈過華山〉（同上，卷五，頁117）：
　　　「高愛三峯插太虛，帯頭吟望倒騎驢。旁人大笑從他笑，終擬移
　　　家向此居。」〈夏日宿西禪院〉之頸聯「枕潤連雲石，窗明照佛
　　　燈。」亦好。末二句「浮生多賤骨，時自恐難勝。」稍弱。〈渭
　　　上秋夕閒望〉（頁118）：「秋色滿秦川，登臨渭水邊。殘陽初過雨，
　　　何地不鳴蟬？極浦涵明月，孤帆滿遠烟。漁人空老盡，誰似太公
　　　賢？」此詩全篇勻稱，不止頷聯好也。至於蕉衫葛屨之喻固切，
　　　詩本不必助人履冰霜也。

六、魏　野

　　魏仲先微有俊句而體輕，輕則易率，率則易俗。如「有名閒富貴，無事小神仙」，墮惡趣矣。惟善寫塢壁間事，如「妻喜栽花活，兒誇鬥草贏」，「洗硯魚吞墨，烹茶鶴避烟」，田園隱淪之趣，宛然如見。

　　按：魏野與潘閬詩風近似而稍淡。如〈閑居書事〉（卷10，頁222）：
　　　「……臨事知閑貴，澄心覺道尊。成家書滿屋，添口鶴生孫。仍
　　　喜多時雨，經春免灌園。」直為淵明後裔矣。田園之趣，不必韋、
　　　孟方知。至如「有名」一聯，乃偶然輕率，不必深責也。

七、曹良弼　魯交

　　曹、魯亦多清氣。曹〈過友人隱居〉：「旋收松上雪，來煮雨前茶」，意致甚佳。魯〈江干〉詩：「遠山碧千里，夕陽紅半樓」，風景尤為可

念。若林和靖「春水淨于僧眼碧，晚山濃似佛頭青」，形容太著色相矣。

> 按：曹良弼，《宋詩紀事》作曹汝弼。曹、魯雖無籍籍之名，詩亦可愛。除此條所舉者，尚有「雨侵香篆濕，苔長屐痕深。」（卷九，頁195b）、「芳草不知人斷腸，帶烟帶雨連春水。」（卷12，頁291b）等佳什。相對而言，林逋之「春水」一聯，真刻劃太過、有失自然之趣了。

八、林　逋

　　林處士泉石自娛，筆墨得湖山之助，故清綺絕倫，可謂人與地兩無負。惜帶晚唐風氣，未免調卑句弱。如〈孤山寺〉：「破殿靜披蘿臼古，齋房閒試酪奴春」，〈峽石寺〉：「燈驚獨鳥迴晴塢，鐘送遙帆落晚燈」，語俱工。而「白公睡閣幽如畫，張祜詩牌妙入神」，「不會剃頭無事者，幾人能老此禪局」，殊甚狼籍。然警處如「伶倫近日無侯白，奴僕當時有衛青」，「返照未沉僧獨往，長烟如淡鳥橫飛」，「松門過水無重數，石壁看霞到盡時」，「五畝自開林下隱，一樽聊敵世間名」，「千里白雲隨野步，一湖明月上秋衣」，「烟含晚樹人家遠，雨濕春風燕子低」，真一時之秀。〈鶴〉詩「春靜棋邊窺遠客，雨寒廊底夢滄洲」，妙矣。

> 按：林逋為初宋名家，「清綺絕倫」，可謂史筆。但調卑句弱之譏，亦不能免。「白公」、「不會」二例，不可為賢者諱。但「破殿」、「燈驚」二聯，猶有刻鏤之痕，「伶倫」一聯，更是雕鑿。「返照」、「松門」、「五畝」、「千里」、「烟含」、「春靜」諸聯，正得和靖之妙，「五畝」一聯不僅新穎，且見風骨。七絕亦有佳者：〈秋江寫望〉（《宋詩選》頁10）：「蒼茫沙嘴鷺鷥眠，片水無痕浸碧天。最愛蘆花經雨後，一篷烟火飯漁船。」不僅「片水無痕」好，更好在「沙嘴」、鷺鷥、片水、碧天、蘆花、雨、烟火、漁船，八個意象密密連綴，而仍不失自然之趣致。

九、惠　崇

寇準招崇賦池鷺，限明字韻，得之：「雨歇方塘溢，遲回不復驚。曝翮沙日暖，引步島風清。照水千尋迥，棲烟一點明。主人池上鳳，見爾憶蓬瀛。」公稱善。按「棲烟」一語誠警策，惟結句帶論，減高韻。〈訪楊雲卿淮上別墅〉：「地近得頻到，相携向野亭。河分岡勢斷，春入燒痕青。望久人收釣，吟餘鶴振翎。不愁歸路晚，明月上前汀。」雖然三句襲司空曙，四句抄劉長卿，但下聯甚佳。〈自撰句圖〉一百聯，余尤喜其「歸禽動疎竹，落果響寒塘」（〈上谷相公池上〉）「鳥歸松墮雪，僧定石沉雲」（〈宿東林寺〉）「空潭聞鹿飲，疎樹見僧行。」（〈隱靜寺〉）「霜繁衣上積，殘月馬前低。」（〈早行〉）「磬斷虫聲出，峯迴鶴影沉。」（〈秋夕〉）；「松風吹髮亂，巖溜濺棋寒。」〈贈李道士〉；「禽寒時動竹，露重忽翻荷。」〈楊祕監池上〉；「夜梵通雲竇，秋香滿石叢。」（〈寄白閣能上人〉）；「落潮鳴下岸，飛雨暗中峯。」（〈瓜洲亭子〉）；「驚蟬移古柳，鬥雀墮寒庭。」（〈國清寺秋居〉）。不惟語工，兼多畫意，但以不見全詩爲恨。

按：惠崇詩在宋代九僧中可謂佼佼者，除「河分」一聯因襲前人惹議論外，時多佳作，尤以寫景之作爲妙，所寫能大能小，有細入毫芒者，亦有濶比海天者。以「曝翮沙日暖，引步島風清。」描寫鷺鷥，一讀便見其風姿；「繁霜衣上積，殘月馬前低。」把早行情境，抒寫得十分逼切，且有餘音繞樑之致。詩中有畫，庶可當之。另舉〈書林逸人壁〉（《宋詩紀事》卷 91，頁 2005b）以見其風致：「詩語動驚衆，誰知慕隱淪。水烟常似暝，林雪乍如春。薄酒嬾邀客，好書愁借人。有時行藥去，忘卻戴紗巾。」錢易日：「步驟高下，去古人不遠。」甚恰。惠崇亦能畫。

十、宇　昭

宋初九僧詩，稱賈司倉（島）入室之裔。宇昭〈寄題武當郡守吏隱亭〉亦佳：「郡亭傳吏隱，閒自使君心。捲幕知來客，懸燈見宿禽。

茶烟逢石斷，棋響入花深。會逐南帆便，來秋寄此吟。」又「餘花留暮蝶，幽草戀斜陽。」尤工蒨。

按：宇昭詩風與惠崇近似而稍遜之。「捲幕」以下二聯，好在自然，且愈下愈濃。「餘花」二句，亦極雅妙。除寫景詩外，尚有〈塞上贈王太尉〉（頁2009）一詩：「嫖姚立大勳，萬里絕妖氛。馬放降來地，鵰閑戰後雲。月侵孤壘沒，燒徹遠蕪分。不慣爲邊客，宵笳嬾欲聞。」全詩勻稱，結亦特出。

十一、楊億　錢惟演　劉筠

大年〈梨〉詩「九秋青女霜添味，五夜方諸月溜津」，後人詠物能有此形容乎？思公〈苦熱〉「雪嶺卻思迴博望，風窗猶欲傲羲皇」，每一誦之，忽忽忘暑。況諸公亦不專使事，子儀則有「舊山鶴怨無錢買，新竹僧同借宅栽」，大年則有「梅花透檻驚春早，布水當簷覺夏寒」，思公則有「雪意未成雲著地，秋聲不斷雁連天」，皆甚雋永。

按：西崑派遭人詆訐，主要原因有二：內容空洞，用典致澀。此條所舉，以詠物、寫景爲主，用典切而寫照微，故自是佳作。其中「梅花」、「雪意」二聯尤妙。《丹陽集》云：「錢惟演、劉筠首變詩格，楊文公與之鼎立，號江東三虎，謂之西崑體，大率效李義山之爲豐富藻麗，不作枯瘠語。」甚洽。楊之〈無題〉，幾可比踪義山：「合歡蠲忿亦休論，夢蝶翩翩逐怨魂。祇待傾城終未笑，不曾亡國自無言。風翻林葉迷歸燕，露裛荷池觸戲鴛。湘水東流何日竭，烟篁千古見啼痕。」（《宋詩紀事》頁126）用典而若不見。錢之〈明皇〉（頁130）結句甚佳：「忽忽一曲涼州罷，萬里橋邊見夕陽。」劉之〈南朝〉（頁132－133）亦有佳思：「……鐘聲但恐嚴妝晚，衣帶那知敵國輕。千古風流佳麗地，盡供哀思與蘭成。」

十二、晏　殊

梅、歐、江、謝咸出晏氏之門，然晏詩實崑體。當時盛傳「無可

奈何花落去，似曾相識燕歸來」，但「游梁賦客多風味，莫惜青錢萬選才」，大是俗調，不及〈安昌侯作〉：「蓮勺移家近七遷，魯儒章句世相傳。……高墳丈五陽陵外，千古朱雲氣凜然。」首尾勻稱。又〈送人知洪州〉：「干斗氣沉龍已化，置芻人去塌猶懸」，眞警練精切。

按：晏詩以「無可」一聯最有名，不嫌纖巧也。〈安昌侯作〉善用典，仍不免平穩而已。「干斗」亦是用典巧妙。以白描勝者有〈弔蘇哥〉（頁161）：「蘇哥風味逼天眞，恐是文君以上人。何日九原芳草綠，大家携酒哭青春。」（按蘇哥姓劉乃營妓，曾與殊相約終身，母禁之，不勝鬱悒，一日馳馬登高冢，曠望長慟而卒。）

十三、李宗諤

〈南朝〉：「仙華玉壽曉沉沉，三閣齊雲複道深。平昔金鋪空廢苑，于今《玉樹》有遺音。珠簾映寢方成夢，麝壁飄香未稱心。惆悵雷塘都幾日，吟魂醉魄已相尋。」此詩組練不及錢、劉，惟末句發所未發。

按：李宗諤可謂西崑派第四人。〈南朝〉可亂入前三人集中而莫辨。末句固新，仍不出西崑格調。〈春郊〉二句亦佳：「一溪曉綠浮鸂鶒，萬樹春紅叫杜鵑。」（頁138）寫出春情春意。

十四、二 宋

大宋〈落花〉詩：「淚臉補痕勞獺髓」，蓋用鄧夫人藥中琥珀屑多，頰成紅點，益助其妍，以形容墮瓣殘香之零斷。思路曲細。「舞台收影費鸞腸」，孤鸞不舞，花枝倚風，有似于舞，妙用一「影」字，似幻似眞，說得圓活。花落則影收，鸞應思之，此詩之不可以辭害志者也。莒公〈春夕〉七句俱佳，惟末句醜甚。「花低應露下，月暗覺雲來」，風致飄然；「無言聊隱几，萬物一靈台」，一何酸陋。

按：宋庠〈落花〉（頁232）好處未必在頸聯，其首二句及頷聯皆佳：「一夜春風拂苑牆，歸來何處剩淒涼。漢皋佩冷臨江失，金谷樓危到地香。」《侯鯖錄》謂此詩「爲時膾炙」，殊可信也。〈春夕〉

末句，亦未見其醜。

小宋鏤刻似遜于兄，韻度殊勝。守成都〈春宴北園〉：「天意歇餘芳，人間日始長。落花風觀閣，睡鴨雨池塘。稍倦持螯手，猶殘麈尾觴。春歸無所預，羇客自迴腸。」〈十日宴江瀆亭〉：「節去歡猶在，賓來賞更延。悠揚初短日，淒緊乍寒天。霽沼元非漲，秋花自少妍。蟻留新獻酎，蕙續不殘烟。戲鱨衝餘藻，游龜避折蓮。流芳真可惜，從此遂週年。」不惟善狀景候，兼有唐人音節。〈寒食假中〉：「草色引開盤馬地，簫聲吹暖賣餳天」，亦甚肖汴京風物。〈遭劾出知亳州〉：「歌管嘈嘈月露前，且將身世付酕然。漫誇鼫鼠機頭箭，不識醯雞甕外天。青史有人譏巧宦，黃金無術治流年。君看醉趣益醒趣，始覺靈均更可憐。」雖學崑體，亦加排宕。〈出守還拜承旨〉：「傷禽縱奮愁瘡重，廄馬雖還笑齒長」，尤善寫牢騷之況。

按：宋祁是學人史家，詩非其專長，但因品格學識，吟成便見韻度。所引前二詩，乃是中唐風味。「青史」一聯深切，結句「君看」二句，排宕自如，真個超越西崑矣。「傷禽」一聯，不止牢騷，亦有新意。

十五、韓琦　趙抃

范希文父子、魏公、潞公皆係偉人，不可拘以章句。稚圭〈春陰〉：「草濕漫鋪留醉席，榆寒難擲買春錢」，大是風致也。趙清獻詩尤尚平澹，然如〈除夜宿臨江縣言懷〉：「漏促已交新歲鼓，酒闌猶剪隔宵燈」，〈和虔守任滿入香林寺餞別〉：「為逢蕭寺千山好，不惜蘭舟一日新」，亦有清味可啜。

按：二人詩好者俱清麗可味，偶有稍嫌木訥者。

十六、蔡　襄

蔡集中惟〈鬬陽行〉可備采風，如「去年積行潦，田畝魚蛙生。今歲穀翔貴，鼎餖無以烹。繼亦掇原野，草萊不及萌。剝伐及桑棗，拆

發連簹萲。誰家有倉困，指此爲兼并。頭會復箕斂，勸率以爲名。」寫
墨吏豪紳如見。又曰：「隴上麥欲黃，寄命在一熟。麥熟有幾何？人稀
麥應足。縱得新麥嘗，悲哉舊親屬！」尤爲酸鼻，殊不減元結〈舂
陵行〉。

按：此詩自見悲天憫人之情，不嫌稍爲質直。另有〈夢中作〉（《紀事》
　　卷 13，頁 303b）：「天際烏雲含雨重，樓前紅日照山明。嵩陽居
　　士今何在？青眼看人萬里情。」亦有風致。

十七、余　靖

〈子規〉詩：「疎烟明月樹，微雨落花村」，眞入唐人三昧，惜全
篇平平。又「霧昏臨水寺，風勁欲霜天」，亦妙。學賈、姚也。

按：「疎烟」一聯，「霧昏」二句，妙處都在十字中密容六意象，相構
　　成畫境。後者乃〈晚至松門僧舍懷寄李太祝〉（《紀事》卷十一，
　　頁 250b），其頸聯爲「蓼浦初聞雁，人家半在船」，亦佳境也。末
　　二句「思君已惆悵，黃葉更翩翩。」結得灑落。

十八、歐陽修

歐公古詩苦無興比，惟工賦體。至若敘事處，滔滔汨汨，累百千
言，不衍不支，宛如面談，亦其得也。所惜意隨言盡，無復餘音繞樑。
又篇中曲折變化亦少。公喜學韓，韓不易學，常有淺直之恨。自謂〈廬
山高〉惟韓愈可及，今觀此詩，僅僅鋪敍，言外別無意味。至若「君
懷磊落有至寶，世俗不辨珉與砡」，「丈夫壯節似君少，嗟我欲說安得
巨筆如長扛」，雖曰「橫空盤硬」，實儉父聲音耳。至〈琵琶引〉前篇，
散叙處已是以文爲詩，至「推手爲琵卻手琶」，詩法所不尙。惟後數
語「玉顏流落死天涯，琵琶卻傳來漢家。漢宮爭按新聲譜，遺恨已深
聲更苦。纖纖女手生洞房，學得琵琶不下堂。不識寒雲出塞苦，豈知
此聲能斷腸！」稍嗚咽可誦。其後「絕色天下無，一失再難得。雖能
殺畫工，于事竟何益？」亦落議論。惟結處「明妃去時淚，灑向枝上
花。狂風日暮起，飄泊落誰家？紅顏勝人多薄命，莫怨東風當自嗟。」

點染稍爲有情。追踪樂天〈婦人苦〉、〈李夫人〉諸篇，尚猶河漢。

按：文忠公之古體，確有冗長及意盡之失，以上所評，甚爲恰當。但
亦有佳者，如〈哭曼卿〉（《宋詩選》頁 30～31）：一開始便以「嗟
我識君晚，君時猶壯夫。信哉天下奇，落落不可拘。」打頭，予
人深刻之印象。中間形容其爲人及詩風，如「窮奇變雲烟，搜怪
蟠蛟魚。」亦卓見風姿。末六句更有力道：「天兵宿西北，狂兒
尚稽誅。而今壯士死，痛惜無賢愚。歸魂渦上田，露草荒春蕪。」
全詩眞情流露，不可多得。

永叔本一秀冶之筆，作近體詩，便露本質。雖慕平淡，逸韻自饒。
〈懷嵩樓新開南軒與邵僚小飲〉：「霜林落後山爭出，野菊開時酒正
濃。解帶西風飄畫角，倚闌斜日照青松。」〈三日赴宴口占〉：「九門
寒食多遊騎，三月春陰正養花。」「鳳城殘照歸鞍晚，禁籞無風柳自
斜。」〈蘇主簿洵挽歌〉：「布衣馳譽入京都，丹旐俄驚反舊閭。……
我獨空齋掛塵塌，遺編時讀子雲書。」〈遊石子澗〉：「席間風起聞天
籟，雨後山光入酒盃。泉落斷崖春壑響，花藏深崦過春開。」〈曉咏〉：
「九雛鳥起城將曙，百尺樓高月易低。」〈送目〉：「楚徑蕙風消病渴，
洛城花雪蕩春愁。」俱極風流富貴之致。〈咏柳〉：「長亭送客兼迎雨，
費盡長條贈別離。」其態度眞堪與柳鬥綽約也。〈大行皇帝發引詞〉：
「忽見九門陳羽衛，猶疑五載欲時巡」，〈寄秦州田元均〉：「萬馬不嘶
聽號令，諸蕃無事樂耕耘」，尤爲典麗。

按：各例俱妥切，「萬馬」二句，一奇一正，恰完成深長命意，豈止
「典麗」而已。〈春晴書事〉：（吳之振等編《宋詩鈔》，世界書局，
51 年 2 月，頁 50）「莫笑青州太守頑，三齊人物舊安閑。清明風
日家家柳，高下樓台處處山。嘉客但當傾美酒，青春終不換頹顏。
惟慙未報君恩了，昨日盧公衣錦還。」全詩從容自得。

十九、蘇舜欽

子美詩粗豪殊甚。即如〈中秋吳江新橋對月〉，宋人所共推，然

「雲頭灩灩開金餅，水面沉沉臥彩虹」，已似官庖肥肉。「晚泊孤舟古祠下，滿川風雨看潮生」，寧取此種，猶稍有清氣。

按：蘇舜欽詩豪放者較好，歐陽修亦稱之，不宜以「粗豪」二字廢置之。《宋詩選》中入選十五首，數量在第十一位，其〈贈釋秘演〉（頁 12）、〈永叔石月屏圖〉（頁 14）、〈田家詞〉（頁 15）、〈獨遊輞川〉（頁 16）〈淮中晚泊犢頭〉（「晚泊孤舟古祠下，滿川風雨看潮生」）（頁 17）、〈初晴遊滄浪亭〉（同上）等均有風致。

二十、梅堯臣

　　梅詩誠有品，但其拙惡者亦復不少。如「青苔井畔雀兒鬥，烏桕樹頭鴉舅鳴。世事但知開口笑，俗情休要著心行」，及蟹詩「滿腹紅膏肥似髓，貯盤青殼大于杯」，誠為過樸。宛陵雖尚平淡，其始猶有秀氣，中歲後始極不堪。自述：「作詩無古今，惟造平淡難。」「辭雖淺陋頗刻苦，未到二雅未肯捐。」如「生意各臑臑，黔角容夬夬。」「在鹿忘守穴，挐足乃焉而。」「竹存帝女啼，夔學林雍鼞。」淡則淡矣，殊不平也。又「公只知魚之洋洋，鵝之鵝鵝。噫兮，噫兮！」「芡韜園客剝，蒲刃水祅驚。」「其赤如君心，其大如王瓜。」……有此二雅耶？都官全集，若汰其鄙俚，精搜雅潔，固自有佳者。如「五更千里夢，殘月一城雞」，甚肖旅況。「犬鳴林外火，笛響山中村」，「窗冷孤螢入，宵長一雁過」，甚肖夜景。〈春風〉曰：「吹花擁細草，送雨來高閣。江燕倚身輕，逆飛前復卻。」〈發勻陵〉：「孤村望漸遠，去鳥飛已先。向晚雲漏日，微光人倚船。」……真覺情事如見。〈夏日對雨〉：「日日城頭雨，還添湖上波。窗中人自聽，門外潦應多。不畏禾生耳，還愁麥化蛾。吾廬無所有，頻看壁間梭。」此篇最為生動，卻不平淡。吾尤喜其〈擬張九齡咏燕〉：「眇眇雙飛燕，長年與社違。任從新曆改，只向舊巢歸。永日當人語，輕寒逆雨飛。自親梁棟慣，不識海鷗機。」惻然捐軀殉國之言，令人不敢復言明哲保身。〈送滕寺丞歸蘇州〉：「驅車入蜀時，有弟母不往。留婦侍母旁，以子屬婦養。

昨得閶門書，婦子死泉壤。此心那得安，棄官提轡鞅。東馳三千里，駑馬求吳槳。吳槳速如飛，歸來拜堂上。堂前去時樹，已覺枝條長。豈無懷抱感，為壽酌春醅。」欲解其悲，姑諷其孝，又不用勸而用獎，豈惟忠告善道，殆默化於無形矣。此之謂溫柔敦厚。梅詩之可敬在此。

按：梅詩歷來頗有爭議，歐陽永叔盛稱之，甚至以為己所不及，朱子則評之為「枯槁」，似皆不免偏頗。賀氏以為刪其粗鄙之音，則存雅潔之韻，此論最為公允。此條歷評各詩高下，自合公論，但對「驅車」一什，似譽之太過。梅堯臣才不甚高，但吟興十足，窮而後工，良有以也。全集詩踰三千，取其一千或五百，均是風雅佳作。

二十一、陶 弼

陶弼素有盛名，其〈兵器〉詩，叙述和戎醸患、倉卒用兵之害，最為酸惻。如「自此兩河間，寂寂無戎備。卒閒喜夜歌，將老貪春睡。自此為太平，恍逾三十歲。戎昊乘我間，南馳賀蘭騎。陽關久夜開，樞杇不可閉。陣雲起秦雍，殺氣橫涇渭。使臣股慄奏，宰相瞋目議。僉日亟發兵，豎子坑甚易。倉皇築邊壘，未戰力先瘁。逼迫開庫兵，土蝕鋒鎧銳。防秋採舊屯，推轂謀新寄。舊屯老且老，少者無實藝。良由不訓練，手足迷擊刺。新寄將家子，從小生富貴。《六韜》未曾讀，口但知肉味。師復從中御，進退由閹寺。權輕號令冗，兩戰無遺類。曹公乘七車，晉人獲三帥。吾兵自此喪，有詔新其製。此器不預設，一旦何從致！朝廷急郡縣，郡縣急官吏。官吏無他術，下責蚩蚩輩。耕牛拔筋骨，飛鳥禿翎翅。欝截會稽空，鐵烹堇山碎。供億稍後期，鞭朴異他罪。」讀此一段，知堪拊膺者，不獨高、方、王之事，令人不勝杜牧〈阿房〉之哀。〈出嶺題石灰舖後〉：「江勢一兩曲，梅梢三四花。登高休問路，雲下是吾家。」可謂清絕。

按：陶弼之名，至今已久不傳。所舉〈兵器〉一詩，果為叙事詩之佳構，所謂「社會寫實」，庶幾可以當之。全詩流暢而不呆滯，且少

誇張，允是上乘之作。「江勢」一什亦句句都勻，二十字如一篇小
品文。他如〈公安縣〉、〈題陽朔山〉、〈昭州〉諸詩，亦受人稱許。
按弼在軍中三十多年，故寫「兵器」有予人親見親歷之感。

二十二、李　觀

　　〈哀老婦〉：「里中一老婦，行行泣路隅。自悼未亡人，暮年從二
夫。寡時十八九，嫁時六十餘。昔自遺腹兒，今茲垂白鬚。子豈不欲
養，毋豈不懷居？繇役及下戶，財盡無所輸。異籍幸可免，嫁母乃良
圖。牽車送出門，急若盜賊驅。兒孫孫有婦，大小且攀呼。……兄弟
欲離散，母子因變渝。天地豈非大，曾不容爾軀。嗟嗟孝治主，早晚
能聞諸？吾言又無位，反袂空漣如。」篇中所言，絕似元豐、熙寧間
事，豈垂老見之，不禁哀悼耶！其傷心慘目不待言，「吾君」一段，
尤為婉摯。後來叙述吏弊，則鄭俠〈流民圖〉之所不及繪也。此及陶
弼〈兵器〉詩，俱可備古今鑑戒。

按：此詩甚長，中有「吾君務復古，且旦師黃虞。赦書求節婦，許與
　　旌門閭。翳爾愚婦人，豈曰禮所拘！蓬茨四十年，不知形影孤。
　　州縣莫能察，詔旨成徒虛。而況賦役間，群小所同趨。奸欺至骨
　　髓，公利未錙銖。良田歲歲賣，存者惟萊汙。……」的確令人又
　　感又憤，可謂春秋之筆。如此巨篇，有一足以不朽。

二十三、王安石

　　宋人先學樂天，學無可，繼乃學義山，故初失之輕淺，繼失之綺
靡。都官倡為平淡，六一附之，然僅在膚膜色澤，未嘗究心于神理。
其病遂流于粗直，間雜長句，硬下險字湊韻，不甚求安，狀如山兇野
鹿。後雖風氣屢變，然新聲代作，雅奏日湮，大率敷陳多于比興，蘊
藉少于發舒，求其意長筆短，十不一二。臨川詩常令人尋繹于語言之
外，當其絕詣，可興可觀，不惟無愧古人。特推為宋詩中第一。其最
妙在樂府五古，七律次之，七古又次之，五律稍厭安排，七絕尤嫌氣

盛，然佳篇時在。

按：此條前半泛說宋詩，其標準過於嚴酷，且唐詩爲本色之念滿藏胸
　　中，故爾。後半說王詩，頗有見地，唯說絕句處稍苛。

　　〈送喬執中秀才歸高郵〉：「薄飯午不羹，空爐夜無炭。寥寥日避
席，烈烈風欺幔。……古人一日養，不以三更換。……負米力有餘，
能無讀書伴？」前叙其不可不歸，後又微諷其復來，曲折宛轉。〈送
孫正之〉：「雲山參差碧四圍，溪水詰曲帶城陴。溪窮壤斷至者誰，予
獨與子相諧熙。山城之西鼓吹悲，水風蕭蕭不滿旗。子今去此來無時，
予有不可誰予規？」蓋孫不以養歸，故下語剴切，用婉用直，各不妄
設。〈日出堂上飲〉：「日出堂上飲，日西未云休。主人笑而歌，客子
嘆以愀。指此堂上柱，始生在巖幽。雨露飽所滋，凌雲亦千秋。所願
託永久，何言值君收。乃令卑淫地，百蟻上窮鏉。丹青空外好，鎭壓
已堪憂。爲君重去之，不使一蟻留。蟻力雖云小，能生萬蚍蜉。又能
高其礎，不使繼者稠。語客且勿然，百年等浮漚。爲客當酌酒，何豫
主人謀？」摹寫怡堂之習，眞堪疾首痛心。此眞風雅正傳。〈我欲往
滄海〉：「我欲往滄海，客來自河源。手探囊中膠，救此千截渾。我語
客徒爾，當還治崑崙，歎息謝不能，相看涕翻盆。客止我且住，濯髮
扶桑根。春風吹我舟，萬里空自存。」此即前意，正其變法之本懷，
介甫于執政前不勝感慨，故〈詳定試卷〉則曰：「當時賜帛倡優等，
今日論才將相中」，〈偶成〉則曰：「高論頗隨衰俗廢，壯懷難値故人
傾」，〈愁台〉則曰「傾壺語罷還登眺，岸幘詩成卻歎嗟。」既執政，
則深憤異議，故〈咏雪〉則曰：「勢合便疑包地盡，功成終欲放春回。
寒鄉不念豐年瑞，只憶青天萬里開。」強項堅持，牢不可破。然細味
其語意，亦有孟子「若藥不瞑眩，厥疾不瘳」之意。故云：「何妨舉
世嫌迂闊，自有斯人慰寂寥。」〈雨過偶書〉：「誰似浮雲知進退，才
成霖雨便歸山。」則生平輕富貴之念，亦隱隱自在。〈定林寺〉：「眾
木凜交覆，孤泉靜橫分。楚老一枝筇，于此傲人群。城市少美蔬，想

今困惔焚。且憑東北風，持寄嶺頭雲。」又〈定林〉：「漱甘涼病齒，坐曠息煩襟。因脫水邊屨，就敷巖上衾。但留雲對宿，仍值月相尋。眞樂非無寄，悲蟲亦好音。」作閒適詩，又復如此，眞無所不妙。

按：賀裳既許安石詩爲全宋第一，故譽之爲「無所不妙」。其實安石早年詩尙有躁氣，晚年始得優游不迫之趣。若把詩粗分爲載道、閒適二類，則安石的確兼擅二者。所舉各例，雖非最佳，亦未必如黃白山所云：「所舉諸作，無一佳者」。〈日出堂上飲〉看似尋常敘事，卻自有言外之意：「丹青空外好，鎭壓已堪憂」之下，繼之以「爲君重去之，不使一蟻留。」已將主旨揭出，後半偏還有一些曲折，使讀者爲之醒神。〈我欲往滄海〉稍覺激切：「春風吹我舟，萬里空自存。」乃是何等氣概，何等激切！「功成終欲放春回」，「誰似浮雲知進退，才成霖雨便歸山。」其志可嘉，後亦眞正做到。定林二作，「且憑東北風，持寄嶺頭雲。」「眞樂非無寄，悲蟲亦好音。」直與大自然合一矣。安石五古佳作，如〈少年見青春〉（《宋詩選》頁48）、〈杜甫畫像〉（頁50）、七古如〈明妃曲〉（頁49）〈桃源行〉（頁50）等，不勝枚舉，賀氏特列舉常人不甚注意者而表揚之。

律詩佳句殆不勝指。如〈開元僧舍〉：「和風滿樹笙簧雜，霽雪兼山粉黛重。」〈大風次耿天隲韻〉：「縱湧萬川冰柱立，分披千嶂土囊開。魯門未怪爰居至，鄭圃何妨禦寇來。」〈梅花〉：「風亭把盞醡孤豔，雪徑迴輿認暗香。」〈寄陳正叔〉：「且同元亮傾樽酒，更與靈均續舊文。」〈金陵懷古〉：「黃旗已盡年三百，紫氣空收劍一雙。」皆極刻鏤之工。至〈送彥珍〉：「握手百憂空往事，還家一笑即芳時。」〈寄張先〉：「胡床月下知誰對，蠻榼花前想自隨。」〈寄友人〉：「一篇〈封禪〉才難學，五畞蓬蒿勢易求。」只淡淡寫來，便使人怡然意解。〈示妹〉詩最佳：「孟光求壻得梁鴻，廡下相隨不諱窮。卓犖才名今日事，蕭條門巷古人風。〈五噫〉尙與時多忤，

一笑兼忘我屢空。六月塵沙不相貸，泛然搔首又西東。」自解自悲，于此想見文士家庭之樂。「病身最覺風露早，歸夢不知山水長」，「佳時流落眞何得，勝事蹉跎只可憐」，夢回時不堪誦之。〈江上〉：「江北秋陰一半開，晚雲含雨卻低回。青山繚繞疑無路，忽見千帆隱映來。」〈初晴〉：「一抹明霞黯淡紅，瓦溝已見雪花融。前山未放曉寒散，猶鎖白雲三兩峯。」二詩無異唐人。

按：賀裳喜拈人所不經意之作以示安石詩之好。〈開元僧舍〉、〈寄陳正叔〉，皆刻琢精彩，但稍欠自然，餘均華而不滯。〈寄友人〉等稍平淡而有韻致。〈示妹〉詩別開一格，「病身」一聯，字字珠璣，感人至深。〈江山〉、〈初晴〉等，至少可比中晚唐佳什。五律如〈徑暖〉（頁 52）、〈壬辰寒食〉（同上）七律如〈雨花台〉、〈葛溪驛〉（頁 54）等均佳作也。五絕〈午睡〉、〈南浦〉（頁 55）、七絕如〈出郊〉、〈書湖陰先生壁〉（頁 56），皆可誦可吟之作。

二十四、王　珪

宮詞多佳者，然亦工於鋪叙耳，求如子雲之勸百而諷一，亦未易言。〈奉詔錢潞公出鎮西京〉：「功業迥高嘉祐末，精神如破貝州時。」形容老壯，果不入俗，固一時之冠。

按：王珪爲宰相，自有其功業，然錦繡詩文，固非其生命中之要事，「百寶丹」之譏，猶在人耳。文潞公（非錢潞公）一詩除三、四句外，更有五、六句助興：「匣中寶劍騰雙鍔，海上仙桃壓露枝。」（《紀事》卷 15，頁 353b）但若謂「一時之冠」，不免誇張。〈宮詞〉八首，錄「之六」以見一斑：「內人希見水鞦韆，爭擘珠簾帳殿前。第一錦標誰奪得？右軍輸卻小龍船。」（同上，頁 356）與一般宮詞不同。

二十五、舒　亶

舒次道〈村居〉：「水遠陂田竹遶籬，榆錢落盡槿花稀。夕陽牛背

無人臥，帶得寒鴉兩兩歸。」嘗嘆其清絕。偶又得其兩句，咏敗荷云：
「忍看夜影分殘月，別送秋聲入晚風。」山川乃分靈於斯人乎！又有
「宿雨閣雲千嶂碧，野花弄日一村香」亦佳。

按：舒亶詩佳作不少，被譽為「意象生動，清麗俊逸，不亞唐人絕句。」
（曾棗莊主編：《中國文學家辭典：宋代卷》，中華書局，西元2004
年9月，頁907）除賀氏所舉數例外，如「白鳥忽飛來，點破簷
前色。」（〈寶嚴寺〉）、「紅葉滿庭人倚檻，一池寒水動秋心」（〈蘆
山寺〉）「香濺釣筒萍雨夜，綠搖花塢柳風春。」（〈賀新開西湖十
洲之什〉），莫不刻劃細微，意境清新。

二十六、司馬光

余喜其清醇，亦一時雅音。如〈哭張子厚〉：「人生會歸盡，但
問愚與賢。借令陽虎壽，詎足驕顏淵？」雖至論，猶端士之常。其
最妙者，在五言律。如〈哀李牧〉：「推（椎）牛饗將士，拔距養奇
才。虜帳方驚避，秦金已闇來。旌旗移幕府，荊棘蔓叢台。部曲依
稀在，猶能話郭開。」〈馬伏波〉曰：「漢令班南海，蠻兵避鬱林。
天涯柱分界，徼外貢輸金。坐失好臣意，誰明報國心？一棺忠勇骨，
飄泊瘴烟深。」〈讀漢武本紀〉：「方士陳丹術，飄飄意不疑。雲浮仲
山鼎，風降壽官祠。上藥行當就，殊庭庶可期。蓬萊何日返？五利
不吾欺。」又「苜蓿花猶短，葡萄葉未齊。更衣過柏谷，走馬宿棠
梨。逆旅聊懷璽，田間共鬥雞。猶思飲雲露，高舉出虹蜺。」如此
四詩，有感慨，有諷諭，尤妙在寫漢武癡情如見。至若「長掩紫荊
避寒暑，只將花卉寄多春」，「行徑乍迂初見笋，浮舟正好未生蓮」，
「俗不好奢田器貴，獄無留繫吏家貧」，俱琅然可貴。

按：司馬光一代名臣，為人光風霽月，其詩亦真有可觀，〈哭張子厚〉
足見其君子本懷，〈哀李牧〉等四詩，又睹其大臣本色。其中〈馬
伏波〉之「坐失奸臣意，誰明報國心？一棺忠勇骨，飄泊瘴烟深。」
可謂字字痛切。「長掩」、「行徑」二聯，寫景抒情合一。「俗不好

奢」一聯，寫出人世衷情，後句尤深妙。又〈居洛初夏作〉（金
性堯選：《宋詩三百首》，王家出版社，77 年 4 月，頁 81）：「四
月清和雨乍晴，南山當戶轉分明。更無柳絮因風起，唯有葵花向
日傾。」寫景宛妙之外，更有言外之思。

二十七、范純仁

　　范忠臣較司馬文正未能擺卻塵言，然如「倚錫靜眠松下石，煮茶
閒試竹間泉，吟塌未移溪月上，醉巾長拂野雲回」，「長年已覺春如夢，
遠客惟應醉是家」，亦自多佳句。

按：此條所引諸什，以「長年」一聯最妙，的確是閱歷有得之言，又
　　不失瀟灑之韻度。再引一五律全首：〈寒食日泛舟〉：（《紀事》卷
　　18，頁 412）「合友逢佳節，携罇泛碧流。溪風消酒力，烟樹入春
　　愁。群鴨開波練，疏雲透月鈎。平生懷古意，最羨五湖遊。」「溪
　　風」一聯最妙，末二句亦結得落落大方。

二十八、劉　敞

　　「大農棄田避征役，小農挈家就兵籍。良田茫茫少耕者，秋來雨
止生荊棘。縣官募兵有著令，募兵如率官有慶。從今無復官勸農，還
逐漁鹽作亡命。」描寫廟堂貪功生事，長吏趨承釀成隱患，歷歷如見，
固不特宋事爲然也。此詩尚在司空曙〈道旁田家篇〉之上，彼僅寫得
兼并之害，似此方是大憂。

按：劉敞〈荒山行〉狀事狀色，民、吏、官之行徑，一一予以寫照，
　　故曰勝過〈道旁田家篇〉。另有〈養雞〉五古（《紀事》卷 16，頁
　　371），「鑿垣安其棲，幼長何碌碌。且出四散飛，暮還相投宿。
　　頗哀鴻鵠輩，飲啄不克腹。何事萬里遊，羈旅傷局促。衣冠相嫵
　　媚，庭廡更追逐。未悟糞土非，豈知稻梁辱。」寫雞又遙寫鴻鵠，
　　「稻梁辱」三字點出多少辛酸！

二十九、邵　雍

讀《擊壤集》，多欲爲魏文侯之聽古樂。然如〈月夜〉：「雨霽風自好，秋深天未寒。移床就階下，看月出林端。有酒欲共飲，無琴可獨彈。他時遇良友，此景復求難。」固自清嘉。

按：邵雍有詩三千多首，其中說理者固多，如〈月夜〉者亦復不少，清淡自若，如林逋輩。試舉其七絕〈安樂窩〉（《紀事》卷22，頁502b）：「半記不記夢覺後，似愁無愁情倦時，擁衾側臥未欲起，簾外落花撩亂飛。」自有風致，司馬光愛此詩，請書紙簾上。

三十、曾　鞏

「憑闌到處臨清泚，開閣終朝對翠微，」「詩書落落成孤論，耕稼依依憶舊遊」，如此風調，不能詩耶！〈齊州閱武堂〉：「柳間自詫投壺樂，桑下方安佩犢行」，不獨循良如見，兼有儒將風流之致。「侯嬴夷門白髮翁，荊軻易水奇節士。偶邀禮數車上足，暫飽腥羶館中餕。師迴拔劍不顧生，酒酣拂衣亦送死。磊落高賢忽笑今，豢養傾人久如此。」說得奇節之士索然意消，不惟竿頭進步，亦其識見高處。子固〈過介甫偶成〉：「結交謂無嫌，忠言期有補。直道詎非難，進言竟多迕。知者尚復然，悠悠誰可語？」邵雍〈無酒吟〉則曰：「自從新法行，常苦樽無酒。」二詩之佳不必言，新法是非，即此可定。

按：曾鞏非不能詩，較諸唐宋八大家中之其他六家（蘇洵例外），稍遜一籌耳。所舉各例，俱有風味，且主題明確而表現切題。〈過介甫偶成〉內容固好，以詩藝論，則不免平平。其佳者如〈麻姑山送南城尉羅君〉（《紀事》卷20，頁456～457）通篇皆好，茲舉四句：「下有荊吳粟粒之群山，又有甌閩一髮之平川。奕棊縱橫遠近布，菽麥魚鱗參差高。」又〈多景樓〉（同上，頁458）：「……一川鐘唄淮南月，萬里帆檣海外風。老去衣襟塵土在，祇將心目羨冥鴻。」亦佳。

三十一、鮮于侁

〈雜詩〉：「一氣斡元造，爲功未嘗煩。群生自生妄，天地亦何言。鳧脛不可增，楮葉不可鑴。欲益固爲損，勞心非自然。不見平陽侯，醇酒聊終年。」此詩亦意指新法，然猶直而婉。〈山村〉、〈咏檜〉諸篇，借端耳。

按：以「醇酒聊終年」作結，是另一種表態方式。鮮于的〈新堂夜坐，月色皎然因爲五言一首〉是佳篇：(《紀事》卷 14，頁 329)「秋風動微涼，天雨新霽後。閒齋獨隱几，明月在高柳。振衣步庭下，顥氣入襟袖。天空雲漢明，隱約辨列宿。蒼蒼松檜上，零露霏欲溜。脫葉滿閑園，繁華迨衰朽。清宵望蟾彩，宜付一杯酒。多病謝尊罍，城頭轉寒漏。」全首氣足韻流。

三十二、劉 攽

貢父詩多可觀者，極喜其〈茂陵徐生歌〉：「茂陵徐生老且迂，一心區區長信書。拜章北闕三待報，意欲霍氏安無虞。那知世主心不同，積惡未極難爲功。徙薪曲突事不爾，壯侯幾人當受封？高岸爲谷丘淵移，魯酒之薄邯鄲圍。人生快己各以時，舊意望君君不思。」參透人情險幻，不在元微之〈苦樂相倚曲〉下。通篇惟「魯酒之薄」一句，稍嫌食生，不脫宋氣。

按：全詩嘆改革難爲，「積惡未極難爲功」一句，尤參透歷史奧祕，至於人心險幻，猶其次也。「魯酒之薄」一句固稍生澀，不必以「宋氣」貶之也。劉攽好詩，可另舉〈上書行〉(卷 16，頁 372)：「仕不至二千名，賈不至五百萬。此事夸者憂而非志士。歎君不見下邳受書起，幄中運籌制千里。功成不受二萬戶，拂衣歸從赤松子。君不見計倪半策誅強吳，鴟夷扁舟泛五湖。三致千金不自擅，至今籍籍宗陶朱。大賢富貴不爲己，心事邈與常人殊。逢時致身如反手，雲蒸龍變無時無。君勿愛上書，獻賦稱賢豪，刺繡倚市相矜高。丈夫昔曾笑徒勞，商賈旦旦稱錐刀。」全篇或六、

或五、或七，運用自如，一氣呵成，可說別創一格，而題旨宛然。

三十三、鄭　獬

〈採薏苡〉：「朝携一筐出，暮携一筐歸。十指欲流血，且急眼前飢。官倉堂無粟，粒粒藏珠璣。一粒不出倉，倉中群鼠肥。」妙得風謠之遺，當與貢父〈漕舟〉詩同備採風。「漕舟上太倉，一鍾且千金。太舟無陳積，漕舟來無極。畿兵已十萬，三垂戍更多。廟堂又濟師，將奈東南何！」眞一字一淚也。

按：〈采薏苡〉眞爲民喉舌也。黃白山謂爲三百篇之遺，亦非過言。末二句尤其深切。〈漕舟〉之八句，字字寫實字字痛切。鄭獬爲皇祐五年狀元，另有一種閑淡之詩，如〈題僧文瑩所居壁〉：「西湖頻送客，綠波舟檝輕。春入蘺徑靜，浪花翻遠晴。」後五字尤入妙。

三十四、文　全

詩至慶曆後，惟畏俚俗。文與可獨能修飾，不爲亂頭粗服之容。〈起夜來〉曰：「曉窗明綠紗，蜀錦壓春卧。橫腮琥珀冷，驚起新夢破。玲瓏轉條脫，縹緲梳倭墮。高軸響銀床，時誤君車過。」風流秀出，眞如珠玉在瓦礫。〈織婦怨〉：「擲梭兩手倦，踏簾雙足胼。三日不住織，一疋才可剪。織處畏風日，剪時謹刀尺。皆言邊幅好，自愛經緯密。昨朝持入庫，何事監官怒？大字雕印文，濃和油濃汙。父母抱歸舍，拋向中門下。相看各無語，淚迸若傾瀉。質錢解衣服，買絲添上軸。不敢輒下機，連宵停火燭。當須了租賦，豈暇恤襦袴！前知寒切骨，甘心肩骭露。里胥踞門限，叫罵嗔納晚。安得織婦心，變作監官眼？」叙得絮絮縷縷，較長吉「合浦無明珠」，勁渾不如，悽惋殆不能讓。致語之妙者，如「百蟲促夜去，一雁領寒起」，「歸鳥亂飛葉，暮雲凝遠山」，「暖蟲垂到地，晴鳥語多時」。〈運判南園瞻民閣〉：「萬嶺逼雲秋色裏，一峯擎雪夕陽中。」〈漢州王氏林亭〉：「惜去更

觀曾畫壁,記來重注舊題名。」〈梅花〉:「破蕚未深聊敵雪,收香不密任隨風。」俱清麗可喜。又〈極寒〉:「燈火宜多杪,圖書稱夜長。簾鉤掛新月,窗紙漏飛霜。酒醴慚孤宦,氈裘逐異鄉。誰知舊山下,梅豔滿東牆?」〈夜思寄蘇子平〉:「亂竹敲松遠,高齋過雨涼。檢書防落燼,下幕恐遺香。好月娟娟上,輕雷冉冉長。端令阻佳客,不得共清觴。」〈和何靖山人海棠〉:「為愛香苞照地紅,倚欄終日對芳叢。夜深忽憶高枝好,把酒更來明月中。」尤清越也。

按:文全書、畫、詩、文四絕,其文奇崛,更勝於詩。「曉窗」一首,真有窗明几淨之概。〈織婦怨〉如見其人,如聞其聲。「歸鳥」、「萬嶺」二聯,悅目賞心。〈梅花〉何減林逋名什!〈和何靖山人海棠〉人與花合。其〈王昭君〉三絕,首首都好:「絕豔生殊域,芳年入內庭。誰知金屋寵,只是信丹青。」「幾歲後宮塵,今朝絕國春。君王重恩信,不欲遣他人。」「極目胡沙遠,傷心漢月圓。一生埋沒恨,長入四條弦。」三首尤餘音繞樑。

三十五、蘇 軾

坡公之美不勝言,其病亦不勝摘,大率俊邁而少淵渟,瑰奇而失詳慎,故多粗豪處,滑稽處,草率處,又多以文為詩,皆詩之病。然其才自是古今獨絕。坡詩吾第一服其氣概,〈聞子由不赴商州〉:「惟有王城最堪隱,萬人如海一身藏。」〈倅杭時過陳州和柳子玉〉:「南行千里成何事,一聽秋濤萬古音。」〈陳述古邀往城北尋春〉:「曲欄幽榭終寒窘,一看郊原浩蕩春。」後垂老投荒,夜渡瘴海,猶云:「空餘魯叟乘桴意,粗識軒轅奏樂聲。九死南荒吾不恨,茲遊奇絕冠平生。」如此胸襟,真天人也。

按:此條無異一篇蘇詩論,其要點有四:

    1. 坡詩美不勝言,俊邁、瑰奇。

    2. 蘇詩病不勝摘:少淵渟,失詳慎,以文為詩。

    3. 其才古今獨絕。

4. 尤貴在氣概。

其所論皆是，唯「古今獨絕」稍爲誇張，至少老杜之才不在其下。「少淵渟」亦是，但是少而非無。所舉三例，眞蘇軾所獨吟，雖李、杜亦未必能得。

〈書丹元子所示李太白眞〉：「天人幾何同一漚，謫仙非謫乃其游，揮斥八極隘九州。化爲兩鳥鳴相酬，一鳴一止三千秋。開元有道爲稍留，縻之不可矧肯求。西望太白橫峨岷，眼高四海空無人。大兒汾陽中令君，小兒天台坐望眞。生平不知高將軍，手污吾足乃敢嗔。作詩一笑君應聞。」文人有一言使人升九天墮九淵者，此類是也。

按：此詩固好，卻不外遊戲筆墨。他人仍極難及。

〈鶴歎〉：「園中有鶴馴可呼，我欲呼之立坐隅。鶴有難色側睨予，豈欲噫對如鵬乎？我生如寄良畸孤，三尺長脛閣瘦軀。飮喙少許便有餘，何至以身爲子娛！驅之上堂立斯須，投以餅餌視若無。嗄然長鳴乃下趨，難進易退我不如。」〈惠州殘臘獨出〉：「幽尋本無事，獨往意自長。釣魚豐樂橋，採杞逍遙堂。羅浮春欲動，雲日有清光。處處野梅開，家家臘酒香。路逢眇道士，疑是在元放。我欲從之語，恐復化爲羊。」著想俱不從人間，眞化人出無入有之筆。然政如吞刀吐火，可暫不可常。

按：此二詩出眞入幻，不可以常理視驗之。〈惠州殘臘獨出〉後四句疑似用典而妙。可一不可二，是也。

公詩本一往無餘，徐州後愈益縱恣。然如〈乘舟過賈收水閣〉：「愛酒陶元亮，能詩張志和。青山來水檻，白雨滿漁簑。淚垢添丁面，貧低舉案蛾。不知何所樂，竟夕獨酣歌。」不惟善寫達人胸懷曠闊，下語亦甚風流蘊藉。

按：此詩闊而有細，打頭兩句便氣勢不凡。「青山」一聯亦勝。末二句通達瀟灑。此類詩坡集中並不罕見。

黃州詩尤多不羈，「小屋如漁舟，濛濛水雲裏」一篇，最爲沉痛，

「雨中看牡丹，依然暮還斂」，亦自惜幽姿，尤有雅人深致。〈和楊公濟梅花〉詩，「檀心已作龍涎吐，玉頰何勞獺髓醫」，豈非佳話，但似中聯，不宜作絕句耳。坡詩常有全篇不佳、一二語奇絕者，形容泰山日出，「一點黃金鑄秋橘」，刻劃可謂精工。〈胡完夫母挽辭〉：「當年織屨隨方進，晚節稱觴見伯仁。回首淒涼便陳蹟，凱風吹盡棘成薪。」〈次朱光庭初夏〉：「卧聞疎響梧桐雨，獨咏微涼殿角風。」〈哭王斿父平甫〉：「聞道騎鯨游汗漫，嘗憶捫蝨話悲辛。」使事妙無痕跡，眞鉅匠也。至其清空而妙者，如「野闊牛羊同雁鶩，天長草樹見雲霄」，「古琴彈罷風吹座，山閣醒時月照杯」，「行樂及時須有酒，出門無侶漫看書」，「狙公欺病來分栗，水伯知饞爲出魚」，「床下雪霜侵戶月，枕中琴筑落階泉」，俱清新俊逸。若「風來震得帆初飽，雨入松江水漸肥」，「清風偶與山阿曲，明月聊隨屋角方」，未免太纖。「曲無和者應思郢，論少卑之且借秦」，則破體書、沒骨畫也。

按：東坡中晚年之疏放，更勝過老杜之「老來詩興渾漫與」，但既由其人格氣質運作，仍能佳篇纍纍，以上所舉，不過九牛一毛！形容泰山七字固好，仍不如老杜「日出海拋球」之簡淨生姿。總之，東坡能正大，能諧奇，能俊逸，能清新，親切者如「行樂及時須有酒，出門無侶漫看書」，不必尚友古人，視讀者如友朋矣。「風來」兩聯，自有奇趣，不必貶之爲纖。茲再選錄〈再和楊公濟梅花〉：「人去殘英滿酒樽，不堪細雨濕黃昏。夜寒那得穿花蝶，知是風流楚客魂。」（《宋詩鈔》頁 67）梅花、菊花如一，末句用典而化。四句句句可品。

三十六、蘇　轍

欒城身分氣概，總不如兄，然瀟灑俊逸，於雄姿英發中，兼有醇醪飲人之致。雖亦遠於唐音，實宋詩之可喜者也。吾暱之殆勝於老披。長律尤多可喜，閒適則如「遠泛便成終日醉，幽尋不盡數家園。」「簾中飛絮縈殘夢，窗外啼鶯伴獨吟。」風景則如「雨餘嶺上雲披絮，石

淺溪頭水蹙鱗。」排遣則如「宦遊底處非巢燕，歸計何嫌誚沐猴」，「士師憔悴經三黜，陶令幽憂付一酣。」「懶將詞賦占鴉臆，頻夢江湖伴蟹螯」。慰人則如「舊傳北海偏憐客，新怪東方苦愬飢。應笑長安居不易，空吟原上草離離」。使事則如〈送王恪知襄州〉：「峴首重尋碑墮淚，習池還指客橫鞭。逃亡已覺依劉表，寒畯應須禮浩然。」〈寄題趙屼戲綵堂〉：「橐裝已笑分諸子，吏道何勞問薛公？」不惟切定省，兼切相子。〈喜姪邁還家〉：「林下酒罇還漫設，床頭〈易傳〉今看無？」亦深切叔姪也。至〈雜詩〉：「蒼然澗下松，不願世雕刻。斧斤百夫手，牽挽千牛力。斲成華屋柱，加以綴衣飾。人心喜相賀，松心終自惜。」蒼渾沉深，即列之唐人中，亦錚錚者。〈和子瞻好頭赤〉一篇，真勝子瞻：「沿邊將士生食肉，小來騎馬不騎竹。翩然赤手挑青絲，捷下巔崖試深谷。牽入故關榆葉赤，未慣中原暖風日。黃金絡頭依圉人，俛首北風懷所歷。」不惟音節入古，且言外感慨悲涼，大蘇集中未見有是。

按：在賀裳之先，陸游早已說子由詩更勝子瞻，不過賀氏語有保留：
　　只是更喜子由。所舉閒適、風景、排遣、慰人、使事、親人諸例，
　　俱甚貼切。喜姪還家一什，尤感親切。詠蒼松則擬人而深刻。〈好
　　頭赤〉一首，描寫北國兒郎如詩如畫。

　　二蘇〈野鷹來〉，大蘇尤俊邁，如「嗟爾公子歸無勞，使鷹可呼亦凡曹」，然子由「可憐野雉亦有爪，兩手搤鷹尤可傷」，借以誚劉琮兄弟，猶覺有意。坡公坦率，潁濱幹略。〈上元〉詩：「荒城熠燿相明滅，野水芙蓉亂白蓮。」螢與蓮皆非歲首所有，豈筠州風氣不正，與中土異耶？北歸潁上後，詩間雜詼諧，多涉筆成趣。如〈九日〉：「酒慳慚對客，風起任飄冠。」〈葺居〉：「旋築高牆護雞犬，稍容秸阮醉喧嘩。」然至〈題任氏大檜〉：「便令殺身起大廈，亦恐眾材無匹敵。且留枝葉撓雲霓，猶得世人長太息。」不徒勁直之氣不衰，凜然有大臣以身存亡繫國重輕之義。

按：蘇氏兄弟個性不同，蘇軾曠達豪放，當為Ｂ型人，蘇轍溫婉多於俊
　　逸如Ａ型人，反映在詩中的氣象，亦自迥異。但詩人畢竟非凡人，
　　故二人詩仍有近似者。子由晚年之詼諧，除歲月歷鍊之因，亦或受
　　乃兄影響。但往往諧中有莊，與子瞻一味嬉笑怒罵之作有別。「坦
　　率」、「幹略」，真是切評。末引大檜詩，莊嚴而不容諧謔矣。

三十七、秦　觀

　　作田園詩宜于樸直，其曲折頓挫在轉落處，用意不窮便佳，不在
雕飾字句；常有用雅字則俗、用俗字反雅者，猶服大練不可承以錦襪。
少游〈田居詩〉，描寫情景，有佳處，但篇中多雜雅言，不甚肖農夫
口角，頗有「驢非驢、馬非馬」之恨。如「雞號四鄰起，結束赴中原」，
此游俠少年及從軍行中語，田叟何煩爾！然如「寥寥場圃空，跕跕烏
鳶下。飲酎爭獻酬，語闌或悲咤。悠悠燈火暗，刺刺風颷射」，亦深
肖田家風景，有儲詩之遺。「支枕星河橫醉後，入簾風絮報春深。」
真好姿態。「屠龍肯自羞無用，畫虎從人笑未成」，亦自骯髒。

按：秦詩固如時女，亦時有少年姿態，末二例可證。但前文所謂田園
　　詩宜俗不宜太雅，確是至理。以儲詩為範，則少游詩大半合格，
　　少數出格耳。茲舉〈次韻夏侯太冲秀才〉一首：(《宋詩鈔》淮海
　　集鈔頁7)「儒官飽閒散，室若僧房靜。北窗腹便便，支枕看斗柄。
　　或時得名酒，亭午猶中聖。醒來復何事，秉筆賦秋興。焉知懶是
　　真，但覺貧非病。茫茫流水意，會有知音聽。鐘鼎與山林，人生
　　各有性。」寫閒居生涯，字字沁人心脾。

三十八、晁補之

　　晁之於秦，較有骨氣，如「虛齋閉疎窗，竹日光耿耿。更無司業
酒，但有廣文冷。人憐出入獨，自喜往還省。時作苦語詩，幽泉汲修
綆。」又〈視田贈弟〉曰：「一從學聱牙，世事百色廢。賣牛姑補室，
歲晚霜雪至。」大有古音。

按：補之爲蘇門四學士之一，但其詩素不爲人所重，賀裳以之與同門少游相比，而謂之有骨氣，不過是相對而言。所舉二例，俱爲書生本色，頗有「回也不改其樂」之概。後一首所謂「聲牙」，自指寫詩，「賣牛」二句亦諧亦莊。另舉七絕一首－〈題穀熟驛舍二首之二〉（《宋詩鈔》雞肋集鈔頁22）：「一官南北鬢將華，數畝荒池淨水花。掃地開窗置書几，此生隨處便爲家。」他的辛苦、自得、清淨、隨和、豁達，俱在二十八字中矣。

三十九、黃庭堅

讀黃詩，當取其清空平易者。如〈曲肱亭〉：「仲蔚蓬蒿宅，宣城詩句中。人賢忘巷陌，境勝失途窮。寒菹書萬卷，零亂剛直胸。僵蹇勳業外，嘯歌山水重。晨雞催不起，擁被聽松風。」不甚矯揉，正自佳。其詩病在好奇，又喜使事，究其所得，實不如楊、劉。如「春將國豔熏花骨，日借黃金縷水紋」，何等費力！咏奕棋：「湘東一目誠堪死，天下中分尚可持」，終亦巧累于理。「霜林收鴨腳，春網薦琴高」，按鴨腳即銀杏，以葉似鴨腳得名；仙人琴高跨鯉而來，故言鯉者多引其事。今日「薦琴高」，何異微生一瓶、右軍兩隻耶！「蜂房各自開戶牖，蟻穴或夢封侯王」，奇句也；但題是落星寺，上句形容山腰室廬參差之致酷肖，下句未免題外發意矣。此二語有重名，然明眼人正不能爲高名所瞞。〈咏猩猩毛筆〉：「愛酒醉魂在，能言機事疏。平生幾兩屐，身後五車書。物色看《王令》，勳勞在石渠。拔毛能濟世，端爲謝楊朱。」雖全篇佻諓，使事處猶覺天趣洋溢。至〈接花〉詩：「雍也本犁子，仲由元鄙人。升堂與入室，只在一揮斤。」大雅掃地矣。〈謝送碾茶〉：「春風飽識大官羊，不慣庸儒湯餅腸。搜攬十年燈火讀，令我胸中書傳香。已戒應門老馬走，客來問字莫載酒。」清芬逼人。坡詩苦於太盡，常有才大難降、筆走不守之恨，魯直頗能開闔，如虬髯客恥自從龍，要亦倔強海外。

按：賀氏論黃詩，雖不少貶抑之言，但比起金人王若虛在《滹南遺南

集》（收入商務版《四部叢刊》）中一味斥責的評論來，畢竟持平得多。他先後以 1.頗能開闢，2.天趣洋溢，3.清芬逼人，4.取其清空平易，稱許山谷詩，又以 1.病在好奇，2.太喜用典，3.題外發意，4.大雅掃地，來貶評他。可謂良莠參半。又引東坡蜻蛉江珧柱一喻，亦是好壞參半。余以爲山谷詩佳者有二種：一、平易清空者，二、新奇而不拗澀者。試舉二例：〈王充道送水仙花五十枝〉（《宋詩選》頁 101）：「凌波仙子生塵襪，水上輕盈步微月。是誰招此斷腸魂，種作寒花寄愁絕。含香體素欲傾城，山礬是弟梅是兄。坐對眞成被花惱，出門一笑大江橫。」先婉後豪，別出一格。〈竹下把酒〉（頁 110）：「竹下傾春酒，愁陰爲我開。不知臨水語，更得幾回來。」前首新奇，後首清空。

四十、陳師道

　　後山以薦得官，即除正字，作詩曰：「扶老趨嚴召，徐行及聖時。端能幾字正？敢恨十年遲。肯著金根誤，寧亂乳媼譏？向來憂畏斷，不盡鹿門期。」用事切當，第三語尤天然巧合。雪詩：「木鳴端自語，鳥起不成飛。」眞可謂不落色相。〈九日寄秦覯〉：「疾風迴雨水明霞，沙步叢祠欲暮鴉。九日清樽欺白髮，十年爲客負黃花。登高懷遠心如在，向老逢辰意有加。淮海少年天下士，獨能無地落烏紗？」「獨」字意深，有陋巷不改其樂之意。五律與老杜氣格相近，但僅少陵詩中之一格。〈和黃預病起〉：「似聞藥病已投機，牛鬥蛇妖頓覺非。李賀固知當得疾，沈侯可更不勝衣？驚逢白璧山千仞，會見黃金帶十圍。不信詩書端作祟，孰知糠粃亦能肥？」此詩首言病退，次聯用長吉嘔出心肝事，其人當必能詩，後四句是祝其強健豐碩。但新病起即欲十圍之腰，言之太過，然意致頗佳。

按：後山詩有近於山谷處，但較拙樸，因而反更耐人尋味。凡久體人生辛酸者，尤易知音。所舉數例，非集中最佳者。如「木鳴端自語」便不甚切雪景。茲另舉二例，以見其近於老杜之致：〈登快

哉亭〉（《宋詩選》頁 124）：「城與清江曲，泉流亂石間。夕陽初
隱地，暮靄已依山。度鳥欲何向？奔雲亦自閒。登臨興不盡，稚
子故須還。」〈寄外舅郭大夫〉（頁 123）：「巴蜀通歸使，妻孥且
舊居。深知報消息，不忍問何如。身健何妨遠，情親未肯疎。功
名欺老病，淚盡數行書。」後首除前二句記事外，後六句全部寫
情，亦是一功。

四十一、張　耒

　　蘇門六子，余尤喜文潛。如〈海州道中〉：「渡頭鳴春村徑斜，悠
悠小蝶飛豆花。逃屋無人草滿家，纍纍秋蔓懸寒瓜。」〈廣化遇雨〉：
「撞鐘寺門掩，晚霽尚殘滴。相携下山去，塵靜馬無跡。歸來歸鞍歇，
新月如破壁。但恐桃花源，回舟已青壁。」大是清越。長律尤多秀句，
如「綠野染成延晝永，亂紅吹盡放春歸」、「萬頃澤空供雪意，一枝梅
笑破多嚴」、「新月已生飛鳥外，落霞更在夕陽西」、「青引嫩苔留鳥篆，
綠垂殘葉帶蟲書」、「歸鳥各尋芳樹去，夕陽微照遠村耕」，真能擺脫
爾時惡氣。宛丘醇深經術，其〈次張公遠韻〉：「何待挑琴知有術，未
嘗驅蟲更無謀」，輕豔不減溫、李。〈春日雜書〉：「昨日為雨備，今晨
乃大風。臨風謹自備，通夕雪迷空。備一常失計，盡備力難供。因之
置不為，拱手受禍凶。當為不可壞，任彼萬變攻。築屋如金石，何勞
計春多？」此詩可代箴銘。若只此住，自有餘味。下云「此道簡且安，
古來家國同」，說出正意，反覺索然。

按：吾意宋詩十傑為蘇王陸黃二陳范楊歐梅，張耒可居第十一。所舉
　　各例，或清新，或婉妙，或輕豔（此在宛丘集中為少數例外），
　　或正大，各有其好處。茲再舉二例：「浮雲冉冉送春華，怯見春
　　寒日欲斜。一夜雨聲能幾許？曉來落盡一城花。」（〈傷春〉，《宋
　　詩選》頁 115）、「門外青流繫野船，白楊紅槿短籬邊。旱蝗千里
　　秋田淨，野秫蕭蕭八月天。」（〈田家二絕之一〉，同上）前首猶
　　有孟襄陽餘意，後首則以前二與後二作鮮明之對比，令人怵然。

四十二、賀　鑄

　　人知方回工詞，不知其詩亦勝絕。〈題放鶴亭〉：「萬頃白雲山缺處，一庭黃葉雨來時。」〈茱萸灣晚泊〉：「荻浦漁歸初下雁，楓橋市散只啼鴉。」不減許郢州風調。〈漢上屬目〉：「白雲蒙山頭，清川山下流。芳洲採香女，薄暮漾歸舟。並蒂雙荷葉，逢迎一障羞。持情不得語，大婦在高樓。」尤爲俊響。

按：工詞者必工詩，惟若干詞人不喜吟詩耳。如「萬頃」一聯，風致盎然；「荻浦」一聯亦自出色，比美許渾，非虛語也。〈漢上屬目〉美妙六句，末二句一轉，令人讀之心疼。

四十三、晁沖之

　　叔用，無咎弟也。〈田中行〉一詩，饒有古趣。又「獵回漢苑秋高夜，飲罷秦台雪作天」，「繫馬柳低當戶葉，迎人桃出隔牆花」，俱俊氣可掬。

按：後二例新清俊逸，「繫馬」一聯，句法尖新而妙。〈田中行〉（《宋詩鈔》具茨集鈔頁5）：「落葉如流人，遷徙不可收。嚴霜枯百草，清此山下溝。我行將涉之，脫屨笑復休。憮然顧籃輿，崎嶇反經丘。天風吹我裳，彼亦難久留。晚過柳下門，鳥聲上喁啾。父老四五輩，向我如有求。邀我酌白酒，酒酣語和柔。指云此屋南，頗有良田疇。勸我耕其中，庶結同社遊。吾母性慈儉，此事誠易謀。伯也久吏隱，可以吾無憂。請歸召家室，賣衣買肥牛。所望上帝喜，祈穀常有秋。」全詩從容古樸，恍疑是淵明後生。

四十四、孔文仲

　　〈早行〉：「客興謂已旦，出視見落月。瘦馬入荒陂，霜花重如雪。海風吹萬里，兩耳凍幾脫。歲晏已苦寒，近北尤凜冽。況當清曉行，遡此原野闊。笠飛帶繞頸，指強不得結。農家烟火微，炙手粗可熱。豈能迂我留，而就苟且活。仰頭視四宇，夜氣亦漸豁。苦心待正晝，

白日想不缺。」歷敍旅途之慘，慰安中帶有悲憫，悲憫處仍懷安分止
足，固是端人之言。

按：孔文仲詩，不如乃弟武仲、平仲有名，《宋詩鈔》有目無詩，補
　　鈔中只收〈早行〉一詩，《宋詩紀事》亦收此首而已。此詩平實
　　中有活潑處，賀裳所評析，亦頗中肯。

四十五、徐　積

　　徐仲車，高士也。其詩頗有唐音，如〈送王潛聖〉末云：「關西
夫子雖遲暮，行笑行吟正安步。菑川海上牧羊兒，解說公孫放豚去。」
磊落中有風度。至「勤穿凍地緣栽竹，喜占明牕爲著書」，則新聲之
可聽者。

按：徐積詩瀟灑新清，二例俱是。再舉一首七絕：〈釣者〉（《紀事》
　　卷23，頁540）：「有人口誦浮雲曲，手把瀟湘一竿竹。荻花洲上
　　作茅庵，坐看江頭浪如屋。」末二句尤妙。

四十六、唐　庚

　　子西論詩可觀，詩不能盡善。如「山靜似太古，日長如小年」，
警句也，後聯甚平平，至「夢中頻得句，拈得已忘筌」，益強弩矣。〈雪
意〉：「浦遠渾無鶴」，亦佳，「林疎只有松」，殊不稱。大都心手不能
相如。「水過漁村濕，沙寬牧地平。片雲明外暗，斜日雨邊晴。山轉
秋光曲，川長暝色橫。瘴鄉人自樂，耕釣得浮生。」子西極矜此詩，
中聯果佳，尚嫌其起處太整。〈憫雨〉曰：「老楚能令畏壘豐，此身翻
累越人窮。至今無奈曾孫稼，幾度虛占少女風。茲事會須星有好，他
時曾厭雨其濛。山中賴有萊糧足，不向諸侯托寓公。」此子西謫惠州
時作，起法甚新，但篇中使事太多，喜其不至豫章之生硬令人難耐，
兼料豐年可爲枵者救飢耳。〈初到惠州〉中聯「因行採藥非無得，取
足看山未害廉。」亦小有致。至〈湖上〉詩：「佳月明作哲，好風聖
之清」，眞文海泥犁。

按：唐庚詩不如文及詩論，以上所引，佳者、疵者參雜互見，全篇好
　　者殊少。舉〈次韻強幼安冬日旅舍〉一首（《紀事》卷 36，頁 839b）：
　　「殘歲無多日，此身猶旅人。客情安枕少，天色舉杯頻。桂玉黃
　　金盡，風埃白髮新。異鄉梅信遠，誰寄一枝春？」全首妥貼。

四十七、韓　駒

　　「北風吹日晝多陰，日暮擁階黃葉深。倦鵲繞枝翻凍影，飛鴻摩
月墮孤音。推愁不去如相覓，與老無期稍見侵。顧藉微官少年事，病
來那復一分心。」此子蒼〈冬日〉詩。前半寫景，後半言懷，而氣似
隨句而降，漸就衰颯，然恬讓之致可掬。又〈夜泊寧陵〉：「汴水日馳
三百里，扁舟東下更開帆。且辭杞國風微北，夜泊寧陵月正南。老樹
挾霜鳴窣窣，寒花重露落毿毿。茫然不悟身何處，水色天光共蔚藍。」
亦閑于情致，而減于氣格。詩雖不高，尚無惡氣。

按：韓駒在江西詩派，堪稱中上之才。〈冬日〉之所謂漸就衰颯，由
　　「推愁」、「與老」二句始，到「病來」為止，都是很低沉的境界。
　　至〈夜泊寧陵〉，情致宛然，末二句亦收結得精彩。另錄〈戲作
　　冷語〉（《紀事》卷 33，頁 769）一首：「石崖蔽天雪塞空，萬竅
　　陰壑號悲風。纖絺不御當元冬，霜寒墜落冰谿中。斲冰直侵河伯
　　宮，未若冷語清心胸。」此詩造境新奇，結尤婉妙而出乎意表。

四十八、惠　洪

　　僧詩之妙，無如洪覺範，此固一名家，不當以僧論。五言古詩，
不徒清氣逼人，用筆高老處，真是如記如畫。近體如〈石台夜坐〉：「永
與世遺他日志，尚嫌山淺暮年心。凍雲未放僧窗曉，折竹方知夜雪深。」
〈上元宿百丈〉：「夜久雪猿啼嶽頂，夢回清月在梅花。」俱秀骨嶷然。
惟帶禪氣者不佳。

按：惠洪詩確為僧中一絕，其《冷齋夜語》論詩亦有不少可取者。〈石
　　台夜坐〉一首，句句皆好，「夜久」一聯亦甚雋永。又如〈西齋

晝臥〉（《紀事》卷 92，頁 2053b）：「餘生已無累，古寺寄閒房。睡足無來客，窗空又夕陽。叢蕉高出屋，病葉偶飄廊。起探風簷立，飛蟲鬧晚涼。」一片悠閒而不落俗套。古體如〈謁狄梁公廟〉、〈汪履道家觀所蓄烟雨蘆雁圖〉（俱見頁 2063）、〈陳瑩中移家廬山〉（頁 2062），俱爲佳構。

四十九、李　綱

「聞說飛蝗起自淮，勢如風雨渡江來。吾家歲事何須慮，只恐人言不是災。」此伯紀謫沙陽監稅時聞家信作也，惓惓憂國如此，眞賢宰相之言。如〈記舊夢〉、〈汎舟循惠間山水清絕〉、〈次韻李似宗小圖〉之作非不佳，然不足爲公重。

按：賀裳論詩，似持兩個標準。有時以藝術造詣爲先，有時又以意識、境界爲先，此處乃屬後者。飛蝗一詩，自是仁者爲政者之語，「勢如風雨」用喻亦佳。另一首〈病牛〉（《宋詩三百首》頁 232）：「耕犁千畝實千箱，力盡筋疲誰復傷？但得眾生皆得飽，不辭羸病臥殘陽。」亦流露悲天憫人、人溺己溺之忱。

五十、汪　藻

〈書寧川驛壁〉：「過眼空花一餉休，坐狂猶得佐名州。雖遭瀧吏嗤韓子，卻喜溪神識柳侯。盡日野田行稏稬，有時雲嶠聽鉤輈。會將新濯滄浪足，踏遍千巖萬壑秋。」此詩意氣高曠，一往俊逸，彷彿大蘇。〈醉別李侍郎〉：「雙槳又乘清夜去，一樽聊發少年狂」，亦灑落可喜。李光爲秦檜貶藤州，既還，贈詩曰：「日日孤村對落暉，蠻烟深處忍分離。追攀重見蔡明遠，贖罪難逢郭子儀。南渡每憂鳶共墮，北轅應許雁相隨。馬蹄踏遍關山路，他日看來又送誰？」此篇惟末句強弩，中聯亦鳴咽可誦，但意氣不如。

按：「過眼」一詩，全篇勻稱，末二句尤妙，高曠俊逸，稱之不誇。「雙槳」一聯，眞是灑脫有致。「日日」一詩，亦是氣足韻餘，「強弩」

之說，吾不認同，末二句自有出乎意表之思。

五十一、劉子翬

建炎、紹興諸公，吾最喜劉屏山、朱韋齋兩先生詩。屏山絕句：「偶臨沙岸立多時，淡淡烟村日向低。幽事挽人歸不得，一枝梅影浸澄溪。」此種意趣，豈屠沽兒所解？〈和李巽伯春懷〉：「有酒即佳辰，無兵皆樂土。」〈巡寨偶書〉：「群兒昔吾軍，赤指抨鳴弦。防胡屢瓦解，合寇俄星連。」敘述亂離及潰兵之害，眞古今一轍。更有〈防江行〉一篇，不徒詞章陡健，如「拔敵軍之箭以射敵」，深覺爾時將士可用，令人轉憶待制先生之用兵。

按：劉子翬乃愛國之士，靖康之難，痛憤哀毀，服除，通判興化軍事。
　　故於軍中之事，多所目見耳聞。他的詩有兩種最值得注意：一、寫大自然風物，如前例，二、寫軍中事情，如末例。另舉二例：〈早行〉（《宋詩鈔》屏山集鈔頁4，下同）：「村雞已報晨，曉月漸無色。行人馬上去，殘燈照空驛。」全詩寫實而好，第四句尤妙。〈老農〉：「山前有老農，給我薪水役。得錢徑沽酒，醉臥山日夕。忘形與之語，妙理時見益。志士多隱淪，欲學慚未識。」樸厚眞摯，令人如見其影，如聞其聲。

五十二、朱　松

韋齋〈謁吳公路許借論衡復留一日〉：「幽獨不自得，駕言款齋廬。慇懃主人意，投轄恐回車。世途早已涉，此去將焉如？惟憂酒錢盡，使我詩腸枯。會合曾幾何，可復自爲疎！更當留一夕，帳中搜異書。」〈送金確然歸弋陽〉：「昔我雲溪居，送子雲溪濆。重來問何時，笑指溪上雲。一別四周星，坐此世故紛。衰顏兩非昔，華髮粲可耘。我纏風樹哀，終日無一忻。」讀此二詩，長厚之氣藹然可掬。又〈咏芍藥〉：「已分春光冉冉過，奇葩好去奈愁何！誰令玉頰紅成點，如意痕輕琥珀多。」豐神一何婉媚！

按：朱松爲朱熹之父，朱子詩學，頗有得於乃父。松詩高朗中有瀟灑。
　　〈謁吳公路〉一詩紀實而婉妙，〈送金確然〉娓娓道來，有笑指
　　溪雲之灑逸，亦有歸夢隨子之誠摯，令人讀之動容。詠芍藥風致
　　盡現，迥別于他花。另引〈贈僧〉(《宋詩鈔》韋齋詩鈔頁 5)：「知
　　有叢林特地過，幅巾迎笑出巖阿。杖藜同覓牛羊路，濯足來分鷗
　　鷺波。豈不倦遊貪斗粟，坐令歸思動漁蓑。他年會有相逢日，稍
　　食吾言聽子呵。」中二聯甚佳，末二句亦灑落自如。

五十三、沈與求

　　沈和仲，宣政遺人也，故其詩尙多清氣。如〈過吳江豁然谷〉：「濛
濛小雨麥秋天，江上人家欲暮烟。行客未能忘勝處，繫船相伴白鷗眠。」
〈於潛道中〉：「首路潛溪驛，雞聲欲曙天。籃輿衝宿霧，棧閣寄層巔。
高下林端屋，縱橫石罅田。野泉隨處有，草木盡蒼然。」二詩殆可入
畫。

按：「清新入畫」四字，可形容與求詩風。〈夜書山驛〉(《紀事》卷
　　39，頁 909) 可作印證：「天寒夜向闌，月出山更靜。風露搖青空，
　　萬象光耿耿。啼螿泣幽草，賓鴻度前嶺。歸來坐孤窗，松竹舞清
　　影。」

五十四、呂本中

　　呂居仁詩亦清致，惜多輕率，如〈柳州開元寺夏雨〉：「風雨儵儵
似晚秋，鴉歸門掩伴僧幽。雲深不見千巖秀，水漲初聞萬壑流。鐘喚
夢回空悵望，人傳書至竟沉浮。虎頭燕頷非吾相，莫羨班超拜列侯。」
〈西歸舟中懷通泰諸君〉：「一雙一隻路旁堠，乍有乍無天際星。亂葉
入船侵敗衲，疾風吹水擁枯萍。山林何謝誰方駕，詩語曹劉可乞靈？
酒盌茶甌俱不厭，爲公醉倒爲公醒。」不無秀句，率付頹然，韻度雖
饒，終有緩骨屑筋之恨，亦大似其國事也。

按：呂本中論詩乃北宋一家，其詩亦得「活法」。「雲深」、「鐘喚」二

聯，的是優美；「一雙」、「亂葉」二聯，亦頗別致。「為公醉倒為公醒」，何等情懷！無頹然之嫌。試看五絕〈夜雨〉：（《宋詩三百首》頁 239）：「夢短添惆悵，更深轉寂寥。如何今夜雨，只是滴芭蕉。」誠所謂雅人風致！

五十五、曾　幾

令歐任其秀冶，梅率其清溫，原自名家，所恨筆力不高，飾為勁悍，不覺流於粗鄙。魯直好奇，兼喜使事，實效楊、錢，而外變其音節，故多矯揉倔倨，而少自然之趣。然氣清味洌，故佳篇尚多。子蒼逸韻天生，疏率自喜，轉覺天趣有餘，結構不足，雖淵源豫章，實與魯直相背，茶山粗鄙矯揉，備得諸公之惡境而揣摩之，以為道在是矣，故盈卷皆嘷噪之音。其集中唯〈癸未八月十四日至十六夜月色皆佳〉一篇可觀，如「明時諒費銀河洗，短處應須玉斧修」，警句也。〈雪〉詩「一夜紙窗明似月」，亦不雕刻而工，至「多年布被冷如冰」，又不可耐矣。宋詩三變，一變為傖父，再變為魑魅，三變為群丐乞食之聲。不若《中州集》高者雅秀，卑者亦不至鄙俚。

按：此條充分顯示賀氏對中晚宋詩之鄙視，言之鑿鑿，不免有過火處。其實曾幾詩深為陸游喜愛，私淑其人其詩，乃至青山於藍，何至如賀裳所云「粗鄙矯揉」？「明詩」一聯固工巧，雪詩亦得自然之致。再舉二首，以見其風格之一斑：〈三衢道中〉（《紀事》卷37，頁857b）：「梅子黃時日日晴，小溪泛盡卻山行。綠陰不減來時路，添得黃鸝四五聲。」寫景如畫，一片天機。又〈題訪戴圖〉（同上）：「小艇相從本不期，剡中雪月並明時。不因興盡回船去，那得山陰一段奇。」詮釋王徽之雪夜訪戴故事，淋漓盡致。

五十六、陳與義　陳淵

南渡後詩，必求首尾溫麗，幾無詩美。陳簡齋詩以趣勝，不知正其著魔處，然俊氣自不可掩。如〈雨晴〉：「牆頭語鵲衣猶濕，樓外殘

雷氣未平。」〈以事走郊外示友〉：「黃塵滿面人猶去，江葉無言秋又
歸。」〈觀江漲〉：「疊浪併翻孤日去，兩津橫捲半天流。」俱可觀。〈送
熊博士赴瑞安令〉尤佳：「衣冠衮衮相逢處，草木蕭蕭未變時。聚散
同驚一枕夢，悲懽各誦十年詩。山林有約吾當去，天地無情子亦飢。
笑領銅章非失計，歲寒心事欲深期。」雖格調不足言，頗爲入情。幾
叟詩又勝簡齋，〈曉登嚴陵釣台〉：「溪山有底好？適契貧士欲。敢論
生不侯，但喜夢非僕。攜笻縱朝步，初日穿林麓。西風扶兩腋，一舉
千里鵠。」意氣不凡，下語亦甚新警。

按：簡齋乃方回所謂江西派「一祖三宗」三宗之一，與山谷、後山比
肩，賀裳似未解其妙，說他寫趣乃其著魔處，殊不可解，正如他
說南宋詩無首尾俱佳者，也是他的一偏之見。陳詩寫景細膩，抒
情溫婉，往往意趣盎然，是三宗中最貼近人心的一位。所引諸例
皆佳妙，唯「山林」一聯，稍欠自然。〈微雨中賞月桂獨酌〉（《宋
詩選》頁 145）：「人間跌宕簡齋老，天下風流月桂花。一壺不覺
壺邊盡，暮雨霏霏欲濕鴉。」一二由情而景，三句寫動作，四句
再轉入景。妙在末句與月桂、酒皆不相干，但仍切「微雨中」之
題意，亦可謂跌宕昭彰矣。又〈巴丘書事〉（頁 143）：「三分書裏
識巴丘，臨老避胡初一遊。晚木聲酣洞庭野，晴天影抱岳陽樓。
四年風露侵遊子，十月江湖吐亂洲。未必上流須魯肅，庸傷空白
九分頭。」中二聯寫景婉妙，情蘊其中；末二句呼應首二句，十
分穩切。又如〈雨〉（頁 139）之中二聯：「燕子經年夢，梧桐昨
暮非。一涼恩到骨，四壁事多違。」亦情景交融。至於陳淵詩，
世人甚少注意，賀氏獨予青睞，且言更勝簡齋，此亦過言。登釣
台一詩，固見其寫景抒情之妙致，「但喜夢非僕」一句恐亦不免
湊韻之失。茲錄〈錢唐江〉一首（《紀事》卷 45，頁 1044）以略
見其餘：「潮頭駕月衝殘夢，水色浮空送峭寒。十幅輕蒲連夜發，
不知身到海門山。」「駕月衝殘夢」、「浮空送峭寒」俱妙；後二
句略有李白「輕舟已過萬重山」之氣勢。

五十七、周必大

　　周益公氣骨不高，而微有淹雅之度。如咏〈楊廷秀家園〉：「回環自劚三三徑，頃刻常開七七花」，亦有自然之美。余又喜其「風色似傳花信到，夕陽微放柳梢晴」，有態，餘多寒陋。

按：周必大史稱生平有二萬首詩，今不盡傳，但其造詣自不如同有二萬首之楊萬里。〈過池州作〉：（《紀事》卷 50，頁 1165b）：「千古風流杜牧之，詩材猶及杜筠兒。向來稍喜唐風集，今悟樊川是父師。」此詩寫杜牧與姜生子（姜後嫁杜筠）荀鶴事，平實而可喜。〈遊茅山道中口占〉（頁 1165）之前六句亦甚好：「千峯溧陽來，勢若西南奔。遙拱三茅峯，不敢迫至尊。三茅如軒懸，次序儼弟昆。」「三三」、「七七」一聯，稍嫌敢作。

五十八、朱　熹

　　吾選晦庵詩，惟多取興趣者。如〈次秀野雪後書事〉：「昨夜月明依舊開。持寄遙憐人似玉，相思應恨刼成灰。沉吟落日寒鴉起，卻望柴荊獨自回。」又〈次雪韻〉：「一夜同（形）雲匝四山，曉來千里共漫漫。不應琪樹猶含凍，翻笑楊花許耐寒。乘興正須披鶴氅，瀹甘猶喜破龍團。無端酒思催吟筆，卻恐長鯨吸海乾。」二詩俱風致，「梅花」句尤具慧心。

按：朱熹雖為理學巨擘，自有其詩，且家學淵源，不可小覷。黃白山以為其詩勝過當時諸人，自不免誇張，但在理學家中，寫可謂數一數二。錢穆曾選其詩一百六十五餘首（《理學六家詩鈔》，中華書局，63 年），首首可觀，今觀其詩，〈齋居感興〉二十首（《紀事》卷 48，頁 1118－1120）仍不失為代表作。餘如〈醉下祝融峯〉（同上，頁 1120b）：「我來萬里駕長風，絕壑層雲許盪胸。濁酒三杯豪氣發，朗吟飛下祝融峯。」「朗吟飛下」，豈老夫子態耶！又〈枕屏秋景〉（同上，頁 1122）：「山寒夕颷急，木落洞庭波。幾叠雲屏好，一生秋夢多。」二十字寫出一屏一生夢，四句尤好。

十九歲作〈遠遊篇〉（頁 1122），氣韻俱足。〈次秀野〉一詩，字秀句韻。

五十九、陳傅良

〈寄陳同甫〉：「古來才大難爲用，納納乾坤著幾人。但把雞豚宴同社，莫將鵝鴨惱比鄰。」見俗情慮淺，恩怨本無大故，而毀譽由之。同甫屢經憂患，故引以爲戒。下云：「世非文字將安托，身與兒孫竟孰親？一語解紛吾豈敢？只應行道亦酸辛。」讀至此眞欲淚下。〈冬夜感懷〉：「已覺二毛嗔婦問，可堪一飯患兒多」，酸蹙之甚，殆不能再讀。〈送謝希孟歸黃巖〉：「圭璧襲縿籍，山龍飾衣裳。不聞燧古初，而興自虞唐。毀車崇騎射，隸作篆籀藏。至今人便之，秦亦忽以亡。」又曰：「累觴以爲懽，班荊以爲儀。交際貴如此，勿使至意虧。頗嘗怪〈小雅〉，〈鹿鳴〉至〈魚麗〉。賓主禮百拜，《六經》似支離。」此重傷古道之不復也。前篇猶冷諷，次篇全用反語，令聞者自思，不惟立意高，安章頓句亦是雞群之鶴。

按：陳傅良一代名儒，其詩雖多說理而不板滯。如〈寄陳同甫〉，一氣貫下，入情入理，眞可說是哲理詩之佼佼者。〈送謝希孟歸黃巖〉意境雖佳，其若干句段之間，便嫌太直接。另舉〈止齋即事〉（《紀事》卷 54，頁 1267b）：「教子時開卷，逢人強整襟。最貧看晚節，多病得初心。地僻芰蓮好，山低竹樹深。寄聲同燕社，明日又秋砧。」中四尤好，「多病得初心」更妙，五、六寫景明秀。

六十、葉　適

宋人于樂府一途，尤爲河漢，水心〈白紵辭〉深得古意：「有美人兮來獨處，陟彼南山兮伐寒紵。挑灯細緝抽苦心，冰花織成雪爲縷。不憂絕技無人學，只愁不堪嫁時著。鄭僑吳札今悠悠，爭看買笑錦纏頭。」深嘆知音難遇，又不忍遽自決絕，徊翔宛轉，無限風流。

按：水心亦理學家，但自有不少好詩，可見理之與情，並不相悖。〈白
紵辭〉一字一吟，滋味悠長，用「徊翔宛轉」四字形容之，眞是
恰切。再舉〈贈杜幼高〉（《紀事》卷 54，頁 1288）：「杜子五兄
弟，詞林俱上頭。規模古樂府，接續後春秋。奇崛令誰賞，羈棲
浪自愁。故園如鏡水，日日抱村流。」前四句實寫，五六抒情，
七八表面是寫景，其實正以「鏡水」、「抱村流」回抱前文，妙。
又牡丹詩：（同上）「牡丹乘春芳，風雨苦相妒。朝來小庭中，零
落已無數。魂銷梓澤園，腸斷馬嵬路。盡日向欄干，躊躇不能去。」
前四巧設擬人意境，五、六分用石崇、楊妃故典，均切合牡丹身
分。末二句乃順理成章矣。

六十一、劉　宰

〈猛虎行〉：「市有虎，毋妄言。當關虎士森戈鋋，市上一呼人駕
肩。虎雖猛，那得前？市有虎，言非妄。君不見左馮翊，天下壯。斧
斤聲斷林壑空，猛虎通衢恣來往。食人肉，飮人血，沉痛積冤那可說？
凝香堂上紫烟浮，風流太守憂民憂。一朝下令開信賞，藉皮枕骨彌山
丘。虎已滅，人患絕，夜永猶聞泣幽咽。泰山之側如可居，子後夫前
甘死別。」亦即「苛政猛于虎」意，而曲折抑揚，備極剴暢。古無此
體，實自漫塘倡調，爲李西涯樂府之祖。

按：劉宰正人直士也，曾因韓侂冑枋國而不復仕。除此首〈猛虎行〉
更勝三百篇之〈碩鼠〉，曲折而抒寫自如外，其他寫景抒情之什，
亦不少佳什。如〈北固山望揚州懷古〉（《紀事》卷 58，頁 1350）：
「北固城高萬象秋，烟竿一縷認揚州。試乘綠漲三篙水，要見珠
簾十里樓。淚溼宮衣朝霧重，愁薰寒草夕陽浮。隋隄舊事無人問，
兩兩垂楊繫客舟。」中二聯固自佳妙，末二句亦結得灑落。

六十二、吳龍翰　洪适

晚宋詩有極佳者，如吳龍翰「妾心江岸石，千古無變更。郎心江

上水，倏忽風波生。」「擊筑復擊筑，欲歌雙淚橫。寶刀重如命，命如鴻毛輕。」二詩俱有樂府之遺。洪适「青青河畔草，英英籬邊菊。雅雅當窗女，濯濯手如玉。淵淵錦中意，粲粲未盈幅。藁砧天一涯，刀頭誤行卜。卻鑑怨新眉，誰教遠山綠！」「迢迢牽牛星，奕奕停梭女。尋盟整遙轡，緘情遵漢渚。欣讌未斯須，別愁眉已度。黃月不我留，殘機忍重顧？翻羨巫山雲，朝朝楚王遇。」深情秀致，全在兩末句弄姿，寫出無聊之態。此詩較〈十九首〉則有間，在晚宋固是鳥群一鷺。

按：吳龍翰另有一首〈樂府〉：「製衣寄夫婿，妾有冰雪段。中間連理枝，不忍翦教斷。」亦佳，「冰雪段」頗別致。〈晚舟過臨平〉：（與上首同收在《宋詩紀事》卷77，頁1742b）：「烟鐘喚起夕陽愁，淼淼臨平春事幽。唯有風蒲愛吟客，岸邊撩亂縮行舟。」末二句尤有新思。〈登金陵鍾山絕頂〉（頁1743）：「萬仞鍾山著屐登，中原今隔幾崚嶒。自憐不及天邊雁，歲逐春風到八陵。」以登山寫故國之思，借雁抒愁，亦佳境也。洪适「青青」「迢迢」之什，可比美十九首，唯「藁砧」二句用代詞便欠自然。〈書懷〉（《紀事》卷45，頁1053b）一首：「早歲那知世事艱，中原北望氣如山。樓船夜雪瓜洲渡，鐵馬秋風大散關。塞上長城空自許，鏡中衰鬢已先斑。出師一表真名世，千載誰堪伯仲間？」頷聯固好，頸聯亦切，末以諸葛亮事收尾，全詩氣沖斗牛。

六十三、裘萬頃

〈雨後〉：「秋事雨已畢，秋容晴為妍。新春浮穮稏，餘潤溢潺湲。機杼蛩聲裏，犂鋤鷺影邊。吾生一何幸，田里又豐年。」〈出門〉：「出門復入門，吾行意安之？携書北窗下，翻閱聊自怡。有懷千載人，掩卷還歡欷。采采首陽薇，戀戀商山芝。一裘或終身，欣然釣江頭。斯人不可作，古道日式微。目前稻粱謀，鳧雁方齊飛。青田寂無音，歲晚將疇依？慎勿出門去，塵埃染人衣。」元量生于豫章，殊不染其惡氣，大可敬也。〈見雪〉一篇，尤見義烈之概。

按：裘詩好在清新自然，故曰不染豫章之習。〈歸興〉（《紀事》卷56，頁1312）：「新築書堂壁未乾，馬蹄催我上長安。兒時只道爲官好，老去方知行路難。千里關山千里念，一番風雨一番寒。何如靜坐茅齋下，翠竹蒼梧子細看。」全篇情在景中，景在情中。

六十四、尤　袤

隆興後推范、陸、尤、楊。其〈海棠〉詩「曉粧無力臙脂重，春睡方酣酒暈深」，精工不在魯直「荀令爐香」之下。〈苦雨〉：「十年江國水如淫，怕見三秋雨作霖。可念田家妨卒歲，須煩風伯蕩層陰。禾頭昨夜憂生耳，木德何時卻守心？兀坐書窗詩作祟，寒蟲鳴咽伴愁吟。」泃爲典雅。

按：尤袤在南宋四大家（按另一說法以蕭德藻取代尤袤）中質量皆稍遜色。精工典雅，固其佳處，但才弱之嘆，恐亦難免。〈苦雨〉用典固好，風致卻略嫌不足。〈淮民謠〉（《紀事》卷47，頁1110）抒寫淮民之困苦：「死者積如麻，生者能幾口？荒城日西斜，破屋兩三家。撫摩力不給，將奈此擾何？」後六句把全詩主題擴而括之，但末二句仍稍嫌平淡。

六十五、楊萬里

誠齋詩涉粗豪一路。〈送丘宗卿帥蜀〉最傳：「諭蜀宣威百萬兵，不須號令自清明。酒揮勃律天西椀，鼓臥蓬婆雪外城。二月海棠傾國色，五更杜宇說鄉情。少陵山谷千年恨，不遇丘遲眼爲青。」「傾國」二字素聯，此卻作虛字用，李延年後再見也。「杜宇」句尤極弄姿之妙。二物正蜀中花鳥，不惟精切，兼有風致。次聯亦鉅麗，固是傑作。又〈夜坐〉：「荒城日短溪山靜，野寺人稀鸛雀鳴」，蕭條之狀如見。

按：賀裳論詩，一有唐宋之見，一則比較保守，故對勇於刷新、不拘一格的楊萬里，便不能高度欣賞，乃歸之於粗豪。所舉二例，亦偏向雅麗者。其實誠齋生平二萬首詩，天宇之下，何物不可吟！

戴選《宋詩選》錄其作品三十五首，超出歐、梅、王、二陳，僅比蘇、黃少，而與陸、范相埒，足見其重視之意。其中如〈暮宿半塗〉（頁 158）、〈次日醉歸〉（同上）、〈四月十三日渡鄱陽湖〉（頁 159）、〈釣雪舟中霜夜望月〉（頁 161）、〈中秋月長句〉（頁 162）、〈小雨〉、〈清明雨寒〉、〈夜坐〉（以上頁 164）、〈戲筆〉、〈霜曉〉（以上頁 165）、〈書莫讀〉等，皆為佳作。其中中秋月一首，突梯滑稽，又寫實如繪，比起李白、辛棄疾的同題材作品來，可說各有千秋，互不相讓。其諧謔作品，別樹一格，亦不可小覷。又，〈插秧歌〉（《宋詩三百首》頁 298）、〈憫農〉（頁 299）等皆為關心農民的詩作，亦深具感染力。

六十六、范成大

吾于汴宋，最愛子由；杭宋則深喜至能，真有驊騮騄耳歷都過塊之能，雖時亦霜蹄一蹶，要不礙千里之步。〈代聖集贈別〉：「一曲悲歌水倒流，樽前何計緩千憂？事如夢斷無尋處，人似春歸挽不留。草色黏天鵾鳩恨，雨聲連曉鷦鴣愁。迢迢綠浦帆飛遠，今夜新晴獨倚樓。」〈南徐道中〉：「半生行路與心違，又逐孤帆擘浪飛。吳岫擁雲遮望眼，楚江浮月冷征衣。長歌悲似垂垂淚，短夢紛如草草歸。若使一廛供閉戶，肯將青雀易紫扉？」〈入秭歸界〉：「山根繫馬得漿家，深入窮鄉事可嗟。蚯蚓崇人能作瘴，茱萸隨俗強煎茶。幽禽不見但聞語，野草無名都著花。窈窕崎嶇殊未艾，去程方始問三巴。」〈鄂州南樓〉：「誰將玉笛弄中秋？黃鶴飛來識舊遊。漢樹有情橫北渚，蜀江無餘抱南樓。燭天燈火三更市，搖月旌旗萬里舟。卻笑鱸鄉垂釣手，武昌魚好便淹留。」此石湖帥蜀歸過鄂州作也。古云「寧飲建業水，莫食武昌魚」，卻如此點化！〈再渡胥口〉：「古來此地快蓬心，天繞明湖日照臨。一雁雲平時隱見，兩山波動對浮沉。衰鬈都共荻花老，醉面不如楓葉深。罾戶釣徒來問訊，去年盟在肯重尋？」以上諸詩，有似元、白者，有似許渾、韓偓者。又如「月從雪後皆奇夜，天向梅邊別有春」，

「鵬鷃相安無可笑,熊魚自古不能兼」,「定中久已安心竟,飽外何煩食肉飛」,「含風竹影淡留月,春雨蛩聲深怨秋」,俱有新趣。絕句之工者,〈兗州道中〉:「虎嘯狐鳴苦竹叢,魂驚終日走蒙茸。松林斷處前山缺,又見南湖數十峯。」〈冬日田園雜興〉:「斜日低山片月高,睡餘行藥繞江郊。霜風掃盡千林葉,閑倚筇枝數鶴巢。」尤澹秀可愛。范嘗使于金,賦詩曰:「萬里孤臣致命秋,此身何止一浮漚。提携漢節同生死,休問羝羊解乳否!」此尤其生平大節,不止呫嗶之士。〈請息齋書事〉:「蝨裏趨時真是賊,虎中宣力任為倀。」「賊」字太不文,然下句終是快語,亦可愁時破涕也。

按:成大固南宋大家,可與陸、楊鼎峙。賀裳就多方面評讚其詩:溫婉、平易、工麗、有新趣,善美化、澹秀可愛、大節凜然、快語破涕,不一而足。然最能代表石湖者,仍為他的田園詩,他是儲光羲的繼紹者,下啟鄭燮諸人:雖為封疆大吏,仍時時以平民為念,且能貼近農家生活,一一加以白描抒寫,令人沁心會意。其〈田園雜興〉十六首,允為招牌詩:「坐睡覺來無一事,滿窗晴日看蠶生。」「自擷溪毛充滿供,短篷風雨宿橫塘。」「男解牽牛女能織,不須徼福渡河星。」「晚來拭淨南窗紙,便覺斜陽一倍紅。」(《宋詩選》頁156～157)不勝枚舉。又〈鄱陽湖〉五排亦甚秀出:(頁150):「淒悲鴻雁來,泱漭魚龍蟄。雷霆一鼓罷,星斗萬里濕。漁翻漁火碎,月落村舂急。折葦已紛披,衰楊尚僵立。長年畏簡書,今夕念簑笠。江湖有佳思,逆旅百憂集。」前六句字字清麗,後六句亦能稱之。古今鄱陽湖詩之冠冕乎!

六十七、陸　游

　　余讀《瀛奎律髓》得務觀一篇,則有洋洋盈耳之喜,及閱《劍南全集》,不覺前意頓減。大抵才具無多,意境不遠,惟善寫眼前景物,而音節琅然可聽。一詩中必有一聯致語,如雨中草色,蔥翠欲滴。間出新脆之句,如十月海棠,枯條特發數蕊,妖豔撩人。亦時為激昂磊

落之言，頗有彌衡塌地來前、嵇康揚鎚不輟之態。要惟七言近體有之，餘不能爾。其淋漓最動人者，長篇惟〈題少陵畫像〉，叙三百年前事，聲容如見，亦令人忽忽難堪。〈江樓醉中作〉：「淋漓百榼宴江樓，秉燭揮毫氣尚遒。天上但聞星主酒，人間寧有地埋憂？生希李廣名飛將，死慕劉伶贈醉侯。戲語佳人頻一笑，錦城已是六年留。」公得爲石湖幕府，故縱懷若此。及守嚴述懷曰：「桐君故隱兩經秋，小院孤燈夜夜愁。名酒過于求趙璧，異書渾似借荊州。溪山勝處身難到，風月佳時事不休。安得連雲車載釀，金鞭重作浣花游。回憶舊時主賓，何可復得？正猶少陵在夔更思嚴武不已。」〈後寓歎〉：「貂蟬未必出兜鍪，要是蒼鷹憶下韝。彭澤徑歸端爲酒，輕車已老豈須侯！千年精衛心平海，三日於菟氣食牛。會與高人期物外，摩挲銅狄灞陵秋。」「千年精衛」，自指平日壯懷；「三日於菟」，指後進之士妄生短長者，如韓翃在夷門，同幕少年多輕之，文士蹉跎，每抱此恨，想公當日亦不免。〈書齋壁〉：「平生憂患苦縈纏，菱刺磨成芡實圓。天下不知誰竟是，古來惟有醉差賢。過堂未悟鐘將斃，眠柱誰知璧偶全！自笑爲農行沒世，尙如驚雁落空絃。」〈遣興〉：「莫笑龜堂磊塊胸，此中原可貯虛空。尙饒靈運先成佛，那計辛毗不作公。采藥偶逢丹井客，買簑因過玉宵翁。不須更問歸何許，散髮飄然萬里風。」〈感舊〉曰：「晚歲猶思事鞍馬，當時那信老耕桑！」及從歷世途，始有「此身幸已免虎口，有手但能持蟹螯」，「生來不啜猩猩酒，老去那營燕燕巢」，「賤天有事君知否，止乞柴荊到死關」之句。又喜其〈西窗〉：「西窗偏受夕陽明，好事能來慰此情。看畫客無寒具手，論書僧有折釵評。薑宜山茗供閒啜，豉下湖蒪喜共烹。酒肉朱門非我事，諸君小坐聽松聲。」若得如此，亦平地小神仙矣。明末忽崇尙宋詩，學陸無復體格，不復鍛鍊深思，僅于中聯作一二姿態語，餘盡不顧，起結草草，方言俗語，信腕直書。使游尙在，不平可勝言哉！

按：此條滔滔滾滾，無異一篇陸游論，除「才具無多，意境不遠」八　　字貶意太過外，允爲務觀知音。「惟善寫眼前景物」至「餘不能

爾」。字字切實。所舉各例，兼顧才色與陸游之人生歷程：「天上……贈醉侯。」四句，正是放翁之自畫像。放翁才闊意遠，但生平作詩萬首，今存九千餘，自不免重複之處、草率之處，若精選三百首，兩宋恐難有敵手。茲舉二首，以見其功夫境界：〈黃州〉（《宋詩選》頁 171）：「局促常悲類楚囚，遷流還欣學齊優。江聲不盡英雄恨，天意無私草木秋。萬里羈愁添白髮，一帆寒日還黃州。君看赤壁終陳迹，生子何須似仲謀。」是豪婉合一；〈漁翁〉（頁 170）：「江頭漁家結茆廬，青山當門畫不如；江烟淡淡雨疏疏，老翁破浪行捕魚。恨渠生來不讀書，江山如此一句無。我亦衰遲慙筆力，共對江山三歎息。」是柔婉親切之音。

六十八、四 靈

永嘉四靈，趙紫芝最為佼佼，如〈秋夜偶書〉：「此生漫與蠹魚同，白髮難收紙上功。輔嗣《易》行無漢學，玄暉詩變有唐風。夜長燈燼挑頻落，秋老蟲聲聽不窮。多少故人天祿貴，猶將寂寞歎揚雄。」〈示友〉：「中夜清寒入縕袍，一杯山茗當香醪。禽翻竹葉霜初下，人立梅花月正高。無欲自然心似水，有營何止事如毛。春來擬約蕭閑伴，同上天台看海潮。」第二聯神骨俱清，可謂脫西江塵土氣殆盡；頷聯卻似酸語敗群。然如「野水多於地，春山半是雲」，「池成逢夜雨，籬壞出秋山」，固是選語。又〈延禧觀〉：「鶴毛兼葉下，井氣與雲同。」此言丹氣也，妙甚。

按：四靈之作多纖巧，遠紹晚唐而不及，紫芝稍例外，上舉數例，清麗可挹。再引〈水際〉：（《宋詩選》頁 182）：「水際移居晚，薰風滿綠汀。密萍妨下釣，高柳礙觀星。忙是僧相過，閒惟雨可聽。尋思非久計，終憶自柴扃。」乍讀彷彿姚、賈之作。

翁卷視趙師秀差遜，長律佳句有「種得溪蒲生似髮，教成野鶴舞如人。」又〈寄趙靈秀〉：「閑燈妨遠夢，秋雨亂愁吟」，亦可喜。

按：翁卷詩亦略似姚合，另舉〈書隱者所居〉為證（頁 182）：「百事

已無機，空林不掩扉。蜂沾朝露出，鶴帶晚雲歸。石老苔爲貌，松寒薜作衣。山翁與漁父，相過轉依依。」中二聯尤佳妙。

　　二徐最劣，靈暉又不及靈淵。徐照瀑布詩，素號振拔，如「千年流不盡，六月地常寒」，無愧作者。結云：「人言深碧處，常有老龍蟠」，卻醜。徐璣佳句，則有「寒烟添竹色，疎雪亂梅花」，「水風涼遠樹，河影動疎星」，「月生林欲曉，雨過夏如秋」，皆其項上之臠。

按：徐照另有〈龍湫瀑布〉一首（頁183）：「飛下數千尺，全然無定形。電橫天日射，龍出石雲腥。壯勢春曾看，寒聲佛共聽。昔人云此水，洗目最能靈。」似較「千年」一首爲勝。徐璣好詩，尙有〈訪梅〉（頁183）：「訪梅行近郊，寒氣初淅瀝。欲開未開時，三點兩點白。清枝何蕭疎！幽香沉岑寂。頗知天姿殊，絕似人有得。逢君天一方，歡然舊相識。」總之，二徐長處，亦偏於寫景工巧。

六十九、嚴　羽

　　讀滄浪詩，眞如于繡鞟中獨見司隸將吏，且喜其言行相顧，不爲鸚鵡之效人語。古詩甚用功于太白，惜氣力不逮。短律有沈雲卿、岑嘉州之遺，長律于高適、李頎尤深，獨樂府不能入古，自得力于盛唐。酷愛其〈送客〉：「川程極目渺空波，送爾歸舟奈別何。南國音書須早寄，江湖春雁已無多。」〈廬陵客館雨霽登樓言懷寄友〉：「終日坐紛揉，邈然無少欣。登樓一登覽，始見萬山群。微雨洗殘暑，青天捲浮雲。襟懷兩廓落，朗若見夫君。見君君何在，顧影還獨笑。吏非金門遊，隱異滄洲調。江明秋月白，山空夜猿嘯。徒事百卷文，未返一竿釣。留滯豈勝悲，非君誰與謀？水寒終赴海，雁遠暫賓秋。舉世不可語，猶當問巢由。」觀此詩曲折步驟，足見其生平立言非妄。嚴精于紀律，有功詩學不少，吾終不推爲第一，獨屬之介甫。

按：嚴羽爲晚宋名家，詩名爲《滄浪詩話》所掩。賀氏抉出其詩歌淵源及美妙處，自是知音。且謂不推第一，則第二、三可乎？從來

崇滄浪者，無過於此。嚴詩除清空婉約者外，亦有反映亂世情事者，則非王孟而李杜矣，如〈客中別劉表叔季高〉（《紀事》卷63，頁1480b）：「悠悠遠別半生悲，白日相逢又語離。海內風塵驚不定，天邊消息到何時？洞庭旅鴈春歸盡，瓜步寒潮夜落遲，惆悵孤舟從此去，江湖未敢定前期。」

七十、趙　蕃

　　章泉論詩：「若欲波瀾闊，規模須放弘。」然如「淵明不可得見矣，得見菊花斯可爾」，亦稱爲佳，如此宏潤，吾不愛也。嘗有「紅葉連村雨，黃花獨徑秋。詩窮眞得瘦，酒薄不禁愁。」亦自佳。又〈哭蔡西山〉：「蘭枯蕙死迷三楚，雨暗雲昏礙九嶷」，大是悲壯，惜全篇入俗。唯〈咏菊〉差可：「蔓菊伶俜不自持，細香仍著野風吹。少年踴躍豈復夢，明日蕭條更自悲。潭水解令胡廣壽，夕英何補屈原飢？我今漫學潯陽隱，晚立寄懷空有詩。」又〈呈葉德璋司法〉：「政自摧頹同病鶴，況堪吟諷類寒蛩」，亦致語也。

按：趙蕃詩佳者亦多寒瘦之態，悲壯者只是偶得，且不能久續。另錄〈上巳〉（《紀事》卷59，頁1380）：「朝來一雨快陰晴，東郊有鳥閒關鳴。受風柳條不自惜，蘸水桃花可憐生。不見山陰蘭亭集，況乃長安麗人行。東西南北俱爲客，且送江頭返照明。」「東西南北」一句闊大，卻又繼之以「返照」。

七十一、劉克莊

　　〈李夫人招魂歌〉、〈趙昭儀春浴行〉、〈東阿王紀夢行〉僅竊西崑之似，他篇粗鹵者甚多。所作〈十老〉詩，尤多鄙俗，如〈老兵〉：「金瘡常有些兒痛」，〈老〉：「專巧三場恐未然」，眞堪笑倒。即如〈老妓〉「偏呼狎客少時名」，〈老妾〉「閒時擁髻尙風情」，似能刻劃，亦終不雅。然如〈挽陳師復〉：「闕下舉幡空太學，路傍臥轍幾遺民」，雖全篇鷙拙，二語自是金石之音。〈自題小室〉：「閣上大夫投欲死，甕間

吏部寢方酣」，亦小有致。〈暝色〉、〈早行〉，皆瑜勝于瑕。〈答定翁被酒〉二篇，尤是全璧：「牢落祠官冷似秋，賴詩消遣一襟愁。喜延明月常開戶，貪對青山懶下樓。客詫瀑奇邀往看，僧誇寺僻約來遊。何當與子分峯隱，飢嗅巖花渴飲流。」「酒戶當年頗著聲，可堪病起困飛觥。醉呼褚令爲傖父，狂喚桓公作老兵。舊有崢嶸皆剗去，新無壘塊可澆平。投床懶取騷經看，只嗅梅花解宿醒。」風味差不惡也。

按：劉克莊詩亦有四千餘首，不免良莠不齊，有整飭者，亦有草率者。本條所舉被酒二首，的確高明，「喜延」、「客詫」二聯固有情調，末二句亦令人心怡。後一首用典而妙，結亦風致。另舉〈題忠勇廟〉（《紀事》卷 66，頁 1541）：「士各全軀命，惟侯視死輕。張巡髮盡怒，先軫面如生。短刃猶梟寇，空弩尚背城。新祠簫鼓盛，人敬此神明。」寫莊敬之態，別是一格。

七十二、江湖詩

江湖詩非無一二語善者，但全篇酸鄙。如韓南澗〈咏紅梅〉：「越女漫誇天下白，壽陽還作醉時粧」，其子澗泉〈寒食〉詩「吹盡海棠無步障，開成山柳有堆綿」，俱佳。戴式之詞鄙俚，詩不乏佳句，如〈寄尋梅者〉：「蜂黃塗額半含蕊，鶴膝翹空疏帶花」二句分狀其枝與鬚，頗有思致。結曰「此是尋梅端的處，折來須付與詩家」，則打油矣。戴尚多佳句，如「夜涼風動竹，人靜月當樓」，「雁影參差半江月，雞聲咿喔數家村」，「千江月色令人醉，半夜梅花入夢香」，「連朝好雨千山潤，昨夜新秋一葉知」，「樂在五湖風月底，扁舟載酒對西施」，「白石岡頭聞杜宇，對他人墓亦沾巾」，俱妙。

按：趙氏父子詩不免纖巧，式之詩則時有境界，不拘一格，但仍以寫景爲上。寫景、抒情並妙者亦不少覯。如〈湘中遇翁靈舒〉（《紀事》卷 63，頁 1474）：「天台山與雁山鄰，只隔中間一片雲。一片雲邊不相識，三千里外卻逢君。」此詩事巧境妙。二句、四句尤佳。〈白紵歌〉（同上）三、四、五言並用，調甚流走：「雲爲

緯，玉爲經。一織三滌手，織成一片冰。清如夷齊，可以爲衣；
陟彼西山，于以采薇。」連用四喻而行雲流水。式之可與後村比
肩。

七十三、王　鎡

　　王鎡生宋末，亦得賈、姚遺意。〈谿村〉：「水路隨春轉，谿晴踏
軟沙。斜陽晒魚網，疏竹露人家。行蟹上枯岸，飢禽啣落花。老翁分
石坐，閑話到桑麻。」〈寄友〉：「髮影明寒鏡，蕭蕭亦自憐。故人難
會面，行客又經年。晴雪添崖瀑，春雲雜燒烟。相思有書札，寫盡夜
燈前。」〈宿香巖院〉：「地爐煨火柏枝香，借宿寒寮到上方。山近白
雲歸古殿，風高黃葉響空廊。敲門僧踏梅花月，入夜猿啼楓樹霜。夢
醒不知窗日上，時聞清磬出僧堂。」中聯極風致，結太卑。短律固佳。

按：王鎡無籍籍名，此條所引三什，俱甚清越，而又寫實，故佳。再
　　引〈早行〉（《紀事》卷80，頁1798b）：「客程因太早，卻費一更
　　眠。落月已歸海，殘星猶在天。櫓聲荷葉浦，螢火豆花田。隔岸
　　誰家起，青燈遠樹邊。」不但歷歷如繪，且予人親臨其境之感。

七十四、文天祥

　　大節如信公，不特詩爲重。〈雲端〉：「半空夭矯起層台，傳道劉
安車馬來。山上自晴山下雨，倚欄平立看風雷。」如此氣魄，眞有履
險如夷之概。至若「人皆有喜榮三仕，我尚無文送五窮」，「酬菊醉餘
披草坐，探花吟罷帶花回」，語雖工，人可及也。

按：賀裳肯定文山亦能詩，所舉有氣勢勝者，或立意佳者，或有風致
　　者。他的代表作仍當以〈正氣歌〉（《宋詩選》頁184）、〈過零丁
　　洋〉（頁186）（「辛苦遭逢起一經，干戈落落四周星。山河破碎風
　　拋絮，身世飄搖雨打萍。皇恐灘頭說皇恐，零丁洋裏歎零丁。人
　　生自古誰無死，留取丹心照汗青。」）及〈亂雜歌六首〉（《紀事》
　　卷67，頁1565～1566）爲是。

七十五、林景熙

宋垂亡詩道反振。讀林景熙詩，眞令心眼一開。如「開池納天影，種竹引秋聲」、「日斜禽影亂，水落樹根懸」、「香飄苔徑花誰惜，影落沙泉鶴自看」、「老愛歸田追靖節，狂思入海訪安期」、「萱草堂深衣屢寄，桃花觀冷酒重携」、「僧閑時與雲來往，鶴老應知城是非」，眞視唐人無愧。〈咏秦本紀〉尤佳：「瑯琊台上晚雲平，虎視眈眈隘八紘。萬里不知人半死，三山空覓草長生。兆來鬼璧沙兵近，威動神鞭海石驚。書外有書焚不盡，一編圮上漢功名。」又〈夢回〉詩尤清妙：「夢回荒館月籠秋，何處砧聲喚客愁。深夜無風蓮葉響，水寒更有未眠鷗。」

按：林景熙生當宋末，而筆下有唐音，殊爲難得。「開池」以下六例，例例皆好，惟「鶴老應知城是非」稍生澀，〈咏秦本紀〉末二句尤出人意表，惟「萬里不知人半死」之半死不愜。〈夢回〉詩一字一吟，餘音繞樑。錢鍾書《宋詩選註》（木鐸出版社，69 年 6月）、戴君仁《宋詩選》均未選林一首，可謂遺珠之憾。《宋詩三百首》選其〈冬青花〉（頁 391）、〈山窗新糊有故朝封事稿閱之有感〉（頁 392）二首均好：「冬青花，花時一日腸九折。隔江風雨清影空，五月深山護微雪。石根雲氣龍所藏，尋常螻蟻不敢穴。移來此種非人間，曾識萬年觴底月。蜀魂飛遶百鳥臣，夜半一聲山竹裂。」此詩明寫冬青，實抒己心。西元 1278 年有人盜南宋帝后墓，事後南宋遺老林景熙、謝翱、唐珏等將高宗、孝宗骸骨埋于蘭亭，並移宋宮的冬青樹植其上，取其常綠不凋之意，作此詩以誌之。以不忍見冬青開花始，以不忍聽夜半鵑啼爲結，遺老心事不言而喻。此詩後四句尤超逸痛切。〈山窗〉一詩：「偶伴孤雲宿嶺東，四山欲雪地爐紅。何人一紙防秋疏，卻與山窗障北風。」以偶然之事寫心中之情，是詩人慣技。「北風」之言外思，有心人一目了然。

七十六、唐 涇

讀唐義士詩，眞令人泣下。如「鳳去只餘韶樂在，雁來還有帛書無？」（〈江南〉）「頻歲建杓移北斗，何人持節救東甌？」（〈徙廣〉）「火旗晻靄雲藏闕，水陣周遭雪壓城。」（〈徙海〉）「島上有人悲義士，水濱無處問君王。」（〈崖山〉）字字酸辛，固不獨〈冬青〉一作也。

按：所引四詩，以〈江南〉、〈徙海〉、〈崖山〉三首最感動人心。「火旗」二句較含蓄，「島上」二句直率而仍不失蘊藉。另有一首〈甲戌客臨安〉有副題「時賈似道當國」（《紀事》卷 81，頁 1851）：「金谷烟花醉未醒，鼾邊無夢到功名。十郎腹裏長函劍，六丈胸中舊貯兵。天豕星沉狼有影，海鰌風緊鶴無聲。如聞浩浩愁相訊，何日衣冠樂太平？」除抒寫自我胸懷外，憂國憂民之心，亦藹然若見。〈冬青〉之作，唐珏亦有，非唐涇作也。

七十七、謝 翱

〈效孟郊體〉曰：「牽牛秋正中，海白夜疑曙。野風吹空巢，波濤在孤樹。」蓋不徒優孟抵掌矣。公文亦似詩，得寒瘦之妙。

按：效人之作，不嫌其似，仍求其異。此詩「海白」、「波濤」二句甚妙，即東野亦未必能得。〈古釵歎〉（《紀事》卷 78，頁 1760b）寫偶得陵中古釵，回家後的情狀：「妻兒朝拜復暮拜，冉冉臥病不得瘥。省知天物厭凡庸，夜送白龍潭水中。」亦一趣事也。〈友人自杭回建寄別三首之一〉（《宋詩三百首》頁 396）：「水到衢城盡，梅花上嶺生。不如寄明月，步步送君行。」此詩前二句布局美妙，後二句詩思撩人。又〈過杭州故宮〉（頁 397）：「殘照下山花霧散，萬年枝上挂袈裟。」謝詩豈止寒瘦而已！

結 語

賀裳論宋詩，大抵有以下幾個特色：

一、心中有唐、宋之念，較不重視宋詩。

二、評論宋詩，仍常以唐詩爲準則。

三、貶抑南宋詩，對宋末詩反有讚語。

四、崇王荊公詩，許爲宋代第一，南宋則以范石湖爲首，與一般
　　看法稍有出入。

五、內涵與文彩技藝並重，有時偏此，有時偏彼。

六、甚重視寫景工妙之作，引述尤多。

七、卓見不少，成見亦頗深，常以「氣格」爲言，又不能明示家
　　數。

八、有時一篇文字，說盡大家長短，如對蘇軾、陸游。

九、有時特別拈舉不受人注意的詩篇或句段，同一作者最重要者
　　反不評論。

十、有特別愛好，如對嚴羽，可惜未能詳論。

十一、在古今宋詩論評中，可列前十名中。

第三章　賀裳論詩

壹、詩的內涵

一、論理與不論理

1. （滄浪）：「詩有別趣，非關理也。」然理原不足以礙詩之妙，如元次山〈舂陵行〉、孟東野〈遊子吟〉、韓退之〈琴操〉、李公垂（紳）〈憫農〉，眞是六經鼓吹。

按：此論固是。老杜集中，論理說理或達理之詩，豈止十百！西方詩中有所謂哲理詩，自成一大類，如美國的愛默森，便以哲理詩人名世。

2. 詩有無理而妙者，如李益「早知潮有信，嫁與弄潮兒」，此可以理求乎？然自是妙語。至如義山「八駿日行三萬里，穆王何事不重來？」則又無理之理，更進一層。總之詩不可執一而論。

按：「早知」二句，亦可說有主觀之理，女主角心中怨夫君久出不歸，故怨怒難消，誇言弄潮兒猶能及時而歸也。「八駿」二句，亦近於斯。詩不可一概而論，自是千古不刊之理。凡藝術皆如此。

3. 太背理亦不堪：溫飛卿〈博山香爐〉：「博山香熏欲成雲，錦段機絲妬鄂君。粉蝶團飛花轉影，彩鴛雙泳水生紋。」二聯形容香烟

之斜正聚散，雖紆曲猶可。末云：「見說楊朱無限淚，可能空爲路岐分？」因烟而思及淚，因淚而思及楊朱，用心眞爲僻奧，但燒香亦太濃矣，恐不是解兒。若如義山所云「獸焰微紅隔雲母」，安有是事？王元之〈雜興〉：「兩株桃杏映籬斜，裝點商州副使家。何事春風容不得，和鶯吹折數枝花？」其子嘉祐曰：「老杜嘗有『恰似春風相欺得，夜來吹折數枝花。』」但安有花枝吹折、鶯不飛去，和花同墜之理？此眞傷巧。

按：詩中用意若過于紆曲，或過于誇張，便予人不合理之感。不過〈博山香爐〉末句，或可解作香烟之千頭萬緒，更勝歧路之紛繁。鶯在枝頭，擾花使墜，亦尚合理。

二、末流之變

詩家宗派，雖有淵源，然推遷既多，往往耳孫不符鼻祖。如鄭谷受知于李頻，李頻受知于姚合，姚合與賈島友善，兼效其詩體。今以姚、鄭並觀，何異皋橋廡下賃舂婦與臨卭當壚者同列，始知凡事盡然。陸務觀本於曾茶山，茶山生硬粗鄙，務觀逸韻翩翩，此鶴巢之出鸞鳳也。

按：詩人傳承，有直接者，有間接者，有一蟹不如一蟹，亦有青出於藍者，不可一概而論。又：姚合固好，是否能比女中卓文君？鄭谷亦非遊妓。曾幾詩亦有佳者，不但陸游稱許他：「發于文章，雅正純粹，而詩尤工，以杜甫、黃庭堅爲宗。」（〈曾文清公墓誌銘〉），許印芳也評其〈嶺梅〉「傳神寫意在離合間，爲咏物高手」；〈雪作〉爲方回推爲南宋咏雪詩之冠，紀昀以爲淺語自然，超過蘇、黃詩什。（以上俱見《瀛奎律髓》），曾幾五百五十八首詩中，至少有一兩百首是好詩，賀裳一偏之見，實不可盡信。

三、三 偷

1. 偷 意

謝惠連〈擣衣詩〉：「腰帶准疇昔，不知今是非。」張籍〈白紵歌〉

則曰：「裁縫長短不能定，自持刀尺向姑前。」裴說〈寄邊衣〉則曰：
「愁捻銀針信手縫，惆悵無人試寬窄。」雖語益加妍，意實原本于謝。
庖饌變換得宜，寫亦可口。又如金昌緒「打起黃鶯兒，莫教枝上啼。
啼時驚妾夢，不得到遼西。」令狐楚則曰：「綺席春眠覺，紗窗曉望
迷。朦朧殘夢裏，猶自在遼西。」張仲素更曰：「裊裊城　邊柳，青
青陌上桑。提籠忘採葉，昨夜夢漁陽。」或反語以見奇，或循蹊而別
悟，若盡如此，何病於偷。

按：偷意中有兩類，一為語變而意存，即是黃庭堅所說的「換骨」法，
　　如張、裴之於惠連，意既不變，語已加妍，自是可取。另一類為
　　語不大改，意已變換，即反語及別悟，乃是山谷所謂的「奪胎法」，
　　有時愈變愈奇，有時根本就是翻案法。如令狐、仲素之變昌緒，
　　亦自可許。

2. 偷　法

　　偷法一事，名家不免。如劉禹錫「山圍故國周遭在，潮打空城寂
寞回。淮水東邊舊時月，夜深還過女牆來。」杜牧之「烟籠寒水月籠
沙，夜泊秦淮近酒家。商女不知亡國恨，隔江猶唱後庭花。」韋端己
「江南霏霏江草齊，六朝如夢鳥空啼。無情最是台城柳，依舊烟籠十
里堤。」三詩雖各詠一事，意調實則相同。偷法一事，誠不能不犯，
但當為韓信之背水，不則為虞詡之增竈，慎毋為邵青之火牛可耳。

按：此條所舉數例，其實都是換骨法，仍是廣義的「意」，說是偷法，
　　稍為勉強。按紹興年間水賊邵青作亂，王德擊潰之，諜言青將用
　　火牛捲土重來，德笑曰：「是古法也。」賀裳用在此處，意謂弄
　　巧成拙。

　　升菴曰：「謝靈運詩『明月入綺窗，髣髴想蕙質』，乃杜工部『落
月』『屋梁』之所祖。」余以杜雖本于謝，杜語殊勝。「綺窗」、「蕙質」，
未免修飾；「屋梁」、「顏色」，自是老氣也。至杜審言「水作琴中聽」，
溫庭筠化為「偶逢秋澗似琴聲」，又似韻勝其質。

按：杜甫「明月照屋梁，猶疑見顏色。」果勝于謝之原句；溫作亦略
　　勝杜審言一籌，誠為青出于藍，但此二例亦是偷意，只老杜上句
　　有「偷法」之嫌。

又按：賀氏另舉數例，大都為偷意之作，如錢惟演之「雙蜂上簾額，
　　獨鵲裊庭柯」，陳俊齋以為本于韋蘇州〈聽鶯曲〉：「有時斷續
　　聽不了，飛去花枝猶裊裊。」韋是飛去之後，花枝自裊，力在
　　「飛」字，錢乃初集之時，鵲與枝同裊，景尤可愛，意不相同。
　　然則此乃「偷字」和「換意」，說是「偷法」，仍不準確。又如
　　杜牧〈邊上聞笳〉：「何處吹笳薄暮天，塞垣高鳥沒狼煙。遊人
　　一聽頭堪白，蘇武爭經十九年！」令狐楚〈塞上曲〉：「陰磧茫
　　茫塞草腓，桔橰烽上暮煙飛。交河北望天連海，蘇武曾將漢節
　　歸。」二詩同用蘇武事而俱佳，杜詩止于感嘆，令狐便有激發
　　忠義之意。此為奪胎法。

3. 偷　句

　　按賀裳原未標出此目，但所用資料，實有此項，故代為析出：

　　聶夷中詩，有古直悲涼之氣，但皆竊美于人。如「鋤禾日當午，
汗滴禾上土」，李紳詩也，但改一田字，上加以「父耕原上田，子斸
山下荒。六月禾未秀，官家已修倉。」又如「生在綺羅下」，「君淚濡
羅巾」，本東野〈征婦怨〉，移其次篇後四語于前，前篇則刪前四句，
第改「綠羅」為「綺羅」，「千里」為「萬里」，「常在手」為「今在手」，
「今得隨妾身」為「日得隨路塵」，「如得風」為「如烟飛」。至「欲
別牽郎衣」則直用。夫偷語為鈍賊，茲更直盜其篇。

按：此中大部分為偷句，「日得」、「如烟」二例為偷法。明人李攀龍
　　常將古人樂府改三數字，以為己作，此偷句、偷篇之尤者。

四、翻　案

　　晚唐人多好翻案。如溫飛卿「但得戚姬甘定分，不應真有紫芝翁。」

徐寅則有「張均兄弟今何在，卻是楊妃死報君。」此猶陰平之師，出奇倖勝。王介甫〈明妃曲〉二篇，詩猶可觀，然意在翻案。如「家人萬里傳消息，好在氈城莫相憶。君不見咫尺長門閉阿嬌，人生失意無南北。」其後篇益甚。至高季迪長篇，則翻案愈奇，結句曰：「妾語還憑歸使傳，妾身沒虜不須憐。願君莫殺毛延壽，留畫商巖夢裏賢。」意則正矣，有此事否？恐終是文人之語，非兒女子之言也。此終不如儲光羲「胡王知妾不勝悲，樂府皆傳漢國詞。朝來馬上〈箜篌引〉，稍似宮中閒夜時。」大都詩貴入情，不須立異，後人欲求勝古人，遂愈不如古矣。又郭代公曰：「自嫁單于國，長銜漢掖悲。容顏自憔悴，有甚畫圖時。」樂天則曰：「漢使卻迴憑寄語，黃金何日贖蛾眉？君王若問妾顏色，莫道不如宮裏時。」似此翻案卻佳，蓋尤為切情合事也。

按：所舉王昭君數例，仍以王安石〈明妃曲〉最好，除前舉外，「漢恩自淺胡恩深」、「意態由來畫不成」亦皆佳思。高啓詩扯到傅說身上，未免想像力太溢出，但誠如賀氏所說，不太切合昭君身分及心態；白居易四句便寫出女子心臆，郭子儀詩句亦切合情理。又按入情入理固詩之一大準則，求奇而妙，亦是一功。為翻案而翻案，自遠不如心中想法和感受本來不同一般，滿心而發，是猶自抒，是「立案」也。清人袁枚喜倡翻案，己作亦多妙語，但仍有過度做作者，此喜好翻案者之前車之鑑也。

五、詠　史

　　詠史雖是意氣棲託之地，亦須比擬當于其倫。如「漢業存亡俯仰中，留侯于此每從容。固陵始議韓彭地，複道方圖雍齒封。」嗚呼，是徒知進言之易，不知中節之難也。劉邦城府較項羽深，非沙中偶語，必不可乞雍齒之封，不至固陵，不可為韓、彭乞地也。昔人稱留侯善藏其用，此語最當。又曰：「天下紛紛未一定，販繒屠狗尚雄誇。東陵豈是無能者，獨傍青門手種瓜。」此詩乍觀則佳，細思則謬。邵平

身居侯爵，不能救秦之亡，何稱能者？觀其說蕭相國，蓋一明哲保身之士耳，絳、灌與高祖同起徒步，少困閭里，自是秦之失人，反以其屠販為笑乎？吾亦知介甫是寄託之言，終傷輕率。至詠王章曰：「區區女子無高意，追憶牛衣暖即休。」此論卻高，非俗子可到。「輕刑死人眾，短喪生者偷。仁孝自此薄，哀哉不能謀。露台惜百金，霸陵無高丘。淺恩施一時，長患被九州。」此詩亦美而未善。大抵荊公目無千古，見神宗云：「唐太宗不足法，當以堯舜為師。」宜其並薄漢文。究所設施，國亂民愁，神宗之世，安能及文帝萬一！介甫沾沾自負，文人妄語！

按：言詠史詩，應自左思說起，李杜牧之義山均有可評論者。此條以「意氣寄託」始，固有見地，但所討論者皆為王安石詩。賀裳以安石詩為宋代第一，卻不滿其人之自負，且認為他治國無方。「漢業」一詩，其實意思很清楚，說它不中節，似乎太苛。說邵平事，四句有深意，蓋時勢可造英雄，英雄不敵時勢也。秦之頹亡，豈邵平可救？蒙恬、李斯亦束手無策。「追憶牛衣」之吟意，可以舉一反三。「輕刑」一詩，吾意乃善而未必美，亦與賀意相左。

　　子瞻作〈秦穆公墓〉詩曰：「昔公生不誅孟明，豈有死之日而忍用其良？乃知三子殉公意，亦如齊之二子從田橫。」語意高妙。然細思之，終是文人翻案法。〈黃鳥〉曰：「臨其穴，惴惴其慄。」感恩而殺身者然乎？讀者毋作癡人前說夢可也。

按：此二評都有理。後者或有見仁見智處。

　　子由曰：「桓文服荊楚，安取破國都？孔明不料敵，一世空馳驅。」余以此言太謬，丕之于漢，豈若楚之於周哉！漢賊不兩立，鞠躬盡瘁，豈得與共主尚存者等！

按：蘇轍原意，是說孔明之軍力及軍事造詣不足，故未能破魏竟功，何謬之有！

　　人惟忘情者能作極不情之事。如柳下惠坐懷不亂。孔子見衛夫

人，即此種力量。李華〈詠史〉：「沂水春可涉，泮宮映楊葉。麗色異人間，珊珊搖珮環。展禽恆獨處，深巷禾生黍。城上飛海雲，城中暗春雨。適來鳴珮者，復是誰家女？泥沾珠綴履，雨濕翠毛簪。電影閉蓮臉，雷聲飛蕙心。自言沂水曲，采蘋兼采菉。歸徑雖可尋，天陰光景促。憐君貞且獨，願許君家宿。徒勞惜衾枕，子不顧雙蛾。豔質誠可重，淫風如禮何！周王惑褒姒，城闕成陂陁。」則此女直一登牆窺宋之東家，展先生亦特一魯男子耳。此欲形其介，反失聖人之大也。〈詠四皓〉曰：「後代無其人，戾園滿秋草。」暗諷太子瑛、光王瑤、鄂王琚之事，可謂切妙。然如「側聞驪姬事，申生不自保。暫出商山雲，揭來趨灑掃。」一何直戇。當時潛移默奪，寧至作此語言！至賈幼鄰〈詠馮昭儀當熊〉：「王孫莫諫獵，賤妾解當熊。」爾日捐軀魏主，正倉卒中計無復之之事，豈恃此而遂任其君冒險？一場好事，被鈍筆敘壞。

按：賀裳論詩，時有偏見而苛求作者。李華〈詠史〉吟柳下惠事，欲求其詳，故直敍直抒，似稍嫌率眞。但「反失聖人之大」未免迂闊。若能簡而抒之，至「復是誰家女」戛然而止，或可留下讀者想像之空間。詠申生事別出心裁，亦何不佳！在詩言詩，不必盡拘史實也。

六、豔　詩

正人不宜作豔詩，然《毛詩》首篇即言河洲窈窕，固無妨于涉筆，但須樂而不淫乃善。如「愁來欲奏相思曲，抱得秦箏不忍彈」，尚是止乎禮義。至「時芳不待妾，玉珮無處誇。悔不盛年時，嫁與青樓家。」語雖工，未免激而傷雅。王龍標「忽見陌頭楊柳色」，即「時芳不待妾」之意，妙在不說出。「悔教夫婿覓封侯」亦即此悔，但悔得稍正。

按：賀裳似把豔詩的定義擴大，直解作情詩，故〈關雎〉屬之，以今人看來，崔顥「時芳」一詩，有何「激而傷雅」之處！詩中本另有一種邏輯也。按王昌齡「忽見」二句，只是說良人久出不歸，

　　婦人見春思春，並不與「時芳不待妾」同義，此處是賀裳誤讀。

　　王適「已能憔悴今如此，更復含情一待君」，徐安期「不須面上渾粧卻，留著雙眉待畫人」，蔡環「但恐愁容不相識，為教恆著別時衣。」皆〈草蟲〉、〈杕杜〉之遺音，「飛蓬」、「曲局」之轉境也。即劉希夷「願作輕羅著細腰，願為明鏡分嬌面」，徐安貞「曲成虛憶青蛾斂，調急遙憐玉指寒。銀鑰重關聽未闢，不如眠去夢中看」，尚寫虛景，不失〈漢廣〉、〈株駒〉之意。至元稹、杜牧、李商隱、韓偓，而上宮之迎，墲垣之望，不惟極意形容，兼亦直認無諱，真桑、濮耳孫也。元、白、溫、李，皆稱豔手。然樂天惟「來如春夢幾多時，去似朝雲無覓處」一篇為難堪，餘猶《國風》之好色。飛卿「曲巷斜臨」、「翠羽花冠」、「微風和暖」等篇，俱無刻劃，杜牧極為狼籍，然如「綠楊深巷馬頭斜」，「馬鞭斜拂笑回頭」，「笑臉還須待我開」，「背插金釵笑向人」，大抵縱恣於旗亭北里間，自云「青樓薄倖」，不虛耳。元微之「頻頻聞動中門鎖，猶帶春酲懶相送」，李義山「書被催成墨未濃」，「車走雷聲語未通」，始真是浪子宰相，清狂從事。

按：賀裳雖情思迂闊，但對唐代情詩，真閱讀有得，拈舉王、徐、元、白、小杜、溫、李、韓偓諸人，俱有眼光獨到之處，而各各實例，亦其精華，如義山二例，十分精彩。可惜未討論韓偓的正宗豔詩。黃白山之評語，說到「風雅罪人」，尺度顯然比賀裳更狹窄。

　　唐人豔詩，妙于如或見之。如崔顥「鬥來鬥百草，度日不成粧」，儼然閨秀。王維「散黛恨猶輕，插釵嫌未正。同心勿遽遊，幸待春粧竟」，儼然一官嬪。韓致堯「隔簾窺綠齒，映柱送微波」，直畫出一手語之紅綃矣。

按：此條專論豔詩中形容描寫之工巧，尤以切合女子身分為重心，舉例甚好。

　　孟襄陽，素心士也。其〈庭橘〉：「並生憐其蒂，相示感同心」，一何婉昵！至若「照水空白愛，折花將遺誰」，真有生香真色之妙，

覺老杜「香霧雲鬟」、「清輝玉臂」，未免太官樣粧矣。王諲〈閨怨〉：「昨夜頻夢見，夫壻莫應知」，情癡語也；情不癡不深。然其〈後庭怨〉曰：「獨立每看斜日盡，孤眠直至殘燈死。」迷離至此，毋論作詩當以此為轉步，人事或宜有此感通。張潮〈江風行〉：「商賈歸欲盡，君今向巴東。巴東有巫山，窈窕神女顏。常恐遊此方，果然不知還。」亦以癡而入妙。「妾夢不離江水上，人傳郎在鳳凰山」，即《小雅》「赫赫南仲，薄伐西戎」意，妙得風聞恍惚，驚疑不定之意。劉方平〈京兆眉〉：「新作蛾眉樣，誰將月裏同。有來凡幾日，相效滿城中。」似嘲似惜，卻全是一片矜能炫慧之意，可謂入微。人各有能有不能，不宜強作。李獻吉一代大手，輕豔殊非所長，效義山作〈無題〉曰：「班女愁來賦興豪」，「豪」字戇甚。閨閣語言，寧傷婉弱，不宜壯健。

按：此條所論甚廣。先誇獎孟浩然素心吟情，生香真色，依約婉轉，甚至超出杜甫的〈月夜〉。其實〈月夜〉憶妻，自可如此寫照，不可一概而論也。讚王諲詩為情癡語，又惕其迷離，其實不必。張潮〈江風行〉癡而入妙，自是一絕；「妾夢」二句，似對非對，驚疑不安中有癡有怨。劉方平〈京兆眉〉之婉妙入微，勝過方平他作。而明人李夢陽居然在賀裳眼中是「一代大手」，亦令人驚詫。「豪」字是否戇，是見仁見智事，寫班女，非寫楊妃也。「賦興豪」，亦未必是「壯健」也。

七、詠　物

詠物惟精切乃佳，如少陵之詠馬詠鷹，雖寫生者不能到。至於晚唐，氣益靡弱，間于長律中出一二俊語，便翕然得名。然八句中率著牽湊，不能全佳，間有形容入俗者。如雍陶〈白鷺〉：「立當青草人先見，行傍白蓮魚未知」，可為佳絕。至「一足獨拳寒雨裏，數聲相叫早秋時」，已成俗韻。此黏皮帶骨之累也。末句「林塘得爾須增價，況是詩家物色宜」，竟成打油惡道矣。鄭谷以〈鷓鴣〉詩得名，雖全篇勻淨，警句竟不如雍。如「雨昏青草湖邊過，花落黃陵廟裏啼」，

不過淡淡寫景，未能刻劃。又崔珏〈鴛鴦〉詩凡數章，其佳句如「暫分烟島猶回首，只渡寒塘亦並飛」，「溪頭日暖眠沙穩，渡口風寒浴浪稀」，「紅絲毿落眠汀處，白雪花成蹙浪時」，亦微有致，但神似亦不及雍也。至「映霧盡迷珠殿瓦，逐梭齊上玉人機」，語雖可觀，然邇之瓦與錦，終屬牽曳。又「琴上只聞交頸語，窗前空展共飛詩」，亦鄭谷「遊子乍聞征袖濕，佳人才唱翠眉低」類耳。樂天〈鶴〉詩：「低頭只恐丹砂落，曬翅常疑白雪消」，意態俱佳。然「轉覺鸕鶿毛色下，苦嫌鸚鵡語聲嬌」，亦不老氣。至宋人謂詠禽須言標致，只及羽毛飛鳴則陋，此論僻不足從。

按：詠鳥而工巧不易，一因前人詠者已多，二因詩人細識物理者畢竟不多，對鳥之生態形姿及習性，未必一一了然於心，故工妙者少。「精切」二字，談何容易！老杜于馬于鷹，顯然有長期觀照之經驗，配合他的才情，乃能感人動人。雍陶〈白鷺〉二句便見風姿，「一足」一句尚好，「數聲」一句便嫌湊合。鄭谷〈鷓鴣〉詩勻停，便較耐讀。映霧逐梭，牽曳稍遠，是詠物詩通病之一。白居易鶴詩，下比鸕鶿（按應作鷺鷥，樂天自誤；鸕鶿極醜，何可比鶴！）、鸚鵡，確實不見好處。

山谷〈酴醾〉詩：「露濕何郎試湯餅，日烘荀令炷爐香。」楊誠齋云：「此以美大夫比花也。」余以所言未盡，上言其白，下言其香。又云：「此詩出奇，古人未有。」此亦余、宋落花一類，總出玉溪，固非獨創。此二語尚不及東坡〈紅梅〉「寒心未肯隨春態，酒暈無端上玉肌」，尤無痕跡。當時卻盛稱其〈海棠〉詩：「朱唇得酒暈生臉，翠袖卷紗紅映肉」，此猶甘鮮而專取厚胾也。梅聖俞〈詠茨〉詩：「蝟毛蒼蒼礫不死，銅盤矗矗釘頭生」，如此形容，真堪發笑。羅隱〈牡丹〉「若教解語應傾國，任是無情也動人」何等風致，宋人反謂不能臻其妙處！宋人詠物詩亦自有工者，如林和靖〈蝴蝶〉詩：「清宿露花應自得，暖爭風絮欲相高」，神情俱以矣。李君虞曰：「梁空繞復息，

簀寒窺欲遍」，眞似早燕，詠物如此，晚唐人俱拜下風，何論于宋！

按：此條舉示五首植物詩，其中山谷〈酴醿〉詩應屬中品，上言白，
　　下喻香，但用典過於刻劃；東坡〈紅梅〉詩可居上品，自然無斧
　　鑿痕。〈海棠〉之下句過於雕琢，反覺有痕。梅堯臣苿詩毫無生
　　氣，可貶之下品。羅隱〈牡丹〉詩爲上品，風致嬌然。另外有兩
　　首動物詩：林逋之〈蝴蝶〉生趣活潑，李君虞之〈早燕〉擬人而
　　不覺，自有其風情焉。

八、詠　事

　　東坡曰：「論畫以形似，見與兒童鄰。賦詩必此詩，定知非詩人。」
此言論畫，猶得失參半，論詩則深入三昧。昔人稱退之：「一間茅屋
祭昭王」爲晚唐第一，余以不如許渾〈經始皇墓遠甚〉：「龍蟠虎踞樹
層層，勢入浮雲亦是崩。一種青山秋草裏，路人惟拜漢文陵。」本詠
秦始，卻言漢文，韓原詠昭王廟，此則於題外相形，意味深長多矣。
即摩詰「莫以今時寵，能忘舊日恩。看花滿眼淚，不共楚王言。」正
以詠餅師婦佳耳，若直詠息夫人，有何意味！

按：東坡此詩四句原作「定非知詩人」，較好。退之今稱中唐，古人
　　固有以廣義之晚唐歸之者。直寫昭王，固不如借人喻人好，王、
　　許二例皆然；此一原則，自可有例外，但大體不錯。

　　「宿昔青門裏，蓬萊仗數移。花嬌迎雜樹，龍喜出平池。落日留
王母，微風倚少兒。宮中行樂秘，少有外人知。」少兒指秦、虢、韓。
「留王母」，玄宗數召方士入禁中，頗有神仙之好，故特借漢武事喻
之。此詩較「飛燕昭陽」，眞風流蘊藉。

按：此詩固較含蓄，末二句仍不免稍直。若老杜〈麗人行〉之「楊花
　　雪落覆白蘋，青鳥飛去銜紅巾。」才眞當得起「風流蘊藉」四字。

九、用意——用典

　　楊億酷愛義山「珠箔輕明拂玉墀，披香前殿鬥腰肢。不須看盡魚

龍戲，終遣君王怒偃師」，以爲寓意深妙。此詩只形容女子慧心、男子一姤字耳。用《列子》：周穆王因獻工人偃師造能倡者獻王，該倡表演畢，瞬其目招王侍妾，王怒欲誅偃師，師立剖散倡者，蓋皆革木膠膝丹青之所爲，悉假物也。義山又有〈亂石〉一詩，亦深妙。「虎踞龍蟠縱復橫」，即柳州所云「怒者虎鬥，企者鳥厲」也。「星光才斂雨痕生」，乃用星隕地爲石兼將雨則礎潤二意。「不須併礙東西路，哭殺廚頭阮步兵。」魏步兵廚有美酒，阮籍因乞爲步兵校尉；又常駕車而出，不由徑路；每遇途窮，則慟哭而返。亂石塞路，有類途窮，此義山寄托之詞，而意味深遠。義山又有〈食笋呈座中〉詩：「皇都陸海應無數，忍剪凌雲一寸心？」〈蜀桐〉詩：「枉教紫鳳無棲處，斲作秋琴彈〈廣陵〉」，亦即〈亂石〉意，但以不使事，故語亮然。叔夜死而〈廣陵散〉不傳，言外有知音難遇意，此語亦深也。

按：此條歷舉用典數例，又以不用典而意涵近似者比較之，皆取李義
　　山詩爲之。因爲義山是最喜用典、最善用典之詩人。不過阮籍、
　　嵇康二典熟、偃師一典生，固有等級之差，故「珠箔」一絕解者
　　益少耳。

　　作詩貴于用意，又必有味，斯佳。義山〈槿花〉詩：「燕體傷風力，雞香積露文。殷鮮一相雜，嗁笑兩難分。月裏靜無姊，雲中亦有君。三清與仙島，何事亦離群？」此詩殊不可解，余嘗句揣之：「燕體」句言花枝娟弱，搖曳風中，猶燕之受風也。「雞香」者，雞舌香，入直者含之，言花含露而香似之，蓋以對上「燕」字。第三句言其色，第四句言其態。第五第六又因「嗁笑」句來，以美人喻花，又非凡間美人可擬，故引「月姊」、「雲君」，以「仙島」、「離群」結之，見是天所謫降者。不徒奧僻，實亦牽強支離，有心勞日拙之憾。按「月姊」二句，又用之〈李花〉詩，當是其得意語，實不然。義山又有〈李花〉詩：「自明無月夜，強笑欲風天」，詠物只須如此，何必詭僻如前作。又〈宿晉昌亭聞驚禽〉：「羈緒鰥鰥夜景侵，高窗不掩見驚禽。飛來曲

渚烟方合，過盡南塘樹更深。」數語寫景如畫。後聯「胡馬嘶和榆塞笛，楚猿吟雜橘村砧。失群掛木知何限，遠隔天涯共此心。」始以「羈緒」而感「警禽」，又因警禽而思及塞馬、楚猿之失偶傷離者，雖則情深，徑路何紆折也！

按：此條首言「作詩貴於用意」，本非至語。後歷舉數例，俱言義山用典太奧僻，且不免支離破碎，中間舉「羈緒」四句，讚其寫景如畫，可見不用典反勝於用典。其真義已自明矣。

十、佳句各有所宜

詩中佳句，有宜於作絕句者，有宜于作律詩者。如高適〈哭單父梁少府〉，本係古詩長篇，《集異記》載旗亭伶官所謳，乃截首四句為規章：「開篋淚沾臆，見君前日書。夜台猶寂寞，疑是子雲居。」以原詩並觀，絕句果言短長意，淒涼萬狀。朱長文「瓜步早潮吞建業，蒜山晴雪照揚州。」不惟寫景工，兼有氣象，卻是律詩中好語；忽然遽止，令讀者悵悵如失，有蛟龍無股之歎。

按：古詩、近體之體格本異，佳於此者未必妙於彼，而〈哭單父〉一詩，其實兩相宜。又，有宜于作絕句而不宜律詩者，亦有兩相宜者。如朱長文「瓜步」一聯，在絕句亦自有氣韻，不必求其為蛟龍也。此事固為見仁見智者。

十一、詩嫌于盡

劉希夷「將軍闢轅門，耿介當風立」，頗甚氣岸。陶翰「日落沙塵昏，背河更一戰」，尤為健決。劉結曰：「獻凱歸京師，軍容何翕習」，盡興語也。陶結曰：「東出咸陽門，哀哀淚如霰」，敗興語也。崔國輔〈從軍行〉：「塞北胡霜下，營州索兵救。夜裏偷道行，將軍馬亦瘦。刀光照塞月，陣色明如畫。傳聞賊滿山，已共前鋒鬥。」一段踴躍之氣，勃勃言下。觀上官昭儀評沈、宋〈晦日昆明詩〉優劣，足定數詩高下。劉長卿曰：「回首虜騎合，城下漢兵稀。白刃兩相向，黃雲愁

不飛。手中無尺鐵，徒欲穿重圍。」亦妙于作不了語，其摹寫悍勇，則神彩更在崔上。

按：有餘不盡、餘音繞樑，本是詩之法則之一，所舉數例皆好，惟「東去」二句，確爲敗興語，蓋「背河更一戰」下，不宜有「哀哀淚如霰」也。〈從軍行〉之結，乃所謂「開放式結尾」，小說常用之，詩亦不鮮見，令讀者有充分回味、想像之空間。劉長卿之「手中」二句結語亦然。不了了之，非論文之軌則，而確是詩之妙用之一。

十二、改古人詩

　　王荊公好改古人詩，如王駕〈晴景〉：「雨前初見花間蕊，雨後兼無葉底花。蜂蝶飛來過牆去，應疑春色在人家。」介甫改爲「雨前不見花間蕊，雨後全無葉底花。蜂蝶紛紛過牆去，卻疑春色在鄰家。」前詩載〈百家選〉，後詩刻己集中。按介甫所云「疑」，乃因蜂蝶過牆而人疑之也，著力在「紛紛」二字；駕所謂「疑」，乃蜂蝶疑而飛去，人疑其疑也，著眼在「飛去」二字，兩意俱佳。但「卻疑」意只一層，「應疑」意有兩層。至改「蟬噪林逾靜，鳥鳴山更幽」爲「茅簷相對坐終日，一鳥不鳴山更幽」，則眞規圓方竹杖矣。然如劉貢父「明日扁舟滄海去，卻將雲裏望蓬萊」，改爲「雲氣」，亦自飛蟲之獲。又古樂府：「庭前一樹梅，寒多未覺開。只言花是雪，不悟有香來。」介甫又改爲「牆角數枝梅，凌寒獨自開。遙知不是雪，爲有暗香來。」雖用其語，卻全反其意，亦自可嘉。然細味之，則古人之意婉，介甫之氣直。大抵介甫一生，不徒事事立異，性亦不耐含蓄。

按：擅改古人詩，不足爲訓。但改得好時，亦是一功。蓋詩文乃人類之共同產業也。佛頭著糞，則大可不必，如「一鳥不鳴山更幽」是也。〈晴景〉二本，各有千秋，但王詩較爽朗，反覺較有韻味。梅詩亦然。樂府四句，固不如王詩之氣韻也。賀裳一主王詩爲宋詩第一，二說他不耐含蓄，令人殊不可解。

　　樂天「丘墟北門外，寒食誰家哭？風吹曠野紙錢飛，古墓纍纍春

草綠。棠梨花映白楊樹，盡是死生離別處。冥漠重泉哭不聞，瀟瀟暮雨人歸去。」東坡易以「烏飛鵲噪昏喬木，清明寒食誰家哭」，此如美人梳掠已竟，增插一釵，究其美處豈繫此？至張子野衍其「花非花」為小詞，則披庭之流入北里也。

按：蘇軾易白詩末二句，非僅增釵，抑且減色。至於張先改「花非花」
　　為詞，佳人易裝耳，不可謂之流入北里！

　　謝榛喜改人詩。白樂天〈昭君〉詩：「漢使卻回憑寄語：黃金何日贖蛾眉？君王若問妾顏色，莫道不如宮裏時。」謝云：「此雖不忘君，而詞意兩拙。」因改之曰：「使者南歸重妾思，黃金何日贖蛾眉？漢家天子如相問，莫道不如宮裏時。」岑嘉州〈初至犍為作〉：「山色軒楹內，灘聲枕席聞。草生公府靜，花落訟庭閒。雲雨連三峽，風塵接百蠻。到來能幾日？不覺鬢毛斑。」改為「之官能幾日，兩鬢易成斑。雲雨低三峽，風塵暗百蠻。鳥啼公府靜，花落訟庭閒。獨夜饒詩思，灘聲枕席間。」二詩枉自譸張，竟無高出。又曰：「作詩有堂上語，堂下語。若李太白『黃鶴樓中吹玉笛，江城五月落〈梅花〉』，若上官臨下官，動有昂然氣象，此堂上語也。凡下官見上官，所言殊有條理，不免局促之狀。若劉禹錫『舊時王謝堂前燕，飛入尋常百姓家』，此堂下語也。」因改為「王謝豪華春草裏，堂前燕子落誰家？」嗚呼，此何異登徒之婦，為東家子施朱粉耶！戴叔倫〈除夜宿石頭驛〉：「旅館誰相問？寒燈獨可親。一年將盡夜，萬里未歸人。寥落悲前事，支離笑此身。愁顏與衰鬢，明日又逢春。」首聯寫客舍蕭條之景，次聯嗚咽自不待言，第三聯不勝俛仰盛衰之感，恰與「衰鬢」、「逢春」緊相呼應，可謂深得性情之分，反謂「五言律兩聯若綱目四條，辭不必詳，意不必貫，八句意相聯屬，中無罅隙，何以含蓄？」遂改為「燈火石頭驛，風烟揚子津。一年將盡夜，萬里未歸人。萍梗南浮越，功名西向秦。明朝對青鏡，衰鬢又逢春。」只圖對仗整齊，堆垛擁擠，有詞無意，何能動人？誠所謂膠離朱之目也。至欲改「澄江靜如練」

為「秋江靜如練」，此何止于血指！茂秦又嘗改宋之問「攀巖踐苔易，迷路出花難」為「攀巖踐苔滑，迷路出花遲」，劉長卿「向人寒燭靜，帶雨夜鐘深。」為「向人寒燭盡，帶雨夜鐘微。」此三字卻佳。

按：謝榛《四溟詩話》論詩頗有創見，改詩則常鑄金為鐵。改王安石昭君詩，首句反不如原作，其他難說高下，亦自不必；改岑參詩，亦不如原作情感之自然流露。劉禹錫一詩，謝榛誤讀在先，改為平庸在後。戴叔倫除夜詩，改出「萍梗」一聯，亦不如原作自然。「澄江」、「秋江」，改之無聊。「遲」、「盡」、「微」三字，確改得好，「微」字尤切。

十三、集　句

余最不喜集句詩，以佳則僅一斑爛衣，不且百補破衲也。惟王介甫集〈胡笳十八拍〉，一氣生成，略無掇拾之跡，且委曲入情，能道琰心事。首篇曰：「良人執戟明光裏，所慕靈妃媲蕭史。空房寂寞施繐帷，棄我不待白頭時。」其三曰：「更輈雕鞍教走馬，玉骨瘦來無一把。幾回拋鞚抱鞍橋，往往驚墮馬蹄下。」其五曰：「十三學得琵琶成，繡幕重重捲畫屏。一見郎來雙眼明，勸我酤酒花前傾。齊言此夕樂未央，豈知此聲能斷腸？如今正南看北斗，言語傳情不如手。低眉信手續續彈，彈看飛鴻勸胡酒。」其七曰：「明明漢月空相識，道路只今多擁隔。去住彼此無消息，時獨看雲淚霑臆。豺狼喜怒難姑息，自倚紅顏能騎射。千言萬語無人會，漫倚文章真末策。」此語尤與琰切合也。其八曰：「暮去朝來顏色改，四時天氣總愁人：」其十一曰：「晚來幽獨恐傷神，惟見沙蓬水柳春。破除萬事無過酒，虜酒千杯不醉人。含情欲說更無語，一生長恨奈何許。饑對酪肉兮不能餐，強來前帳臨歌舞。」十二曰：「歸來展轉到五更，起看北斗天未明。秦人築城備胡處，擾擾惟有牛羊聲。萬里飛蓬映天過，風吹漢地衣裳破。欲往城南望城北，三步回頭五步坐。」十三曰：「自斷此生休問天，生得胡兒擬棄捐。一始扶床一初坐，抱攜扶持皆可憐。寧知遠使問名

姓，引袖拭淚悲且慶。悲莫悲兮生別離，悲在君家留兩兒。」十五日：
「當時悔來歸又恨，洛陽宮殿焚燒盡。紛紛黎庶逐黃巾，心折此時無
一寸。慟哭秋原何處村，千家今有百家存。爭持酒食來相饋，舊事無
人可共論。」此詩之妙，不減〈後出塞〉。十六日：「此身飲罷無歸處，
心懷百憂復千慮，天翻地覆誰得知，魏公垂淚嫁文姬。天涯憔悴身，
托命于新人。念我出腹子，使我歎恨勞精神。新人新人聽我語，我所
思兮在何所？母子分離兮意難任，死生不相知兮何處尋？」十七日：
「燕山雪花大如席，與兒洗面作光澤。悅然天地半夜白，閨中祇是空
相憶。點注桃花舒小紅，與兒洗面作華容。欲問平安無使來，桃花依
舊笑春風。」十八柏俱佳，獨舉此者，以其尤入神境耳。然介甫餘所
集古律詩，俱不足觀也。

按：說集句詩而獨舉安石之〈胡笳十八拍〉，正顯示賀裳對荊公之特
　　別崇敬愛賞也。此詩煞費苦心，由古樂府、老杜、白樂天以下，
　　無不取材，原題有關于昭君、玉環諸人者，用到蔡琰身上，無不
　　絲絲入扣，眞是天衣無縫之作，其中如「暮去朝來顏色改，四時
　　天氣總愁人。」「破除萬事無過酒，虜酒千杯不醉人。……」云
　　云，更令人愛不忍釋。集句詩尤佳者，還有文天祥之集杜二百首，
　　借老杜以自抒，情境與身分往往切合，亦爲絕作。今人裴普賢著
　　有《集句詩研究》（學生書局，64 年 11 月）、《集句詩研究續集》
　　（學生書局，68 年 2 月），取材甚夥，分析亦詳，可以參看。

十四、和　詩

　　古人和意不和韻，故篇什多佳。稍于元、白作俑，極于蘇、黃助
瀾，遂成藝林業海。然如子瞻和陶〈飲酒〉，雖不似陶，尚有雙雕並起
之妙。至子由所和，竟不知何語矣。子瞻惠州炙食羊骨，謂子由三年
堂庖所飽芻豢，滅齒而不得骨，豈復知此味？此詩和于秉政時，宜其
強笑而不樂也。然余喜其「生平不飲酒，欲醉何由成」，反眞率得陶致。
按：此條有三要義：一、古人和意不和韻，故易好；後人一味和韻，

便不易好，元、白其始作俑者。二、蘇軾和陶詩不似陶，因二人性格不同、處境不同，但東坡自有其意境，故曰雙鵰並起之妙。三、子由和陶便不佳，強為不樂，惟「生平」二句真率自得，有陶詩風味。

又按：第一點十分真切，吾無間言。第二點亦是，但亦偶有真似陶者。第三點大致亦是。其實子由《欒城集》中，和詩及次韻詩甚多，幾近一半，有損其詩之藝術價值，大抵和子瞻老兄者較佳。

貳、詩之技巧

一、一聯工力不均

詩有名為佳聯而上下句工力不能均敵者，如夏子喬「山勢蜂腰斷，溪流燕尾分」，陳傳道「一鳩鳴午集，雙燕話春愁」，唐子西「片雲明外暗，斜日雨邊晴」，皆下句勝上句，李濤「掃地樹留影，拂床琴有聲」，則上句勝下句，以此知工力悉配之難。宋延清初唐名家，然如「秋虹映晚日」，固不及下句「紅鶴弄清烟」之妙。又〈江南曲〉：「採花驚曙鳥，摘葉餵春蠶」，摘葉餵蠶僅一事，因採花而鳥驚，一句中有兩折，亦上句勝也。

按：所謂「才難」，往往被當作下句不如上句、或下句勝過上句之理由，其實避免此一遺憾之方法有二：一為勤思，二為延宕，即得一好句，不急求其偶，若李賀置句囊中更求其全是也。在技巧上，近體詩（尤指律詩）之對仗，求工求巧，自屬本分，但若上句平淡，下句奇工，亦可有烘雲托月之效，然上句工妙而下句平庸，便不免予人衰塌之感。黃白山認為詩人往往先得下句，而以上句湊之，或上句已得，下句為韻所縛，不得不遷就為之。其言頗是。老杜「接宴身兼杖」妙，下句「聽歌淚滿衣」則庸。然若「聽歌」切合情境，則亦不必定評為「庸甚」。「摘葉餵春蠶」亦可作如是

解。可把摘葉和上句之探花視作同一次行爲，先後不拘，則主角之行徑亦可由此十字窺見其一般矣。陸游亦嘗爲人評作出句每好於對句，如「才名塞天地，身世老風塵」（〈讀李杜詩〉），若將此視作李、杜之生涯寫照，亦自無上下句參差之嫌；下二句「士固難推挽，人誰不貧賤」便不能爲賢者諱了──後五字自不免湊合之失。又〈寄隱士〉之「奇書窺鳥跡，靈藥得人形」，後句亦湊；「浩浩天風積，冥冥海風清」（以上俱見商務印書館《陸游詩》，黃逸之選註，59 年 2 月，頁 100～101）便較爲自然勻稱。總之，律詩中二聯，句句穩當工妙，本不容易，但作者允宜久吟細敲，勿使匆遽成對；不得已時，上平下奇或上緩下警可也。

二、前後失貫

作詩宜首尾貫徹，老杜〈簡蘇傒〉曰：「君不見道邊廢棄池，君不見前者摧折桐。百年死樹中琴瑟，一斛舊水藏蛟龍。丈夫蓋棺事始定，君今幸未成老翁，何恨憔悴在山中。」頗有高致，但結句曰：「深山窮谷不可處，霹靂魍魎兼狂風」，忽如此轉，不惟與上意相反，味亦索然，縱竿頭進步，不宜爾。

駱義烏〈玩初月〉詩「忌滿光恆缺」，雖著議論，故自佳。但後二句「既能明似鏡，何用曲如鈎」，何爲又別立論頭，不顧前旨？

按：老杜〈簡蘇傒〉先說「何恨憔悴在山中」，末了轉爲「深山窮谷不可處」，確爲心意一轉，但人之於友，每有不同心腸，一思如此，二想如彼，固不必求其完全一貫也。至於是否「味索然」，則亦見仁見智。至於駱賓王之〈玩初月〉，果係前後矛盾，宜改絃更轍也。此事本不甚難，關鍵在作者吟成後多讀幾遍，反覆比對推敲，則其疵必可改去，不似上下聯不稱之才難、機難也。

三、字　法

作詩雖不必拘拘字句，然往往以字不工而害其句，句不工而害其

篇。如林處士「鳥戀藥欄長孤立，樹欺詩壁半旁生」，膾炙古今。愚意「欺」字未善，當作愛惜遜避之意，始與「旁生」字相應。又東坡長君邁有「葉隨流水歸何處，牛帶寒鴉過別村」，寫景亦佳，然「何處」固不及「別村」之工。作詩雖貴句烹字鍊，至入險僻，別亦可憎。如武允蹈「露萱鉗宿蝶，風木撼鳴鳩」，極其苦搜，十字中止得一「鉗」字，餘更不新。然新而入俗，何貴于新？又「屋頭風過雁，燈背月移窗」，亦由苦吟而出，究竟不雅。

按：本條涉及兩個課題：一為恰當與否，一為雅俗問題，又涉及險僻問題。「樹欺詩壁」，若將「欺」字解釋作「欺身」，便自可愛而不俗。而蘇邁之「葉隨流水歸何處」，「何處」縱不及「別村」，亦不得斥之為不工，「何處」者，不可逆料也，其實「別村」中亦有不可知之因素。武允蹈（宋代詩人）之「鉗」字，不但險、俗，主要的缺憾是不工切。「燈背月移窗」之「背」與上句之「頭」，似落俗而親切，則不以不雅疵之可也。

　　下字尤忌氣質，如王鎬〈送潘文叔〉「催租例擾潘放老，付麥誰憐石曼卿」，語意俱佳，「例」字卻張致可厭。古有佳事入詩反俗者，如王介甫應學士召，王介以詩諷之曰：「蕙帳一空生曉寒」，極有清氣，上句「草廬三顧動春蟄」，一何鄙俚，皆由不鍊字之故。若以雅字易去「動春蟄」，則善矣。

按：前例之「例」字，亦未必可厭，好在生新而不是套語，黃白山建議改「頗」，何嘗較好，也許改「深」字稍佳。下一例「動春蟄」又何嘗鄙俚，關鍵在於本不甚切耳。

　　風土詩雖宜精切，亦以韻勝為貴。如許棠〈送龍州樊使君〉：「土產惟宜藥，王租只供金」，周繇〈送人尉黔中〉：「公庭飛白鳥，官俸請丹砂」，古所共推。然許語無周之雅，不得謂朴直勝點染也。

按：「供金」固不如「丹砂」雅，但寫詩仍須顧及實事實情，若一味求雅而失實，乃得不償失也。二者之間，或可求取平衡。

　　方干暑夜正浴，時有微雨，忽聞蟬聲，因而得句，自謂三年乃得，即「蟬曳餘聲過別枝」，然上句爲「鶴盤遠勢投孤嶼」，太露咬文嚼字之態，不及下語之工。凡作詩鍊字，必自然無跡，斯爲雅道。

　　作詩鍊字之難，乃在既欲求工巧乃至入妙，而又不能不自然。「鶴盤遠勢」的確有做作之嫌。

四、屬　對

　　佳句每難佳對，義山之才，猶抱此恨。如〈秋日晚思〉「枕寒莊蝶去」，雖用莊周夢蝶事，實是寒不成寐耳；對曰「窗冷胤螢消」，此卻是眞螢，未免借對，不如上句遠矣。〈雪〉詩：「馬似困鹽車」，佳句也；上云「人疑遊麵市」，卻醜。〈深樹見櫻桃一顆〉：「痛已被鶯含」，事容有之，實爲俊句；上句「惜堪充鳳食」，又涉牽湊。〈僧壁〉：「琥珀初成憶舊松」，實勝賈島「種子作喬松」，總言禪臘之久耳；上句「蚌胎未滿思新桂」，語雖工，思之殊不甚關切。

按：此條指出屬對三原則：一虛實要一致，二、上下要勻稱，三、要切合事理人情。這三個原則，後二者千古難易，第一則卻有商酌餘地；虛實相襯相生，往往別有妙趣。如〈秋日晚思〉以螢對蝶，自有興味，不必迂拘虛實也。「麵市」確俗，「鳳食」亦湊，「蚌胎」一句，也眞不切身分。

　　陶瑾〈山居〉：「江燕定巢來自數，巖花落子結還稀」，相傳爲佳句。然江燕以定巢而其來自數，意從「巢」字斷，巖花已落，子結還稀，意乃斷于「落」字，由此言之，對殊不工。

按：這是賀裳屬對論的第四個原則：上句與下句之句法應一致，至少字數分配結構要同一。此法自可贊同。黃白山以爲此詩「本是落子，非落花也。」乃是另一解。

　　宋人巧獵名色，正對外，有就對，有蹉對，有扇對，惟所言假對，最穿鑿可厭。如「廚人具雞黍，稚子摘楊梅」，謂以「楊」借「羊」。

「因尋樵子徑，偶到葛洪家」，謂以「子」借「紫」，以「洪」借「紅」。
「五峯高不下，萬木幾經秋」，謂以「下」借「夏」。「閒聽一夜雨，
更對柏巖僧」，是以「柏」借「百」。「住山今十載，明日又遷居」，是
以「遷」借「千」。真支離鄙細。宋人口法大家，實競小巧。如「曾
求竹醉日，更問柳眠時」，工而纖，亦有「赤子」、「朱耶」之勝。又
呂居仁〈海陵雜興〉：「土俗尊魚婢，生涯欠木奴」，當時以為佳對。
岑參〈北庭〉詩：「雁寒通鹽澤，龍堆接醋溝」，可謂天生巧合。

按：就對、借對等名目雖為宋人所設定，唐人早已有此種作法，如「雞
　　黍」、「楊梅」一對，可解作「楊」借「羊」，亦可說成植物對動
　　物。其實不必太拘。宋人愛說各種對法，若作詩者循軌而作，或
　　不免塵下。宋人求巧，自不如唐人大方，但岑參之〈北庭〉，亦
　　妙手得耳，非故意雕刻也。

　　對仗精工，誠為佳事，但作詩必觀大意，往往以爭奇字句之間，
意不得遠，則亦不貴。飛卿〈山中與道友夜坐聞邊防不寧因示同志〉：
「龍沙鐵馬犯烟塵，迹近群鷗意倍親。風捲蓬根屯戊己，月移松影守
庚申。韜鈐豈足為經濟，巖壑何嘗是隱淪。心許故人知此意，古來知
者竟誰人？」漢有戊己校尉，又人身有三尸蟲，每遇庚申日，乘人之
寐，訴人過於上帝，道家于此日，輒不寢以守之。溫以邊警，又與道
友夜坐，故用此二事，組織干支，真為工巧。但上下不貫，乍觀觸目，
締思則言外殊無感發人意。若其詠〈蘇武廟〉：「回日樓臺非甲帳，去
時冠劍是丁年」，運思雖亦小巧，卻一意貫穿，泯然無跡，妙矣。

按：以干支互對，委實乏味，主要原因是詩情詩意不足，而不是前後
　　不貫串。「甲帳」、「丁年」只各用天干一字，較好。

　　中晚人好以虛對實，如元微之「花枝滿院空啼鳥，塵塌無人憶臥
龍」，李義山「此日六軍同駐馬，當時七夕笑牽牛」，皆援他事對目前
之景。然持戟徘徊，憑肩私語，皆明皇實事，不為全虛，雖借用牽牛，
可謂巧心潛發。對有工而反俗者，如許渾〈贈王山人〉：「君臣藥在寧

憂病，子母錢多豈患貧」，固知鍊句必先揀料。

按：義山「此日」一聯，眞是妙手天成，比元微之「花枝」一聯生色
　　而自然。許渾「君臣」一聯，患不在俗，在有湊合之嫌。

五、音　調

　　人之臧否，不在形骸；詩之工拙，不專聲調，捉刀人鬚眉不及崔
琰，不害其爲英雄。若侏儒自惡其短，而高冠巍屣重裘，飾爲魁梧，
不大可笑乎！且作詩宜有氣格，不宜有氣質。宋人誤以氣質爲氣格，
遂以生硬爲高，鄙俚爲樸。始於數名家作俑，至末流益甚。如王庭珪
〈送胡澹菴謫新州〉：「癡兒不了公家事，男子要爲天下奇」，立意亦
佳，但上句口角浮薄，下句有倖倖之狀。又如俞秀老「夜深童子喚不
醒，猛虎一聲山月高」，此豈佳事，而謂可與「爐烟消盡寒燈晦，童
子開門雪滿松」，「日午獨覺無餘聲，山童隔竹敲茶臼」並驅也！至所
謂折句法，尤可憎。如胡考「鸚鵡杯且酌清濁，麒麟閣懶畫丹青」，
正所謂折腰之步，令人嘔噦。至如楊次公「八十丈虹晴臥影，一千頃
玉碧無瑕」，僧顯萬「河搖星斗三更後，月掛梧桐一丈高」，摹擬處總
落粗俗。又黃白石〈咏雪〉：「願縮天人散花手，放渠奔走趁晨炊」，
語既酸鄙，狀尤扭捏。即劉過〈送王簡卿〉：「放開筆下閒風月，收拾
胸中舊甲兵」，亦非雅談。宋人力貶綺靡，意欲澹雅，不覺竟入酸陋。
如戴敏才「引些渠水添池滿，移箇柴門傍竹開」，二虛字惡甚，其子
復古「一心似水惟平好，萬事如棋不著高」，高菊磵「主人一笑先呼
酒，勸客三杯便當茶」，王夢弼「三年受用惟栽竹，一日工夫半爲梅」，
方翥〈寄友〉：「胸中襞積千般事，到得相逢一語無」，程東夫「荒村
三月不肉味，并與瓜茄倚閣休」，當時自以爲入情切事，不知皆村兒
之語。宋詩之惡，生硬鄙俚兩途盡之。更有一種：「山如仁者壽，水
似聖之清」，太學究氣；「浮雲一任閒舒卷，萬古青山只麼清」，太禪
和氣，皆凌夷風雅者。

按：此條明言音調，實半評宋詩。賀裳所謂「氣質」，乃指粗魯而言。

而且標準甚苛。「癡兒」一句，有何浮薄！「男子」一句，有何悖悖，賀氏過矣。「猛虎一聲山月高」，自非雅事，然若是寫實，亦為奇句，賀氏只知雅事韻事為詩，不知詩材滿天下，何所不在！宋人有優於唐人者，此其一也。折句法即「三、四」或「三、二、二」句法，固然有些生拗，然偶一用之，亦有調和作用，或因難見巧，不可一筆抹煞。詩中用數字，若順乎自然，發自胸臆，則雖「白髮三千丈」，所不忌也；若刻意為之，則切須自戒。驟謂之「村兒語」，大可不必。「山如」一聯，是有學究氣，但仍須看前後文而後論定。「浮雲」一聯亦好，未可以「只麼」一詞而歸之為「禪和氣」。

吳體詩子美時或作之，其音節和平溫麗者，不徒八九而已。如孔子侃侃之容，亦只朝與下大夫言時，遇上大夫則已誾誾，私覿則愉愉，燕居又申申夭夭矣，豈終日行行乎！東坡曰：「今人學杜甫詩，得其粗俗而已。」誠然誠然。

按：杜甫偶作吳體，亦姿韻天成，後人學之，自不能及。然杜甫決不常作。學杜得其粗俗，山谷是一人，後山是半人，簡齋便不粗俗。

宋人好用成語入四六，後并用之于詩，故多硬戀。如丁黼〈送錢尉〉：「不能刺刺對婢子，已是昂昂眞丈夫」，所謂食生不化。范石湖營壽藏作詩曰：「縱有千年鐵門限，終須一箇土饅頭」，眞欲笑殺。宋人亦往往有佳思，苦以拙句敗之。如王鎬「澄江明月一竿絲」，未免意清語重，上句「凍雪寒梅雙屐蠟」，字字疊砌，豈復成語？雖然，無平不陂，物情顛倒，安知此種不仍為病顙駒，所冀雲霧不常迷，百世下終難逃明眼人鑒別。

按：以成語入詩，固是一忌，古今同然，入四六則尚可容許。范成大偶出詼諧，「鐵門限」、「土饅頭」亦頗有趣，亦自有意旨，不必一意斥笑也。王鎬「凍雪」一句，亦非疊砌，只是不夠自然。賀裳有如西方之古典主義者，規步矩行，嚴格劃分詩與非詩之界

限，其論詩有得亦有失。

六、詩魔——吟詩限字

宋有進士許洞，會諸詩僧分題，出一紙，約不得犯山、水、風、雲、竹、石、花、草、雪、霜、星、月、禽、鳥之類。于是諸僧閣筆。余意除卻此十四字，縱復成詩，亦不能佳，猶庖人去五味、樂人去絲竹也。按九僧皆宗賈島、姚合，賈詩非借景不妍，要不特賈，即謝朓、王維，不免受困。歐公在穎州作雪詩，戒不得用玉、月、梨、梅、練、絮、白、舞、鵝、鶴、銀等事，後四十年，子瞻復作，二公之什俱在，殊不足觀。固知釣奇立意，設苛法以困人，究亦自困耳。

按：作詩限字，本不足訓，困人自困，其理一也。但賀裳以爲山、水、風、雲諸字乃庖人之五味、樂人之絲竹，亦過言矣。天下之文字，千千萬萬，詩人何不可用，何不可吟，豈限此十數字耶？此西方古典之義之弊，賀裳亦不幸蹈之！

參、批評之批評

一、宋人議論拘執

宋人作詩蠢拙，論詩則過于苛細。如嚴維「柳塘春水漫，花塢夕陽遲」，此偶寫目前之景，如風人榛苓、桃棘之義，實則山不止於榛隰、不止于苓園，亦不止于桃棘也。劉貢父曰：「夕陽遲則繫花，春水漫不須柳。」漁隱（按：胡仔）又曰：「此論非是。夕陽遲乃繫于塢，初不繫花。以此言之，則春水漫不必柳塘，夕陽遲豈獨花塢哉！」不知此酬劉長卿之作，偶爾寄興于夕陽春水，非詠夕陽春水也。夕陽春水，雖則無限，花柳映之，豈不更爲增妍！倘云野塘山塢，有何味耶？又皮光業「行人折柳和春絮，飛燕銜泥帶落花。」裴光約曰：「二句偏枯不爲工，柳當有絮，泥或無花。」不知泥中不全帶落花，帶落花者亦間有之。此是詩家點染法。劉中叟詠桃花曰：「桃花雨過碎紅

飛，半逐溪流半染泥。何處飛來雙燕子，一時銜在畫梁西。」又周邦彥小詞：「新笋看成堂下竹，落花都上燕巢泥。」秦觀「杏花零落燕泥香」，蓋詞人數數用之，必欲執無者以蓋有者，不幾於搖手不得，毋乃太沾滯乎！又如「袖中諫草朝天去，頭上花枝待燕歸」，以「諫草」對「花枝」，雖亦近纖，乃曰：「進諫必以章疏，無用稿之理！」安知章疏不已上達而留稿袖中？吹毛何太甚也？歐陽公評賈島曰：「『鬢邊雖有絲，不堪織寒衣』，就令堪織，能得幾何？」余以此近諧謔，聊快其談鋒耳，不應活句死看。

按：「諫草」或不盡妥，亦不必爲之強解。此外「柳塘」以下諸例，宋人均不免吹毛求疵，有時曲爲之解，有時拘執現實之一斑，否決了詩中意象或創意。「鬢邊」二句，是詼諧，但亦不深切人心。

　　凡摹擬最忌入俗。姚合形容山邑荒僻，官況蕭條，曰：「馬隨山鹿放，雞雜野禽棲」，眞刻劃而不傷雅。至「縣古槐根出」猶可；下云「官清馬骨高」，「官清」二字太著痕跡，「馬骨高」尤入俗諢。梅聖俞乃言勝前二語，眞是顚倒。「汝南晨雞喔喔鳴，城頭鼓角聲和平。路旁老人憶舊事，相與感泣皆涕零。老人收拾前致辭，官軍入城人不知。忽驚元和十二載，重見天寶承平時。」前二句謂兵不血刃，兇渠就縛之易，未見蔡人慶幸之意。雖高文典冊不及柳州二〈雅〉，勁淨流動則過之，夢得自負亦不謬。〈隱居詩話〉乃云：「起結兩聯，不知爲何說。」何異盲者照鏡邪？〈傷愚溪〉：「溪水悠悠春自來，草堂無主燕飛回。隔簾惟見中庭草，一樹山榴依舊開。」「草聖數行留壞壁，木奴千樹屬鄰家。惟見里門通德榜，殘陽寂寞出樵車。」摹寫荒涼之概，眞覺言與泗俱。《詩眼》乃譏其「于子厚了無益，殆〈折楊〉、〈黃華〉之雄，易售于流俗。」此詩自因僧言零陵來，言愚溪無曩時之觀而述所聞以寄恨耳，非頌非誄，非誌非狀，將必欲盛揚子厚之美而後爲有益乎？山谷遊廬山，與群僧圍爐，偶舉「一方明月可中庭」之句，一僧遽云：「何不曰『一方明月滿中庭』？」此僧眞可與二家鼎足也。

按：賀裳論宋人說詩之弊，有四個方向：一、過於苛細，二、無當於
　　理，三、正反倒置，四、不解原作意旨。所舉示各例，大致恰當。
　　其中姚合「官清馬骨高」一句，「高」字或有湊韻之失，謂之「入
　　俗諢」，恐亦太過。「一方明月可中庭」，「可」字尖新，「滿中庭」
　　則平常之至也。

　　小杜〈赤壁〉詩，古今膾炙，漁隱獨稱其好異。至許彥周則痛詆
之，謂「孫氏霸業，繫此一戰，社稷存亡，生靈塗炭，都不問，只恐
捉了二喬，可見措大不識好惡。」詩人之言，何可拘泥至此！若必執
此相責，則汨羅之沉，其繫心宗國何若！宋玉〈招魂〉，略不之及，
但言飲食宮室，玩好音樂，至于「長髮曼鬋」、「蛾眉曼睩」，箴乎喻
之以淫也，將使風、騷道絕矣！詳味詩旨，牧之實有不滿公瑾之意。
牧嘗自負知兵，好作大言，每借題自寫胸懷。尺量寸度，豈所以閱神
駿于牝牡驪黃之外！「公道世間惟白髮，貴人頭上不曾饒」，「年年檢
點人間事，惟有春風不世情」，此最粗直之句，而宋人稱之。〈華清宮〉
二篇及〈赤壁〉詩，最有意味，則又敲扑不已，可謂薰蕕不辨。

按：此條專說小杜詩。許彥周論詩，一向拘執，似不解詩道者。〈赤
　　壁〉之妙，正在末二句，而彥周不解，故拂逆其意而貶之。可是
　　賀裳以〈招魂〉譬之，亦不安當。蓋〈招魂〉據今人考據，乃屈
　　原自招之辭（或云招楚王亡魂），故不可能及於他懷沙自盡之事。
　　但宋人論詩，亦有不少高明者，不可一概而論。如「公道」二句、
　　「年年」二句，皆有可觀，賀氏譏以「粗直」，亦太苛矣。

　　宋人多不喜孟詩。嚴滄浪曰：「孟郊之詩刻苦，讀之使人不歡。」
又曰：「憔悴枯槁，其氣局促不伸，退之許之如此，何耶？」《青箱雜
記》：「孟東野『出門即有礙，誰謂天地寬？』此褊狹者之詞也。」蘇
轍亦指此為「唐人工于為詩，陋于聞道」。東坡亦有〈讀孟詩〉：「夜
讀孟郊詩，細字如牛毛。寒燈照昏花，佳處時一遭。孤芳擢荒穢，苦
語餘詩騷。水清石鑿鑿，湍激不受篙。初如食小魚，所得不償勞。又

似煮蟛蜞，竟日嚼空螯。要當鬥僧清，未足當韓豪。人生如朝露，日夜火煎膏。何苦將兩耳，聽此寒蟲號？不如且置之，飲我玉卮醪。」東野訴窮歎屈之詞太多，讀其集頻聞呻吟之聲，使人不歡。但跼天蹐地，〈雅〉亦有之，「終窶且貧」，〈邶風〉先有此歎。且尤不可與樂天比擬。樂天一生，官運亨通，屢典名郡，東南山水之區，恣其遨遊。東野窮餓，不得安養其親，五十始得一第，才尉溧陽，又困于禿令，此其身世何如，而與白較！二蘇皆年少成名，雖有謫遷之悲，未歷饑寒之厄，宜有此不知痛癢之言。且韓詩雖氣魄勝之，而深厚處不及，故有「吾願身爲雲，東野變爲龍。四方上下逐東野，雖有離別無由逢」之句。此老自云：「若世無孔子，不當在弟子之列。」豈輕于自貶者！至於賈雖爲詠物之言，僅律詩有佳句，風、騷、樂府之體，實未之備。如〈列女操〉：「波瀾誓不起，妾心井中水。」〈薄命妾〉：「青山有蘼蕪，淚葉長不乾。」〈塘下行〉：「徒將白羽扇，調妾木蘭花。不是城頭樹，那棲來去鴉？」〈去婦篇〉：「君心匣中鏡，一破不復全。妾心藕中絲，雖斷猶牽連。」情深致婉，妙有諷諭。至若贈文應、道月：「不踐有命草，但飲無聲泉。」「尋常晝日行，不使身影斜。」賈雖經爲僧，未能如此形容也。又如〈贈鄭鲂〉：「天地入胸臆，吁嗟生風雷。文章得其微，物象由我裁。宋玉逞大句，李白飛狂才。苟非聖賢心，孰與造化該？勉矣鄭夫子，驪珠今始胎。」〈送豆盧策歸別墅〉：「短松鶴不巢，高日雲始棲。君今瀟湘去，意與雲鶴齊。力買奇險地，手開清淺溪。身披薜荔衣，山陟莓苔梯。一卷冰雪文，避俗常自携。」〈自述〉則有「此外有餘暇，鋤荒山幽蘭」。此公胸中眼底，大是不可方物，烏得舉其飢寒失聲之語而訾之！

按：孟郊之詩艱苦不歡，但有不少例外，如「慈母」一首，寫出千古母子情！而賀裳又引舉他各類不同的作品，以證其佳處甚多。其實蘇軾〈讀孟郊詩〉未全貶孟郊詩，「苦語餘詩騷」、「佳處時一遭」皆是明證。至於身世與作品之關係，賀裳在此條中亦說了很多，古人云「詩窮而後工」（歐陽修始明倡之），其實更有「詩窮

而後苦」、「詩窮而後寒瘦」諸義。至於與白、韓、賈三人之比較，亦尚稱公允，惟賀裳個人之偏嗜，亦在字裏行間充分流露出來了。

二、野客叢談

　　王勉夫《叢談》中多辨論，余獨喜其一則。樂天〈長恨歌〉「夕殿螢飛思悄然，孤燈挑盡未成眠」，或謂豈有興慶宮中夜不點燭，明皇自挑燈之理？王曰：「此所以狀宮中向夜蕭索之意，使言高燒畫燭，貴則貴矣，豈復有長恨意耶？」此言深得詩人之致，前說小兒強作解人耳。

按：王楙《野客叢談》今作《野客叢書》，共三十卷，卷帙繁富，以
　　考辨爲主，於文學批評較少著墨，此條特爲賀裳抉出，自是有理，
　　蓋「論詩必此詩，定非知詩人。」一味拘泥普通事理，便難欣賞
　　高妙之作品。

三、瀛奎律髓

　　方回選《瀛奎律髓》，雖推尊少陵，其實未曾夢見，佳者多遺，閒泛者悉錄。至註解唐人詩，尤多舛謬。如韓偓〈亂後春日途經野塘〉：「季重舊遊多喪逝，子山新賦極悲哀。」正指魏文帝與質書「元瑜長逝，化爲異物」，及「徐、陳、應、劉，一時俱逝，痛何可言耶？」諸語耳。且丕受禪，質會洛陽，拜北中郎將，封列侯，使持節督幽、并諸軍事。太和四年，入爲侍中，其夏始沒。及注曰：「吳質季重爲曹操所殺，致堯之交有爲朱全忠所殺，引庾信子山賦事，可謂『極悲哀』矣。」余意此不徒胸無古今，并不明作者之意，試以偓語徐思之，亦何嘗謂季重死耶！

按：方回選詩，雖有偏嗜（人誰難免），紀昀不免宋人習氣，亦多評
　　議，但尚不至顛倒黑白。此條所舉韓偓一詩，方回之解自不如賀
　　裳精確。

　　介甫云：「綠攪寒蕪出，紅爭暖樹歸。魚吹塘水動，雁拂塞垣飛。

宿鳥驚沙淨，晴雲漏畫稀。卻愁春夢裏，燈火著征衣。」方萬里曰：「未有名爲好詩而句中無眼者，請以此觀。」余意人生好眼，只須兩隻，何必盡作大悲相乎？此詩曰「攪」、曰「爭」、曰「吹」、曰「拂」、曰「驚」曰「漏」，六隻眼睛，未免太多。小失檢點，不足爲法。

按：方回說「句中有眼」，不是意指句句有眼，這是不大可能的，此詩亦只六眼，方回只是要求一詩中至少有一、二「眼」，賀裳似乎誤會了──大悲相，應是觀音千眼。至於安石此詩是否眼太多了，亦見仁見智，黃白山評以前兩聯二、五並用單字，句法犯重，又頸聯犯二單在二、五，句法欠變化，「雁」後仍入「宿鳥」，意更重複，亦是一說。吾意此詩排比六寫景句，稍有著力過度之嫌。末句「燈火著征衣」卻好，正與前六對擎。

四、劉辰翁

須溪評詩極佳，然亦有過當處。如張司業〈節婦吟〉：「君知妾有夫，贈妾雙明珠。感君纏綿意，繫在紅羅襦。妾家高樓連苑起，良人執戟明光裏。知君用心如日月，事夫誓擬同生死。還君明珠雙淚垂，何不相逢未嫁時！」此詩一句一轉，語巽而峻，深得〈行露〉「白茅」之意。劉須溪曰：「好自好，但亦不宜繫。」余謂此說不惟苛細，兼亦不諳事宜。此乃寄東平李司空作也。籍已在他鎮幕府，鄆帥又以書幣聘之，故寄此詩。通篇俱是比體，繫以明國士之感，辭以表從一之志，兩無所負。必如所云，則漢皇之駒亦不宜秣，〈摽梅〉之迨吉迨今，何急不能待也！詩人之言，可如是執乎！

按：張籍以〈節婦吟〉應對河北叛將李師道，本不免失格之譏，劉辰翁評之亦是，賀裳爲之辯解，稍嫌多餘，黃白山斥之「周旋太過，不止如須溪所譏。」亦可從也。

五、高英秀

吾于古今人論詩，深惡洗垢索瘢。如羅昭諫〈廣陵開元寺作〉：「落

檻山川漾落暉，檻前前事去如飛。雲中雞犬劉安過，月裏笙歌煬帝歸。」
廣陵即漢淮南、隋江都，此係懷古之作，自引其地之事，猶詠金陵者
多言王濬、陳叔寶事也。高英秀乃云「定是鬼詩」，則少陵〈玉台觀〉
「遂有馮夷來擊鼓，始知嬴女善吹簫」，劉夢得〈贈王山人〉「飛章上
達三清路，受籙平交五嶽神」，亦神怪詩乎？

按：高英秀以羅詩爲鬼詩，自屬不當；若如此，所有懷古詩不可作矣。
　　黃白山以爲漢之淮南在壽春，羅隱誤以爲在廣陵，是其失誤。

六、苕溪漁隱

　　漁隱論詩，余多不以爲善，獨論義山〈華清宮〉詩：「未免被他
褒女笑，只教天子暫蒙塵」「用事失體，在當時非所宜」，此論甚正。
凡遇宗社之禍，臣子當有「婺不恤緯」之義，乃以「暫蒙塵」爲笑耶？
義山詠史，多好譏刺，如「梁台歌管三更罷，猶自風搖九子鈴」，「晉
陽已陷休回顧，更請君王獵一回」（按應作「殺一圍」），「如何一夢高
唐雨，自此無心入武關？」然論前代之事，則足以備諷戒，昭代則不
同，不曰「定、哀之間多微詞」乎！少陵〈北征〉詩：「不聞夏殷衰，
中自誅褒妲。」舉六軍將士之事，而歸之于明皇，內安玄禮等畏禍之
心，外不致啓強悍者效尤之志，又見上皇能自悔過，不難忍情割愛，
可以起遠近臣民忠義之志，一言而三善備焉；義山雖法少陵，惜猶昧
其大段所在。

按：「只教天子暫蒙塵」的確語涉輕佻，不管是否本朝事，均不宜於
　　歷史大事採取此種口吻和態度。其他各例，稍好於此。至於義山
　　之學少陵，主要是效其詩法，至於內涵境界，關乎性情，委實學
　　不到也。

七、升菴詩話

　　「斫取青光寫《楚辭》，膩香春粉黑離離。無情有恨何人見？露
壓烟啼千萬枝。」用修曰：「汗青寫《楚辭》，既是奇事，『膩香春粉』，

形容竹尤妙。結局以情恨詠竹，似是不類。然觀孟郊詩『竹嬋娟，籠曉烟』，竹可言『嬋娟』，情恨亦可言矣。然終不若詠白蓮之妙。李長吉在前，陸晉望詩句非相蹈襲，蓋著題不得避耳。勝棋所用，敗棋之著也，良庖所宰，俗庖之刀也，而工拙則相遠矣。」愚意「無情有恨」，正就「露壓烟啼」處見。蓋因竹枝欹邪厭浥于烟露中，有似于啼，故曰「無情有恨」，此可以形象會，不當以義理求者也。懸想此竹，必非琅玕巨幹，或是弱莖纖柯，不勝風露者。長吉立言自妙，不得謂之拙。

按：黃白山評此詩曰：「詠竹而言啼，正用湘妃染淚之事，而隱約見之。」一詩三評，楊升庵稍嫌拘泥，賀裳巧而細膩，黃白山則深契我心。

〈凌歊台〉詩：「宋祖凌歊樂未回，三千歌舞宿層台。」用修曰：「此宋祖乃劉裕也。《南史》稱宋祖清簡寡欲，儉于布素，嬪御至少。當得姚興從女有寵，頗廢事，謝晦微諫，即時遣出。安得有『三千歌舞』之事？審如是，則石勒之節宮，煬帝之江都矣。」此論是當。又曰：「唐詩至許渾，淺陋極矣，乃晚唐之最下者。孫光憲曰：『許渾詩，李遠賦，不如不作。』當時已有公論。」愚意「淺」則有之，陋亦未然。詩誠不能超出晚唐，晚唐不及許者更自無限。即如孫光憲，亦僅能作〈浣溪沙〉、〈菩薩蠻〉小詞，有何格律可稱？用修嘗稱晚唐律詩，李義山而下，惟杜牧之為最。又稱韋莊詩多佳。韋讀許詩曰：「江南才子許渾詩，字字清新句句奇。十斛珍珠量不盡，惠休空作碧雲詞。」杜牧又有寄渾之作曰：「江南仲蔚多情調，悵望春陰幾首詩。」其為名流推許如此。許詩如名花香草，雖不堪為棟梁，正自宜于觴詠，安得以一詩失核而盡棄之！作詩以情意為主，景與事輔之，兼之者宗工巨匠也，得一端者亦藝林之秀也。許詩情好景好，特意少事少。愚意西崑過于徵實，丁卯跡于空虛，俱是一病。如「月過碧窗今夜酒，雨昏紅壁去年書」，「寒雲曉散千峯雪，暖雨晴開一徑花」，「吳岫雨來虛

檻冷，楚江風急暮帆多」、「風吹藥蔓迷樵徑，雨暗蘆花失釣船」、「秋
寺臥雲移棹晚，暮江乘月落帆遲」、「龍歸曉洞雲猶濕，麝過春山草自
香」、「蘭葉露光秋月上，蘆花風起夜潮來」，雖言外不足，即景自工。
況讀其全集，絕無荒淫之語，又不爲怨懟之言，此亦得于溫柔之教者。
至其絕句，則又不在樊川之下矣。王敬美曰：「晚唐詩人，如溫庭筠
之材，許渾之致，見豈五尺之童下，直風會使然耳。」此論頗公。

按：許渾之詩，向有爭議，譽之者無以復加，如韋莊、金聖歎（聖歎
　　選唐才子詩，老杜除外，以許渾之篇數爲最多。）均是，貶之者
　　唾棄惟恐不及，孫光憲、楊慎皆是。賀裳立論較爲中庸，且能抉
　　出其妙句佳篇，並加意稱許其絕句。其實許渾最佳處，仍在其七
　　律。如〈陵陽春日寄汝洛舊游〉之亦戀亦愁：「縱有芳樽心不醉」，
　　凝入末句「故人多在洛城中。」自然風流。又如〈陪宣城大夫泛
　　後池〉二首之二：「江上西來共鳥飛，剪荷漂汎似輕肥。」「雲外
　　軒窗通早景，風前簫鼓送殘暉。」「宛陵行樂金陵住，遙對家山
　　未憶歸。」又五律〈貽終南山隱者〉：「中巖多少隱，提榼抱琴遊。
　　潭冷薜蘿晚，山香松桂秋。瓢閑高樹掛，杯急曲池流。獨有迷津
　　客，東西南北愁。」通篇皆好，末句尤妙。而頸聯雙雙擬人且不
　　覺，亦佳。〈恩德寺〉：「樓台橫復重，猶有半巖空。蘿洞淺深水，
　　竹廊高下風。晴山疏雨後，秋樹斷雲中。未盡平生意，孤帆又向
　　東。」亦字字精采。無事少事何妨于詩，而意在情中，須細體方
　　知。吾意晚唐五傑爲杜、李、溫、許、韋。

用修曰：「晚唐之詩，分爲二派：一派學張籍，一派學賈島。其
詩不過五言律，起結皆平平。前聯俗語，十字一串帶過。後聯謂之頸
聯，極其用工。又忌用事……惟搜眼前景而深刻思之……彼視詩道也
狹矣。〈三百篇〉皆民間士女所作，何嘗撚鬚！今不讀古而徒事苦吟，
撚斷筋骨亦何益哉！」余意用修以此矯空疏之弊，誠爲至論。兩家詩
派得失亦自有別。張主言情，語多平易；賈專寫景，意務雕搜。且張

佳處本在樂府歌行，舍其委婉諷諭之章，而模其淺近，此誠庸劣。閬仙古詩雖氣格不靡，時多酸陋，短律推敲良具苦心，學之者專務于此，故時有出藍之美。賈五言律亦出杜，如「衰年催釀黍，細雨更移橙」，「帖石防隤岸，開林出遠山」，「暗水流花徑，春星帶草堂」，「綠垂風折笋，紅綻雨肥梅」，皆只寫眼前之景，略不使事。至如「仰蜂黏落絮，行蟻上枯梨」，形容尤入僻細，但少陵不專此一體，亦有使事者，言情者。

按：此條引楊慎晚唐二派之說，似是而非。其實晚唐五大師，皆未受張、賈之籠罩，其他如杜荀鶴、羅隱、皮日休、陸龜蒙等，亦各有樹立。但賀嘗分析二派之得失，誠細參有得之言。末言賈島學老杜而只得其一偏，更不如李商隱多矣。

八、顧華玉

「玉帳牙旗得上游，安危須共主君憂。竇融表已來關右，陶侃軍宜次石頭。豈有蛟龍曾失水？更無鷹隼與高秋。晝號夜哭兼幽顯，早晚星關雪涕收。」顧璘曰：「此篇所言何事？次聯粗淺，不成風調。古人紀事必明白，但至褒貶乃隱約，有如此者。」余甚不服此論。按李集先有〈有感二首〉，注曰：「乙卯年有感，丙辰年詩成」。其次篇有句曰：「臨危對盧植」，注曰：「是晚獨召故相彭陽公。」余因得盡解之，此詩正紀甘露之事。「丹陛猶敷奏」，是韓約報甘露降石榴枝上。「彤廷燚戰爭」，是幕中兵見，仇士良倉皇奉乘輿入，召劉泰倫、魏仲卿率禁兵擊殺朝士。「臨危對盧植」，是士良以王涯手狀上呈，召鄭覃、令狐楚示之。「始悔用龐萌」，是暗指訓、注。「御仗收前殿，凶徒劇背城」，是軍政皆歸于兩中尉，百官入朝，至露刃夾道。「倉皇五色棒，掩遏一陽生」，乃引魏武為洛陽北部尉殺蹇碩叔父事。又曰：「古有清君側，今非乏老成。素心雖未易，此舉太無名。誰瞑銜冤目，寧吞欲絕聲」，傷涯、餗、元輿輩謀之不善，而又重惜其冤。「近聞開壽讌，不廢用〈咸英〉」，尤見舉朝斂手，莫敢正言，慨歎無盡。此篇題

曰「重有感」，首二句是言諸藩鎮之擁兵者，責以主憂臣辱之義。「竇融」句指昭義節度使劉從諫上表請王涯等罪名。「陶侃」句傷他鎮無與之同心，兼諷劉逗遛不進。「豈有」句，正言事皆決于北司，宰相推行文書，安危決于外鎮。「晝號」二句，又舉向時被禍之家，及目前誅蔓猶未絕者，激烈言之。義山位屈幕僚，志存諷諭，亦可嘉矣。「促漏遙鐘動靜聞，報章重叠杳難分。舞鸞鏡匣收殘黛，睡鴨香爐換夕薰。歸去豈知還向月，夢來何處更爲雲？南塘漸暖蒲堪結，兩兩鴛鴦護水紋。」顧璘曰：「初聯言夕景，次聯言人事，不知何故作一結如此？」郝新齋曰：「恨不如姮娥入月，神女爲雲，又不如禽鳥之有匹也。」末句郝所言得之，第三聯解亦未是，「向月」、「爲雲」，言不可蹤跡。合前後觀之，總一傷離惜別之詞。

按：賀裳費了如許多筆墨，解析義山之〈有感二首〉及〈重有感〉，並論定爲記述諷議甘露事件之作品，眞於義山詩有功；相較之下，顧璘之論詩功力及見識，眞遜一大籌。「促漏」一首，集二人之力而得申正理，亦不容易也。

九、藝苑巵言

　　王元美摘國初句之工者，曰：「入弘、正間，不復可辨，參之貞元、長慶，亦無愧色。」然如「野店喚呼雙骰酒，漁舟爭買四腮鱸」，猶是放翁風調。「白雪作花人面落，青山如鳳馬頭看」，應似宋人比擬。七言起句「故人已乘赤龍去，君獨羊裘釣月明」，不惟太臨摹〈黃鶴〉，且「赤龍」字過于色相，良非雅談。

按：王世貞之論，既崇唐音，又以李夢陽等爲範，故有此種品評，賀裳以爲諸例仍不免宋音之遺，亦是正理。「赤龍」之評，也頗中肯。

　　文章聲價自定，嗜好終是難齊。如老杜「風急天高」、「玉露凋傷」、「老去悲秋」、「昆明池水」四篇，寧非佳詩，必欲取爲全唐壓卷，固宜來點者之揶揄也。弇州尤愛「風急天高」一章，固是意之所觸，情

文相會，然即此一詩，弇州嫌其結弱，劉須溪則云結復鄭重。此詩作于大曆二年夔州時，「艱難苦恨繁霜鬢，潦倒新停濁酒杯」，自是情與境會之言，不經播遷之恨者，固宜以常法律之。弇州曰：「『昆明池水』穠麗沉切，惜多平調，金石之聲微乖耳。」鍾云：「中四語誦之心魂謖謖。」所言殊有鮫客探珠之功。「羞將短髮還吹帽，笑倩旁人為正冠。」鍾曰：「二句雖一氣，然上語悲，下語謔，微吟自知。」此即弇州所云「情生于文」，未易論。蓋出之者偶然，而覽之者實際也。弇州評此詩曰：「首尾勻稱而斤兩不足。」亦只是較量體格，未及細探情之言。

按：評杜不易，標榜某詩為全唐第一亦大可不必。見仁見智，見高見卑，古今難免。「風急天高」一首，幾乎人皆愛之，但結句意見，甚為不同，其實須溪鄭重之評亦是。「昆明池水」，弇州挑剔，鍾惺實切。「羞將」二句，賀氏之論最允：出之偶然，讀之實際。

　　弇州之才，吾所北面，獨其論中晚人，則如踞峯巒而下視，雖形勢瞭然，未能周悉幽隱。詩至中晚而衰，誠無辭于掊擊。然讀之亦甚草草，退之至謂「本無所解」，將〈琴操〉銘詩可一概抹卻乎？弇州曰：「五言律差易得雄渾，加以二字，便覺費力，雖曼聲可聽而古色漸稀。」此言足令中晚人心死。雖然，與其僞古而為宋之江西派，則寧取曼聲。

按：此處對弇州有褒有貶，讚他論詩有宏觀，惜他評詩乏微觀。對韓愈長處全然未睹。而對中晚七律之不振，二人則同心協意，然賀裳於宋詩，終是偏見在胸，故有「寧取曼聲」之說。「僞古」，當指前後七子。

　　弇州之論，似目空千古，空亦與古人互相發明：「篇法有起有末，有放有斂，有喚有應，一開則一闔，一揚則一抑，一象則一意，無偏用者。字法有虛有實，有沉有響，虛響易工，沉實難至。」此即隱侯「前有浮聲，後須切響。一篇之內，音調盡殊；一句之中，輕重悉異。」

意也。又云：「篇法之妙，不見句法；句法之妙，不見字法。有俱屬象而妙，俱作高調而妙，直下不偶對而妙。興與境會，神合氣完。」即嚴滄浪「羚羊掛角，無跡可求。如空中之音，相中之色，水中之月，鏡中之象」意也。

按：此說甚洽。按王世貞論詩，自曾受沈約、嚴羽的影響，尤以後者
　　為最。批評史上，固已見及於此。

十、詩家直說

　　謝茂秦論詩，不顧性情義理，專重聲響。其糾摘細碎，誠有善者，亦多苛僻。如論耿湋〈贈田家翁〉：「蠶屋朝寒閉，田家晝雨閒」，謂「上句語拙，『朝』、『晝』二字合掌。」「朝」者凌晨，「晝」則卓午，何為合掌？蠶屋因曉寒而閉，非竟日不開也。此可謂妄生瘡痏。論蔡琰曰：「薄志節兮念死難」，魏武「周公吐哺，天下歸心：既以周公自任，又曰：『天命在吾，吾為周文王矣。』老瞞如此欺人。詩貴乎真，文姬得之。」此真腐儒之言，操一生發語，何處非掩其心，而漫以兒女子律之！論賈島〈望山〉詩：「長安百萬家，家家張屏新。誰家最好山，我願為其鄰。」：「好山非近一家，何必擇鄰哉？」此論尤謬，百萬家雖同此山，峯巒向背，各各不同，安得謂獨無勝處？論劉禹錫〈送黔南僧〉：「猿狖窺齋林葉動，蛟龍聞咒浪花低」：「太白〈僧伽歌〉曰：『瓶裏千年舍利骨，手中萬歲猢猻藤』，詞高氣雄，大過禹錫。」太白長歌，禹錫近體，體製自各不同。且太白二語，實不見佳，徒以雄才灝氣行之，遂揜其醜。禹錫工麗，如澄練散綺，何遂不佳。又曰：「詩有簡而妙者。如阮籍『一身不自保，何況戀妻子』，不如裴說「避亂一身多」，戴叔倫『還作江南會，翻疑夢裏逢』，不如司空曙『乍見翻疑夢』……」信如所云，詩只作一句耶？文人得心應手，偶爾寫懷，簡者非縮兩句為一句，煩者非演一句為兩句也。承接處各有氣脈，一篇自有大旨，那得如此苛斷。

按：謝榛乃明代詩論大擘，其詩論明是繼承司空圖、嚴羽，其實更有遠

出者，頗似西方十九世紀之象徵主義者馬拉美之流，故謂其不顧性情義理，似亦切當。但他實際批評時，又處處論理顧情。上引數則，莫不如此。茲分而討論之：文姬、曹姬一比，頗爲客觀，不必斥以身分之異。賈島望山之什自好，茂秦吹毛求疵，而不當於詩理。李白、劉禹錫二什，各有千秋，一貶劉，一（賀裳）醜李，均不平允。簡而妙、繁而實，各有其用，不可一味右簡而左繁。

又曰：「專於陶者失之淺易，專于謝者失之餖飣。」此深合詩道。獨其自誇以奇古爲骨，平和爲體，兼以初唐、盛唐諸家合而爲一，若蜜蜂歷采百花，自成一種佳味，乃〈暮秋寄懷徐子與〉十二詩，讀之殊爲平平。尤可笑者，如「登眺秋光迥，浮沉老氣孤」，「地勝開堪賦，杯清悶可揮」……。

按：謝榛論詩，多有高妙處，然其自作，則限于才力，自不可及于自我之高標，此許多批評家之困境，嚴羽亦不能例外。「登眺」一聯尚可，「悶可揮」則不佳矣。

賀裳又批評他立詩爲內外二義，如出一「天」字，便有「鴟黑月黑天」、「長陰夢裏天」、「靈聚洞中天」、「千江各貯天」、「混沌是天胚」等句，謂之因字得句，且大泄天機。嗚呼，如此天機，恐遭天厭。茂秦之「悟」，特聲律耳，得處爲淹雅，失處則流于平熟。詩法中固有「橫空盤橫語，妥帖力排奡」者，烏可拘此一途。

按：內外二義之說，似通非通，「外意」即言外之意也。至於因字得句，因韻得句，是茂秦所獨創，恐不免野狐禪之譏。其悟境乃與滄浪「優游不迫」同路，滄浪之病，亦在其所謂禪境往往忽視李杜韓蘇一路也。

十一、袁中郎

文章必有本，韓、柳之文、李、杜之詩，未嘗無所本。而曰「唐人妙處正在無法」，豈其然哉？拙者字比句擬，固陋，然曰：「信腕信

口，皆成律度」亦終無是理也。又曰：「古有以平而傳者，『睫在眼前人不見』之類是也；以俚而傳者，如『一百饒一下，打汝九十九』之類是也；以俳而傳者，如『迫窘詰屈幾窮哉』之類是也。」雖傳，正傳其醜耳。「古之為詩者，有泛寄之情，無直書之事，其為文也，有直抒之事，無泛寄之情。晉、唐以後，為詩者有贈別、有敘事，為文者有辯說、有論敘。架空而言，不必有其事與其人，是詩之體已不虛，文之體已不能實矣。古人之法，顧安可概！」信如所云，則十五國之篇，止有比興而無賦；湘纍紉椒蘭，園吏之言鵬鷃，皆實有其事，亦不盡然矣。至盛推宋詩文，謂「其中實有可以起秦漢而軼盛唐，韓、柳、元、白、歐則詩之聖，蘇則詩之神。陶僅取其趣，謝僅取其料，李、杜稍假以大，似猶出六子之下。」甚至以「明詩文無一可傳，可傳者僅〈劈破玉〉、〈打棗竿〉、〈銀柳絲〉、〈掛眞兒〉之類。」石公從陝還，亦自知悔，而年已不待。

按：袁中郎持論，每予人開天闢地之感，固不免過甚其詞。唐人無所本是其一。可傳者工不工，雅不雅，亦堪進一步討論，但詩之功能及體式之變化，其所陳述，亦當於理——「古人之法，顧安可概！」宋詩可取者，不必超越前修，亦非如賀氏所貶抑者，中郎或亦矯枉過正。重視明白流暢，固其論詩文之一大準則，然則以韓、柳為詩聖，或亦有其偏取之處。為了提倡俗文學，又作了一番翻案文章，中年後有悔，亦甚正常。

十二、詩　歸

鍾氏《詩歸》失不掩得，得亦不掩失。得者如五丁開蜀道，失者如鐘鼓之享鷄鴞。大率以深心而成僻見，僻見而涉支離，誤認淺陋為高深。其持論亦偏，曰：「詩以靜好柔厚為教者也，豪則喧，俊則薄，喧不如靜，薄不如厚。」遠喧取靜可，避豪而得悶不可；戒薄求厚可，舍俊獎純不可。

按：賀裳對鍾惺、譚元春《詩歸》，讀之甚詳，評之甚切。以上數語，

眞如生金鑄像，牢不可摧。詩道本廣，竟陵派隘之，更甚于七子公安。此條闢之甚是。

又按賀之評鍾，大致可分九途：

（一）認卑為雅

如閻朝隱賦〈貓兒鸚鵡篇〉，吟武后使貓與鸚鵡共處，貓搏而食之，太后甚慼。其詩鄙誕可笑，《詩歸》獨賞之，鍾曰：「正理奇調。」譚曰：「忽然起止，雷霆風雨。」。

按：此例甚佳，能揭鍾氏論詩之首弊。

（二）不明詩意

宋之問〈浣紗篇贈陸上人〉：「自昔專嬌愛，襲玩惟驕奢。達本知空寂，棄彼猶泥沙。永割偏執性，自長薰修芽。携妾不障道，來止妾西家。」鍾云：「『襲玩』二字，寫盡兒女之情，自此以下，皆死心後語，非大本事人不能，且不知。」「題便妙矣，忽說出一段禪理，了無牽合，眞是胸中圓透，拈著便是。」譚又云：「將美色點化上人，是從來祖師好法門。」則何不即作目前美婦人語，卻敍西施實事？明是寄託之詞無疑。此詩作于越中，當是偶逢名僧，追念往事，所謂「不向空門何處消」也。鍾、譚專就浣紗及上人評論，似未了了其作詩之意。宋有〈梁宣王挽詞〉，即武三思也。次聯云：「業重興王際，功高復辟辰。」乃暗攘五王之功。譚云：「句法典重不癡。」下云：「愛賢惟報國，樂善不防身」，正指太子重俊事，巧爲出脫。譚云：「宰相要明此道。」此皆因止見題目爲梁宣王，不究其何人也。

按：所論頗爲精切。

（三）不知源流

陳子昂〈薊丘覽古〉：「南登碣石坂，遙遠黃金台。丘陵盡喬木，昭王安在哉？」此與「駕言發魏都，南向望吹台。簫管有餘音，梁王安在哉？」無異，固知阮詩陳所自出。鍾氏乃謂「身分銖兩實遠過之。」

又曰：「陳子昂、張九齡〈感遇〉詩，格韻興味有遠出〈詠懷〉上者。」
按張曰：「燕雀感昏旦，檐楹呼匹儔。鴻鵠雖自遠，哀音非所求。」
即嗣宗「寧與燕雀翔，不隨黃鵠飛。」之意，然則張詩亦自出于阮。
乃云：「不可語千古瞶人。」先痛罵作防川之勢。鍾云：「古今以嗣宗
〈詠懷〉詩，幾于比〈古詩十九首〉矣。」盡情刪之，止存三首。又
評太白〈古風〉：「此題六十首（按太白〈古風〉本五十九首，其中二
十首有誤分爲二者。）太白長處殊不在此，而未免以六十首故得名，
名之所在，非詩之所在也。」亦止存一首。

按：阮籍〈詠懷〉，千古名詩，鍾氏不喜之，因而亦否認陳、張〈感
　　遇〉詩乃出阮詩；太白〈古風〉亦受漑于陳、張，鍾氏尤不認帳，
　　乃予重貶。

（四）誤取錯誤版本而謬評讚之

　　《詩歸》之謬，尤在李、杜。如〈客居〉詩，止是率爾寫懷之作，
原不足選。至其後有句云：「臥愁病脚廢，徐步示小園」，鍾云：「『示』
字妙。」按本集乃「視」字，細按文理，亦「視」字爲妥。「示」字
乃《詩紀》筆誤，偶見其新，遂稱爲妙。

按：《詩歸》中如此弊病頗多。黃白山亦云：「按全書賞誤字者非止一
　　字，總之一言以蔽之，曰不學不思耳。」按：其實是少學多思，
　　而又思之偏僻。「伯敬看詩極有深心，下筆則多鹵莽，往往情生
　　于文，凡事以意爲之。」信哉此言！

（五）選詩偏頗

　　鍾云：「七言律諸家所難，老杜一人選至三十首，不爲嚴且約矣。」
然于尋常口耳之前，人人傳誦，代代尸祝者，十或黜其六七。友夏曰：
「既欲選出眞詩，安得顧人唾罵！」欲選眞詩，不宜以同異作意細推。
二人務求人棄我取，安得不僻，安得不錯！按〈諸將〉深得諷諭之道，
惟末篇光燄稍減，乃因嚴武初喪，郭英乂驕縱，恐復致亂，故先叙武
事，末又叮嚀鄭重，有陰雨徹桑之慮。此數詩可與《小雅・雨無正》

相匹，反謂其「徒費氣力，煩識者一番周旋。」如此周旋，恐老杜不屑。又評〈喜達行在所〉曰：「〈諸將〉詩肯如此做即妙絕，豈七言難于五言，子美亦爾耶！」余謂此言尤妄。按〈達行在〉是子美身陷賊中，艱難竄徙，得赴行在，痛定思痛，不覺悲喜交集。〈諸將〉詩乃流落劍南，風聞時事，不勝亡羊補牢之慮。局中事外，如何可同，率爾妄言若此。

按：〈諸將〉之解法，黃白山有異議，但其為杜集中重要作品之一，則獲大家認同，獨鍾氏不然。又〈喜達行在所〉之好，在直接流露身歷之情感，自與〈諸將〉關心時事、有所褒貶之什不同科，不得以彼之佳否決此五篇之好也。

又鍾知〈秋興八首〉之好，因人擬之者多，遂棄之不選，亦過矣。

太白高曠人，其詩如大圭不琢，而自有奪虹之色。讀者如汎江海，忽而黿怒龍吟，金枝翠旄，忽而波澄如練，一日千里，不可以溪潭沼沚之觀概之也。鍾、譚細碎人，喜于幽尋暗摸，與光明豁達者氣類固自不侔，故論李之失，視杜尤甚。

按：此論甚諦。說鍾惺、譚元春是「細碎人」，妙甚，亦確甚。

（六）擬改古人詩而不合

孟浩然〈宿業師山房待丁大不至〉：「夕陽度西嶺，羣壑倏已暝。松月生夜涼，風泉滿清聽。樵人歸欲盡，烟鳥棲初定。之子期宿來，孤琴候蘿逕。」鍾云：「此『盡』字不如用『稀』字妙。」〈采樵作〉曰：「采樵入深山，山深樹重疊。……日落伴將稀，山風拂羅衣。……」鍾云：「觀此『稀』字，遠勝『樵人歸欲盡』『盡』字矣。」「日落」與「已暝」，亦微分早暮，「日落伴將稀」，是樵子漸去，見己亦當歸；「樵人歸欲盡」，是行人已絕，丁猶不至，有「搔首踟躕」之意，故抱琴候之。自是各寫所觸，何必同？

按：賀說固是。黃白山以為「盡」字入口宜仄，換平聲「稀」字不得。

余意「欲盡」與「將稀」本不相同，「欲盡」對「初定」更穩切。

（七）妄臆古人

伯敬尤推重劉眘虛：「妙在止十四首，一字去不得，其用意狠處，全在不肯多。」然觀殷璠所稱「歸夢如春水，悠悠遶故鄉」，又「駐馬渡江處，望鄉得歸舟」，皆在十四首外，則劉詩遺失多矣。人生後世，不宜據所聞見，懸斷古人。鍾嘗云：「李賀投溷詩無復佳者。」即此種論頭。

按：劉眘虛詩，《全唐詩》（中華書局版，卷 256，頁 2868～2871）中共收〈江南曲〉等十五首，另四句斷句如前引。無論如何，鍾之「全在不肯多」，乃是主觀推斷。於李賀詩亦然。

（八）比較二人詩不公允

朱慶餘「滿酌勸僮僕，好隨郎馬蹄。春風愼行李，莫上白銅鞮。」鍾曰：「此詩篤情重義，遠勝『欲別牽郎衣』一首者，以『滿酌勸僮僕』五字意頭不同故也。」余意孟詩亦佳。孟題曰〈古別離〉，乃是擬作；此題曰〈送陳標〉，乃是自寫胸懷。孟詩乃伉儷之言，故語中半含嬌妬；此詩乃友朋之語，故言外寓有箴規。同床各夢，不足相形。

按：二詩豈止「同床各夢」，其實是異床異夢。以此貶彼，自不公平。賀氏分析二詩甚好。

（九）錯看主題

王昌齡〈風涼原上作〉：「陰岑宿雲歸，烟霧濕松柏。……予忝幽蘭人，幽尋免貽責。」鍾云：「管、商實際語。」譚云：「有不敢游樂之意。」余觀此詩，則絕不然，乃傷才智之士無所用意。

按：這是把詩句意思看反了。本爲低調自抑之語，卻被鍾、譚看成正面認眞的話了。

總之，《詩歸》評詩、說詩、選詩，疵多於瑜。此事近人錢鍾書亦嘗討論之。

十三、譚評蘇詩

〈和晁同年九日見寄〉：「……遣子窮愁天有意，吳中山水要清詩。」譚云：「遊止山水好景，每尋替人不得。況坡老開濬西湖，何等關情，決不忍交付俗人矣。」此評亦好，但作詩時子瞻自杭州通守轉密州，西湖尚未開也。

按：此評中肯。黃白山曰：「余謂二君評詩，俱是閉著眼睛說話，此其學識浮淺僻陋使然。」可謂火上添油。

譚評蘇詩，大致不離于僻。然有當佩服者，一曰：「筆不加點，倚馬萬言，此語極誤人。縱使眞才士，何妨稍一停研，而刺刺不休，取一時庸眾張目也。」又評其「玄鴻橫號黃檗嶼，皓鶴下浴紅荷湖」等句曰：「世豈少故作艱奇者，欲絕其源，且恨莫由……此等詩，昌黎、東野諸人，不得不任其過。」二議眞有益風雅。

按：此條一嫌蘇作詩太率，刺刺不休，取悅庸眾。此語自是，仍嫌誇張。子瞻好詩亦豈在少！後一則訕其作拗澀之詞，其實亦只偶或見之，非如韓、孟、盧仝之屢作也。

結　語

賀裳論詩之質量，似尚不如其評論唐、宋詩。其故有四：

一、未能張其大綱，由原理論、方法論、風格論等逐一樹立準則或典範。

二、往往隨興而作，句及意及。

三、見解稍保守，對於「詩論」亦不甚感興趣。

四、擅長評騭而較不善立論。

他對宋人、明人的批評著作反多所著墨，見解亦不少，是此中最有貢獻的一部分。

註：本文資料，皆根據郭紹虞編《清詩話續編》（木鐸出版社）頁 209～290。